Folle résolution aux urgences

*

Seconde chance pour un amour

JENNIFER TAYLOR

Folle résolution aux urgences

Traduction française de
CÉCILE LOMBARD

BLANCHE

HARLEQUIN

Collection : Blanche

Ce roman a déjà été publié en 2021

Titre original :
MIRACLE UNDER THE MISTLETOE

HARPERCOLLINS FRANCE
83-85, boulevard Vincent-Auriol, 75646 PARIS CEDEX 13
Service Clients — https://www.harlequin.fr/contenu/contactez-nous
ISBN 978-2-2805-2692-0 — ISSN 0223-5056

Édité par HarperCollins France.
Composition et mise en pages Nord Compo.
Imprimé en décembre 2025 par ScandBook UAB en Lituanie
en utilisant 100% d'électricité renouvelable.
Dépôt légal : janvier 2026.

FSC
www.fsc.org
MIXTE
Papier | Pour une gestion forestière responsable
FSC® C021394

Pour limiter l'empreinte environnementale de ses livres, HarperCollins France s'engage à n'utiliser que du papier fabriqué à partir de bois provenant de forêts gérées durablement et de manière responsable.

1

— Un peu à gauche... encore, demanda Suzy. Non, maintenant c'est trop loin !

— Bon sang, Suzy, décide-toi ! Je commence à avoir le vertige à me balancer en haut de cette échelle !

Molly Daniels eut un petit soupir, avant de baisser la tête vers son amie, Suzy Walters. Elle venait de prendre son service de nuit, et, à en juger par le brouhaha qui émanait de la salle d'attente, la nuit risquait d'être dure. A, à peine trois semaines de Noël, les urgences du Dalverston General Hospital subissaient une pression croissante à mesure qu'approchaient les fêtes de fin d'année, et il fallait vraiment qu'elle quitte la salle du personnel, pour aller faire son travail. Agacée, elle rejeta en arrière ses boucles auburn, qui, bien entendu, s'étaient échappées de sa barrette, et brandit une fois de plus le bouquet de gui.

— Ici ? Ce n'est pas précisément le centre de la pièce, mais personne ne s'en apercevra.

— Je suppose que ça ira, répondit Suzy avec une mauvaise grâce manifeste.

Molly, ignorant le ton de Suzy, suspendit le bouquet au plafond, au-dessus de la table.

— Bien que, poursuivit son amie, têtue, selon la tradition, avant que quelqu'un nous embrasse, on doive être pile sous le gui. Et, avec la table au milieu, comment veux-tu...

— Pour moi, l'interrompit-elle, ça tombe à pic ! J'ai eu ma

dose de dragueurs et de gens qui tentent de m'embrasser sans me demander mon avis.

Et, après s'être assurée que le bouquet était bien accroché, elle descendit de l'échelle.

— Oh ! Molly, comment peux-tu dire une chose pareille ? !

La mine attristée, Suzy la suivit dans le couloir. Molly secoua légèrement la tête. Depuis l'école d'infirmières où elles s'étaient rencontrées, elles étaient restées liées. Bien sûr, Suzy ne souhaitait que son bonheur, mais ce qu'elle entendait par là — la rencontre de l'âme sœur, et l'union qui en découlerait — ne correspondait plus à ses aspirations personnelles.

Elle avait pourtant essayé et en gardait les cicatrices. Rêvant de trouver le partenaire idéal, pour vivre à son tour la relation aimante qu'elle avait connue entre ses parents, elle avait recherché des hommes qui correspondent à ces critères : gentils, attentionnés, fidèles, fiables... Hélas, malgré toutes ces qualités, ils s'étaient révélés loin d'être parfaits. L'un était trop autoritaire, un autre trop exigeant, un troisième très ennuyeux, et ainsi de suite.

Et, l'unique fois où elle s'était aventurée sur un chemin de traverse, cela s'était terminé en catastrophe. Elle était tombée sur un type qui lui avait brisé le cœur. Elle avait donc décidé de se méfier à l'avenir : inutile de se raconter que l'homme du moment était l'élu, ni d'attendre son appel des heures près du téléphone, en se rongeant les sangs.

— Mais si, Suzy ! C'est précisément ce que je dis et pense, et je refuse de me comporter en petite chose fragile. Epargne-moi, s'il te plaît, l'histoire du prince charmant qui m'emportera sur son cheval blanc. Je l'ai déjà entendue, celle-là !

Elle ponctua ces mots d'un rire forcé.

— Peut-être que j'ai cru un jour à ce conte de fées, poursuivit-elle, mais j'ai compris que ça n'existait pas. Pas plus que l'homme qui me fera changer d'avis.

Cependant, elle aimait trop Suzy pour poursuivre ce débat. Elle la regarda en souriant :

— Bien, et maintenant, au boulot ! Je sens que la nuit va être longue.

Sur ce, elle tourna les talons et se dirigea vers le comptoir des infirmières, où elle procéda au passage de relais avec la surveillante de jour, Joyce Summers. Celle-ci lui relata les soins dispensés aux patients dans la journée. En tant qu'infirmière en chef, Molly devait connaître tous les détails des traitements.

— Pas trop pénible, on dirait…

— Oh ! Tu verras, ça viendra !

Joyce, en poste depuis trente ans, devait prendre sa retraite après Noël et attendait ce moment avec impatience. Elle lui fit un petit sourire.

— Tu as raison ! Que comptes-tu faire, finalement ? Tu as réservé pour cette croisière ?

— Bien sûr ! Trois semaines dans la Caraïbe. J'ai hâte d'y être !

Joyce mit sa grosse veste de laine et s'apprêtait à partir, quand elle se ravisa :

— Oh ! J'ai oublié de te prévenir que nous avons un remplaçant pour les fêtes, qui débute ce soir. Tiens, quand on parle du loup… Le voici ! Au moins, il est à l'heure, pas comme quelqu'un dont je tairai le nom.

Molly regarda vers l'entrée, et son cœur se trouva soudain comme pris dans un étau. Non, impossible ! Son imagination lui jouait des tours ! Elle ferma les yeux et compta jusqu'à dix, espérant que l'apparition allait s'évanouir…

— Salut, Molly. Eh bien, ça fait longtemps !

Elle rouvrit les paupières et observa l'homme qui se tenait devant elle. Une vague de panique la submergea tandis qu'elle reconnaissait les détails familiers, les cheveux, noir ébène, retombant sur le front, les prunelles d'un bleu profond, qui la scrutaient avec un amusement non dissimulé. C'était justement celui qu'elle avait connu hors des sentiers battus : consciente depuis le début qu'il n'était pas son genre — il ne possédait aucune des qualités qu'elle recherchait, sans compter qu'il fuyait toute forme d'engagement —, elle s'était tout de même laissé séduire. A présent, face à son expression espiègle, elle se rendait compte que Sean Fitzgerald n'avait rien d'une hallucination, ni même d'un souvenir resurgi du passé. C'était bien lui, en chair et en os !

Sean réussit à grand-peine à garder le sourire. Bien sûr, il s'était douté que Molly ne lui sauterait pas au cou, mais de là à sa réaction horrifiée, quand elle l'avait vu… Il avait pris le temps de réfléchir, lorsque son agence lui avait proposé ce remplacement de chef de clinique aux urgences du Dalverston, sachant que travailler avec Molly risquait d'être difficile… Il avait failli refuser, mais avait changé d'avis au dernier moment : il fallait qu'il soit occupé pendant la période de Noël, pour ne pas ruminer son passé douloureux. Alors, il avait fini par accepter. Mais peut-être avait-il fait montre d'égoïsme…

— J'ignorais qui serait de service ce soir, lança-t-il d'un ton désinvolte.

La meilleure solution était de paraître naturel, il le savait d'expérience. Il avait déjà travaillé avec plus d'une de ses anciennes conquêtes, et sa légèreté avait payé. Mais, avec Molly, ne faisait-il pas preuve de trop d'optimisme ?

— Ah ? répliqua-t-elle. Tu aurais pu te procurer une copie du planning et t'arranger pour changer d'horaire, je suis sûre que nous nous en serions mieux trouvés tous les deux.

Il cilla. Etonnant, cette voix dure, si différente de celle dont il gardait le souvenir ! Et, avant qu'il puisse répliquer, elle avait saisi un dossier sur le bureau et filait vers la salle d'attente. Il la suivit du regard, le cœur empli d'un étrange mélange de regret et de tristesse, d'un sentiment de perte qu'il n'avait pas éprouvé depuis Claire…

Il chassa aussitôt cette pensée. A quoi bon s'engager sur cette voie périlleuse ? Autant oublier. Il avait agi comme d'habitude, mis fin à leur relation, quand il s'était aperçu qu'elle s'attachait à lui. Il tenta de s'en persuader en se rendant au vestiaire pour y déposer son manteau. Il tapa le code et entra, toujours absorbé par ses pensées. Il avait préféré arrêter, avant que les choses n'aillent trop loin — mais que signifiait « trop » loin, en fin de compte ? Aurait-il dû rompre dès leur premier baiser ? Ou avant qu'ils aient couché ensemble ? Avant que cela ne se renouvelle, plusieurs fois, bien que faire l'amour avec elle ait été la plus merveilleuse expérience de sa vie ?

La porte se referma derrière lui dans un lourd claquement, mais il le remarqua à peine. Inutile de le nier, elle était fantastique au lit. Il avait connu avec elle d'intenses sensations, qu'il n'avait jamais éprouvées, pas même avec Claire... Son cœur se serra. Pourquoi s'être montré si brutal lors de la rupture ? Parce qu'il se sentait coupable d'avoir trahi sa fiancée disparue ?

En son for intérieur, il connaissait la réponse, mais cela ne l'avançait pas à grand-chose de l'admettre. Pendant dix ans, il lui était demeuré fidèle, du moins, de cœur. Car, s'il avait connu d'autres femmes, il ne s'était jamais investi avec aucune. Pourtant, avec Molly, c'était une autre histoire. Leur aventure n'avait pu en rester à une simple relation physique...

Donc, pendant son séjour ici, il devait faire très attention à ne pas se jeter dans la gueule du loup. Sinon il risquait fort de rompre le vœu qu'il avait fait à la mort de Claire.

Comme Molly l'avait prévu, on ne savait plus où donner de la tête. A l'heure où elle aurait dû prendre sa première pause, le service était bondé.

— Tu vas à la cantine, Molly ?

C'était Jason Roberts, sa plus jeune recrue, en service depuis peu.

— Oh non ! Pas maintenant ! Je préfère attendre de voir si les choses se calment.

Au moment où elle le disait, les portes s'ouvrirent sur un nouveau groupe de fêtards, dont l'un au front en sang. A en juger par sa démarche titubante, il était complètement ivre, et mieux valait l'encadrer de près pour qu'il n'importune pas les autres patients. Elle pria Jason de la suivre et s'approcha du patient.

— OK, asseyez-vous pour commencer.

Elle le guida vers une chaise et se pencha pour examiner la balafre qui, pour saigner beaucoup, n'en était pas moins superficielle, heureusement. Quelques points suffiraient…

— Va t'occuper de ses papiers à la réception, Jason, s'il te plaît. Ensuite, tu pourras nettoyer la plaie et recoudre.

La tâche était assez aisée, et le nouvel infirmier pouvait l'accomplir sans problème. Mais à l'évidence le patient n'était pas d'accord. Il agrippa le bras de Molly et l'attira vers lui.

— Je veux que ce soit vous, pas lui. Il est trop jeune, je n'ai pas envie qu'il m'esquinte.

— Jason est diplômé et tout à fait capable de poser des points de suture.

Elle tenta de se dégager, mais l'homme resserra la main sur son poignet, au point de lui arracher une grimace de douleur.

— J'ai dit que je voulais que ce soit vous !

Il approcha son visage du sien presque à le toucher, et elle fut suffoquée par les vapeurs d'alcool.

— Je paie mes impôts, et si je dis que j'exige que ce soit vous qui vous occupiez de moi vous allez m'obéir.

— J'ai peur que ça ne soit pas la règle ici, monsieur. C'est nous qui décidons à qui accorder nos soins, et, le cas échéant, à qui les refuser. Et je vous informe qu'en ce moment vous êtes en tête de la seconde liste.

Au son de la voix de Sean, Molly se retourna. Il n'avait pas haussé le ton, mais ne dissimulait pas sa colère. Sa remarque eut un effet immédiat sur l'ivrogne, qui lui lâcha aussitôt le poignet. Elle s'écarta, les jambes tremblantes. En dépit de l'habitude qu'elle en avait, ce genre de situation la déstabilisait toujours un peu.

— Tu vas bien ?

Elle leva les yeux vers lui. La voix était basse, pleine d'une sincère inquiétude, qui lui serra le cœur. Ce n'était pas possible, après la façon dont ils avaient rompu deux ans plus tôt... Il avait été presque brutal et, malgré ses supplications, avait refusé de s'expliquer, se bornant à répéter qu'il avait été clair dès le début. Peu après, il avait quitté la ville, pour prendre un nouveau poste dans une autre région, et ne lui avait plus donné signe de vie.

Il l'avait rayée de son existence en un clin d'œil.

Elle serait folle de se figurer qu'elle comptait pour lui, et encore plus de l'espérer. Malgré tout, elle se rendit compte qu'elle aurait du mal à s'en empêcher... Tandis que Jason reconduisait l'ivrogne à la porte, elle fonça sur lui, la rage au cœur. Pas question de se laisser émouvoir par ce type !

— J'aimerais beaucoup que tu ne te mêles plus de mes affaires à l'avenir. Je suis tout à fait capable de me débrouiller seule en pareil cas, merci.

— Navré. J'ai cru que tu avais besoin d'un coup de main.

— Eh bien, tu t'es trompé. Je n'ai pas besoin de votre aide, docteur Fitzgerald, et je préférerais que vous me fichiez la paix.

— Dans ce cas, tout que je peux faire, c'est te présenter mes excuses et te garantir que cela ne se reproduira plus.

Sur un mince sourire, il repartit, la laissant honteuse de sa colère et, pire, de s'être montrée à lui sous ce jour. Il fallait à tout prix qu'elle maîtrise davantage ses émotions. Qu'elle se montre indifférente, distante. Mais elle avait conscience que ce ne serait pas simple... Elle allait devoir travailler assidûment son self-control.

2

Sean passa une main nerveuse dans ses cheveux. Les patients défilaient à une cadence folle, mais pas assez vite à son goût. Il aurait préféré que le rythme soit encore plus soutenu. Par exemple, qu'il se produise une catastrophe, qui ne lui laisse pas le temps de réfléchir à autre chose qu'aux vies qu'il était en train de sauver. Non qu'il souhaite le malheur des gens, mais tout ce qui pourrait l'empêcher de penser à Molly et à sa fureur de tout à l'heure serait le bienvenu.

Il sourit aux parents anxieux d'une ado de dix-sept ans.

— Ne vous en faites pas, madame Morris, Lily est tirée d'affaire. Cependant, n'hésitez pas à la ramener, si vous êtes inquiète.

Lily s'était réveillée en pleine nuit le corps couvert d'un rash rouge, et les Morris redoutaient une méningite. Sean les avait rassurés, en diagnostiquant une allergie à un nouveau gel de douche acheté sur un marché. Il suffisait donc qu'elle cesse de l'utiliser pour ne plus avoir de problèmes.

— Merci beaucoup, docteur, dit M. Morris, en lui serrant la main. Elle nous a fait vraiment peur !

— Je n'en doute pas. Mais, puisque nous avons découvert la cause de cette réaction, tout devrait rentrer dans l'ordre.

Après les avoir raccompagnés, il passa au bureau des ordinateurs, pour envoyer un e-mail à l'association de consommateurs de l'endroit. Bien que le gel de douche acheté par

Lily soit d'une bonne marque, il soupçonnait qu'il s'agissait d'une contrefaçon. Avec un peu de chance, ces gens pourraient enquêter et prévenir les éventuels clients des dangers qu'ils encouraient en l'utilisant.

Puis il vérifia le tableau blanc : personne n'avait manifestement débordé sur le délai imparti par les instructions gouvernementales, qui stipulaient que les patients devaient être examinés, soignés, puis transférés dans un service, ou renvoyés chez eux en un laps de temps donné. Constatant qu'un seul malade était sur le point d'atteindre la limite, il se dirigea vers le box indiqué, ouvrit le rideau..., et son cœur chavira quand il vit Molly debout au chevet du lit.

Bien qu'ils aient été obligés de s'adresser la parole deux ou trois fois depuis l'incident, il faisait son possible pour l'éviter. Pour ne pas risquer de confrontation avec elle, mais aussi parce que les émotions qu'elle remuait en lui le mettaient mal à l'aise. Il savait que ses efforts pour rester indifférent étaient vains. Pourtant, d'habitude il oubliait très vite ses ex...

— Comment ça se passe, ici, mademoiselle ?

Il lui adressa un regard aimable. Quand on ignorait comment se comporter, la courtoisie professionnelle était bien pratique...

— M. Forster se plaint de nausées.

Il sentit un frisson le parcourir. Il n'imaginait pas qu'elle puisse être aussi glaciale. Sa joie de vivre et son amabilité étaient légendaires. Sa colère l'avait contrarié tout à l'heure, mais il s'aperçut que sa froideur le touchait plus encore. Il secoua légèrement la tête. Ainsi, c'était lui le responsable de ce changement de comportement ?

— Je suppose que c'est la morphine, lança-t-il d'un ton détaché, en sortant le dossier du patient.

Frank Forster avait été admis parce qu'il souffrait de douleurs très intenses au bas du dos, après avoir soulevé un énorme sapin, pour le hisser sur la galerie de sa voiture. Un scanner avait révélé une hernie discale au niveau des lombaires, et on lui avait administré de la morphine. Pour l'heure, il était en attente d'un lit en orthopédie.

Sean, après avoir parcouru le dossier, fronça les sourcils.

— Pourquoi le Dr Collins n'a-t-il pas prescrit un antiémétique en même temps ?

— Aucune idée.

Molly termina d'arranger la couverture et tapota la main du patient en lui souriant.

— Une minute, Frank. Je reviens avec un médicament contre la nausée, qui vous fera du bien.

Sean la regarda furtivement, un peu soulagé. Ainsi, la Molly chaleureuse et aimable n'avait pas totalement disparu... Autrement dit, sa froideur lui était réservée, à lui. Il imaginait bien pourquoi, mais n'avait pas envie de se remettre en question. Il la suivit dehors, le cœur plus léger. Après tout, il n'avait fait que son devoir en intervenant pour la protéger de cet ivrogne et il recommencerait, s'il la savait en danger...

Mais à quoi pensait-il donc ?

Il sentit sa vue se brouiller, et les murs blancs autour de lui virèrent au gris. Il romprait de nouveau avec elle, s'il le devait. C'était, en tout cas, ce dont il essayait de se convaincre depuis son arrivée. Avec plus ou moins de bonheur. Un affreux petit doute subsistait... Il soupira. Cette légère incertitude allait l'obliger à se défier de ses propres réactions.

Molly se dirigea vers le comptoir, s'efforçant d'ignorer que Sean la suivait. C'était le meilleur moyen de s'en sortir, se concentrer sur son travail, sans s'occuper de lui. Ce ne devrait pas être difficile, il y avait trop à faire pour se laisser distraire par des pensées personnelles. Pourtant, elle était forcée d'admettre qu'elle n'y réussissait pas toujours. Sean avait tant compté dans sa vie qu'il n'était pas facile de faire abstraction de sa présence.

Bien qu'elle sache précisément quel antiémétique administrer à Frank Forster, il lui fallait la signature d'un médecin pour l'ordonnance. Elle regarda autour d'elle, cherchant des yeux

Stephanie Collins, l'interne de service. En vain. Elle devait être en train de s'occuper de l'un des derniers patients…

— Donne, je vais signer.

Elle sursauta, lorsqu'une grande main hâlée passa par-dessus son épaule pour lui prendre l'ordonnance des doigts. Sean, encore ! Elle n'imaginait pas qu'il la suivait de si près…

Elle retint son souffle. Pourvu qu'il n'ajoute rien ! Pas question qu'il se doute de sa nervosité. Elle tenait à paraître aussi indifférente à sa présence, que lui devait l'être à la sienne.

Le grattement du stylo sur le papier la ramena à la réalité. Soulagée qu'il n'ait pas tenté une amorce de conversation, elle le remercia d'un hochement de tête. Laissant échapper un soupir, elle tira de sa poche les clés du placard à pharmacie. Elle devrait être sans cesse sur le qui-vive, pour éviter de se montrer vulnérable.

— Merci. Je m'occupe de M. Forster et je vais voir si un lit s'est libéré pour lui. On le transférera sûrement en chirurgie générale, si l'orthopédie ne donne pas de nouvelles très vite.

— Pas terrible, de mal aiguiller les patients gravement atteints, non ?

Elle haussa les épaules, et une autre boucle auburn s'échappa de la barrette.

— C'est vrai, mais que faire ? Avec cette réglementation… J'aimerais les voir ici de temps en temps, pour qu'ils se rendent compte comme c'est commode d'examiner et de soigner quelqu'un dans des délais aussi courts.

— Entièrement d'accord, murmura-t-il.

Il se pencha, et arrangea avec soin la mèche rebelle derrière son oreille.

— Voilà, proprette et bien coiffée.

— Euh… Je file chercher cet antiémétique.

Et elle partit en courant, sans se soucier qu'il l'ait ou non percée à jour. Son cœur battait à tout rompre. Quelle réaction idiote ! Au moment où il l'avait touchée, elle avait eu l'impression qu'il rallumait un feu en elle et elle se sentait maintenant désemparée.

Hors de question de revivre ce qu'elle avait vécu deux ans plus tôt. Il avait tellement compté pour elle ! Au point qu'elle avait été certaine d'avoir trouvé l'homme de sa vie... Elle s'était bien trompée, il n'avait pas l'intention de s'engager, ni avec elle ni avec une autre.

— Molly... J'aimerais que ce qui s'est passé avant ne cause pas de problème entre nous.

Il lui sembla que son cœur s'arrêtait. Elle se retourna si vite en entendant ces mots que la pièce se mit à tournoyer autour d'elle. Elle s'agrippa au comptoir.

— Ce qui s'est passé avant..., reprit-elle d'une voix hésitante.

Elle s'efforça de recouvrer ses esprits. Evoquait-il leur aventure ? Aurait-il par hasard l'intention de s'excuser d'avoir rompu si brutalement ? Elle retint sa respiration.

— Oui, cet incident avec l'ivrogne. Je reconnais que je n'aurais pas dû intervenir. J'ai toujours eu le plus grand respect pour ta façon d'affronter les situations délicates, j'aurais mieux fait de ne pas m'en mêler.

— Ah...

Bien entendu, il ne parlait pas de leur histoire ! Pour lui, c'était bien fini. En fait, il n'avait sans doute pas pensé à elle une seule fois après son départ... L'idée était si douloureuse qu'elle eut l'impression qu'on lui enfonçait une pointe acérée dans le cœur.

— Tu as raison, répliqua-t-elle d'un ton détaché.

Elle tenta encore de se ressaisir, de refouler sa douleur dans le coin le plus reculé de son cerveau. Elle n'avait pas à se laisser bouleverser à ce point.

— J'étais parfaitement capable de m'en sortir seule. Mais à quoi bon en reparler ? C'est du passé.

— Evidemment. C'est juste que je ne voudrais pas que ça entraîne des... frictions entre nous. Je comprends qu'il ne te soit pas très agréable de travailler avec moi, mais j'espère que nous parviendrons à une trêve. Tu penses que c'est possible ? Pouvons-nous oublier ce qui s'est produit il y a deux ans ?

— Sans problème.

Elle rougit en lisant le scepticisme dans ses yeux.

— N'exagère pas, Sean. J'ai peut-être souffert à l'époque, mais je suis très vite passée à autre chose, je t'assure.

— Parfait alors, content de l'entendre.

Il lui adressa un large sourire, visiblement soulagé.

— Bon, dit-elle d'un ton aussi léger que possible, je ferais mieux d'y retourner, avant que nous n'ayons une mutinerie sur les bras. Les autres pourraient s'imaginer que nous avons fait le mur !

Elle nota sur la fiche le nom du médicament qu'elle avait pris et inspira à fond avant de regagner le service. A partir de maintenant, elle allait suivre l'exemple de Sean, rester professionnelle. Il était médecin et elle, infirmière, tout compte fait… Ce ne devrait pas être trop difficile, surtout après ce qu'il venait de lui dire.

Une légère pointe de douleur vint sourdre dans son cœur, mais elle l'ignora. A l'évidence, il ne la voyait plus que comme une collègue de travail, et il en valait mieux ainsi.

3

Quand Sean sortit enfin du service, il était plus de 7 heures du matin. Il aurait dû terminer à 6 heures, mais il y avait eu un coup de feu de dernière minute, ce dont il ne se plaignait pas. En regagnant le parking, il décida d'effacer de sa mémoire les événements de la nuit. Inutile de s'attarder sur les propos de Molly, affirmant qu'elle était très vite passée à autre chose, ou sur le fait qu'il s'en était senti très blessé. Il avait appris qu'il gagnait à ne pas analyser ses sentiments de trop près. Non, ils avaient parlé d'une trêve, et c'était très bien. Pourquoi chercher plus loin ?

Il soupira en montant dans sa voiture, conscient que sa proposition, une fois de plus, ne le valorisait guère à ses propres yeux. Mais, comme il n'envisageait pas d'autre possibilité, il s'en contenterait. Le pare-brise étant recouvert d'une bonne couche de givre, il alluma le moteur pour le dégivrer. Pas mal de collègues quittaient l'établissement en même temps que lui, et il en reconnut certains, avec qui il avait travaillé deux ans plus tôt.

Il avait apprécié son séjour à Dalverston, à l'époque. L'équipe était très soudée et, ce qui ne gâchait rien, l'hôpital était situé dans une région magnifique. Ayant appris que l'administration offrait un poste de chef de clinique titulaire, il était tenté de le demander. Cela lui plairait d'habiter ce coin et d'y travailler à plein temps…

Drôle d'idée... Aspirait-il vraiment à s'installer quelque part ? Après le tragique accident qui avait coûté la vie à Claire, il ne s'était plus senti capable de se poser et avait signé un contrat avec une agence d'intérim. Deux mois ici, six mois ailleurs... Exactement ce qui lui convenait. C'était donc un choc pour lui — pas forcément agréable —, de s'apercevoir qu'il avait envie de se fixer, et surtout à cet endroit. Rencontrer Molly tous les jours serait sans doute trop compliqué pour lui...

Comme si sa pensée s'était matérialisée, elle apparut. Il sentit son ventre se nouer, quand elle s'approcha de sa voiture, garée juste derrière la sienne. Il l'observa dans le rétroviseur. Elle semblait épuisée, ce qui était normal après une nuit pareille, mais était-ce l'unique raison de son expression défaite ? Lui avait-il été difficile de travailler avec lui ? Même s'il ne pouvait rien y faire, l'idée lui déplaisait. En fin de compte, c'était la seule femme, depuis Claire, pour laquelle il avait éprouvé des sentiments...

Molly déverrouilla la portière et l'ouvrit pour sortir sa bombe de dégivrant. Elle en aspergea son pare-brise. Elle détestait l'hiver, notamment quand il impliquait ce genre de contraintes, elle qui n'aimait rien tant que grimper dans sa voiture et partir sans s'occuper de rien. De plus, la nuit avec Sean avait été une épreuve, et qui n'allait pas cesser de sitôt... Il devait travailler entre Noël et le jour de l'an, ce qui signifiait qu'il était là au moins pour six semaines, voire davantage, si l'administration le persuadait de rester. Les intérimaires disponibles étaient rares en ces périodes de fêtes, tous souhaitaient profiter de leur famille, et seuls, quelques solitaires comme lui recherchaient un poste.

Elle replaça la bombe sous le siège passager, en s'efforçant de ne pas penser à la perspective de le rencontrer à chaque service. En tournant la clé dans le démarreur, elle n'obtint qu'un affreux bruit de toux catarrheuse. Elle recommença.

Avec le même résultat. La batterie déjà faible était à plat, avec ce froid… Elle secoua la tête. Super ! Elle allait devoir prendre le bus pour traverser la ville, et le trajet était interminable… Comme si elle avait encore besoin de cela, après une nuit harassante.

— Un problème ?

Elle sursauta, quand sa portière s'ouvrit. Sean ! D'où était-il sorti ? Elle fut incapable de lui répondre. Souriant, il se pencha, avant de tendre le bras pour tourner la clé de contact, sans plus de succès qu'elle.

— On dirait que la batterie a déclaré forfait !

Sans se départir de son sourire, il appuya l'avant-bras sur le toit.

— Et ça arrive toujours au plus mauvais moment, n'est-ce pas ?

Une remarque banale, somme toute ; elle ne comprit pas pourquoi la moutarde lui montait au nez.

— Merci, je vais me débrouiller ! Si tu veux bien t'écarter…

Elle poussa la portière avec violence, sans même broncher en constatant que le coin métallique l'avait frappé à la hanche. C'était sa faute, il n'avait qu'à pas se mêler de ce qui ne le regardait pas. Elle n'avait pas besoin de lui et refusait d'avoir un quelconque rapport avec lui. Si un génie pouvait le faire disparaître dans un nuage de fumée, elle en serait ravie !

Elle claqua la porte et se mit en marche vers la sortie. En plus, elle n'avait aucune idée de l'heure de passage du prochain bus. A quoi bon faire l'acquisition d'une voiture, si elle vous lâchait au pire moment ?

Elle atteignait le portail, quand elle vit arriver son autobus. Elle tenta de courir pour que le chauffeur l'aperçoive, mais le trottoir verglacé gênait sa progression. Elle gémit en voyant que le véhicule s'éloignait sans avoir ralenti… Elle allait devoir attendre le suivant une bonne demi-heure.

— Grimpe, je te dépose.

Elle se retourna vivement. Encore lui ! Elle fit non de la tête.

— Merci, je préfère prendre le prochain bus.

— Tu es sûre ?

Il haussa ses larges épaules sous son lourd manteau écossais, et elle perdit aussitôt sa belle assurance. Il avait une silhouette splendide. Il faisait du jogging régulièrement, en principe très tôt le matin.

Et souvent, quand il revenait, il l'entraînait dans la salle de bains avec lui... Les souvenirs affluèrent. Ils faisaient l'amour sous la douche, leur désir exacerbé par la sensation de l'eau chaude ruisselant sur leurs corps nus, puis ils allaient recommencer dans le lit. Jamais elle n'avait éprouvé un désir aussi fort pour un homme. C'était Sean qui l'avait révélée à elle-même, il était le premier et le seul à lui avoir fait ce cadeau...

Elle se maudit intérieurement. Et voilà. Où étaient ses bonnes résolutions de vivre seule et tranquille, si en une nuit, il l'avait mise dans cet état ? Il fallait qu'elle se délivre de ces souvenirs, qu'elle tourne la page pour de bon. Inutile de regarder en arrière et de raviver éternellement les regrets.

Mais le moyen de parvenir à ce résultat ? D'effacer totalement Sean Fitzgerald de sa conscience ? Oh ! Elle avait fait de son mieux depuis deux ans et cru qu'elle avait réussi, mais à l'évidence elle s'était trompée. Il était toujours dans sa tête, un fantôme du passé (bien vivant, hélas !) qui s'incrustait, et jusqu'à ce qu'elle s'en débarrasse elle serait incapable d'aller de l'avant. Peut-être avait-elle fait une erreur en refusant de considérer la souffrance que leur rupture lui avait causée... Et s'il était nécessaire de la regarder en face, et de l'affronter, lui ?

C'était lui qui l'avait draguée et lui aussi qui l'avait repoussée... Et si cette fois c'était à elle de prendre l'initiative ? De l'attirer dans ses filets pour mettre un terme à leur histoire, quand « elle » le jugerait bon. Ce qui rétablirait sûrement sa confiance en elle, qui avait été fort malmenée. Elle s'était sentie abandonnée, avait endossé bien malgré elle le rôle de la victime et n'avait pas l'intention de se laisser briser le cœur une nouvelle fois.

— Bon, alors, que décides-tu ? Tu préfères attendre dans

le froid, ou tu acceptes que je te raccompagne ? Nous avons signé une trêve, non ? Je ne vois pas où est le problème.

Sean adressa à Molly un sourire délibérément tentateur, bien qu'il frissonne intérieurement. Car il venait de percevoir sur son visage une expression qui avait déclenché toutes ses alarmes intimes. Son instinct l'avertissait qu'il était en danger, même s'il n'avait aucune idée de ce qu'elle tramait. Et, s'il insistait à présent pour la raccompagner, c'était qu'il tenait à en savoir davantage.

Elle eut un sourire avenant.

— En effet, il n'y a pas de problème. Merci, oui, pourquoi pas, si c'est sur ta route ?

En la voyant s'installer avec naturel sur le siège passager, il regretta soudain son offre. Moins il passerait de temps avec elle, mieux il se porterait, mais il était un peu tard pour changer d'avis… Il sortit du parking, l'humeur moins légère. Que complotait-elle ? Une vengeance ? Ce ne serait pas la première fois que cela lui arrivait, et il avait toujours réussi à tirer son épingle du jeu. Mais, là, il devrait être prudent, car elle ne lui était pas indifférente, et il n'avait pas envie de la faire souffrir davantage.

Ils traversèrent le centre-ville en silence, Sean étant trop absorbé par ses réflexions pour faire l'effort de converser. Enfin, ils atteignirent son petit cottage, situé dans une rue en pente qui menait au fleuve, et il s'arrêta devant l'entrée, sans cesser de réfléchir. Si vraiment elle cherchait à se venger, mieux vaudrait qu'il l'évite le plus possible. Evidemment, il la rencontrerait à l'hôpital, mais il devrait s'abstenir de la voir en-dehors. *S'abstenir de la voir en-dehors* ? Il sentit sa gorge se nouer. Cela coulait de source, quand il avait accepté ce poste, alors pourquoi cette perspective lui était-elle soudain douloureuse ?

— Voilà, tu es chez toi. Je parie que tu es impatiente de te mettre au lit. Comme moi.

Il regretta aussitôt ses paroles. Il voulait juste faire une remarque banale, insignifiante… Pourquoi avoir prononcé le mot « lit » ? C'était malin !

— Oui…, c'est toujours agréable de se glisser sous une couette bien chaude après un service de nuit, n'est-ce pas ?

Il sentit tous ses poils se dresser, ainsi qu'une partie de son anatomie… Qu'est-ce que c'était que ce ton qu'il ne lui connaissait pas ? Où avait-elle appris à être aussi… séductrice ? Deux ans plus tôt, il l'aurait décrite comme une fille sans prétention, chaleureuse, douce, aimante et généreuse. Là, il croyait entendre le chant d'une sirène et, pire encore, il réagissait à son appel ! La panique le gagna. Même s'il avait une grande expérience des femmes, maîtriser ses instincts de base lui demandait toujours un gros effort.

— C'est bien vrai !

Il sourit largement, priant pour qu'elle ne s'aperçoive pas de son trouble. Pas question de lui laisser l'avantage ! Cela dit, elle avait sans doute déjà tous les atouts en main. S'il ne voulait pas perdre, il devrait redoubler de prudence.

— Bon, je pense que je devrais y aller. J'espère que tu n'auras pas de problème pour faire réparer ta voiture.

— Moi aussi.

En débouclant sa ceinture, elle se pencha vers lui, et il frémit lorsque son visage s'approcha du sien.

— Merci, Sean. J'apprécie vraiment. Je t'invite à prendre une tasse de café pour te remercier ?

Ses yeux émeraude étaient plongés dans les siens, et il sentit sa résolution faiblir. A l'évidence, elle ne lui offrait pas qu'une boisson revigorante…

— Euh…, c'est gentil, mais je préfère rentrer tout de suite, marmonna-t-il. J'ai pas mal de choses à faire cet après-midi, il vaut mieux que je me couche le plus tôt possible.

Elle lui adressa un délicieux sourire, en ouvrant la portière.

— Dommage ! Eh bien, ce sera pour une autre fois !

Il se raidit et serra les mains sur le volant, pendant qu'elle descendait. S'il cédait, il le regretterait. Pas question qu'il la suive, sous aucun prétexte. Il se força à rester assis en attendant qu'elle ait déverrouillé sa porte et réussit même à lui faire un signe d'au revoir avant de démarrer, mais son cœur battait la chamade. Il avait compris ce qu'elle complotait, quelle forme prendrait sa vengeance : elle avait l'intention de lui rendre la monnaie de sa pièce. Elle voulait le séduire et, une fois qu'il serait sous le charme, le repousser comme il l'avait repoussée. Il contracta la mâchoire. Qu'est-ce qui le dérangeait le plus ? Le fait que la gentille Molly soit capable d'ourdir un plan aussi machiavélique, ou sa propre terreur à cette idée ?

Après tout, maintenant qu'il était au courant, il pouvait la contrer… Résister à ses invites et s'en tenir à une relation professionnelle. Cela devrait être facile, mais au fond de son cœur il savait que non… En réalité, il n'était pas sûr de pouvoir refuser, si elle l'attirait dans son lit, même en connaissance de cause. L'envie de la prendre dans ses bras et de retrouver des sensations merveilleuses risquait d'être la plus forte…

Il jura, en s'arrêtant au feu rouge. En toute logique, le fait qu'il l'ait démasquée devrait suffire à l'aider à garder ses distances. Hélas, en ce moment, à l'évidence, ce n'était pas sa raison qui commandait, mais son cœur, qui jouait selon ses propres règles. Si elle était déterminée, il n'était pas certain de pouvoir se tirer de ses griffes. Pas certain du tout.

4

Les jambes molles, Molly s'affala sur une chaise de la cuisine. Elle avait du mal à croire ce qu'elle venait de faire : elle avait essayé — d'une façon éhontée —, de séduire Sean !

Elle prit une profonde inspiration et compta jusqu'à dix, mais ce fut peine perdue. Ses nerfs vibraient, et d'autres parties de son corps étaient dans un état indescriptible. En vingt-sept ans de vie, elle n'avait jamais fait une chose pareille. D'accord, elle avait décidé d'avoir une approche plus active, lors de ses futures relations, mais qu'elle n'avait encore pas mise en pratique, jusqu'à ce matin... S'il avait accepté cette tasse de café, serait-elle allée jusqu'à l'inviter dans son lit ?

Elle bondit, incapable d'affronter l'idée. Avait-il deviné ce qu'elle projetait, était-ce la raison de son départ précipité ? Eh bien, ce ne serait pas la première fois qu'il la rejetait... Deux ans plus tôt, il n'avait pas caché qu'elle ne l'intéressait pas, et elle persistait... Il devait être en train de rire aux éclats de sa scène de drague pathétique !

Elle gémit d'humiliation. Comment se retrouver face à lui, après cela ? Elle devrait changer ses horaires de service pour ne pas le rencontrer, mais c'était délicat à cette période de l'année. Les plannings étaient établis depuis un bon mois... Non, ce n'était simplement pas possible, il ne lui restait plus qu'à serrer les dents... en espérant qu'il lui épargnerait son ironie sur ce qui s'était passé. Franchement, elle ne voyait pas comment supporter d'éventuelles piques de sa part à ce sujet ou, pire, une quelconque manifestation de pitié.

Tout cela était très déprimant. Son moral était au plus bas, tandis qu'elle se préparait un chocolat chaud. Avec un peu de chance, le breuvage lui calmerait assez les nerfs pour qu'elle puisse s'endormir. Pourtant, après une bonne heure à se retourner dans son lit, elle abandonna. Les pensées qui tournoyaient dans sa tête ne lui laissaient aucun répit.

Elle alla se blottir sur le sofa du salon et essaya de se raisonner. Après tout, il ne s'était rien passé, et même si Sean avait deviné quel était son plan elle pouvait toujours en changer... Si elle devait en être aussi bouleversée, cela n'en valait pas la peine. Pourtant, une petite voix intérieure ne cessait de lui murmurer qu'elle ne serait pas délivrée de lui tant qu'elle n'aurait pas repris l'avantage...

Elle ferma les yeux, tentant de se figurer ce qu'elle éprouverait après. Que disaient les gens à ce sujet ? Que ressentait-on, en général, quand on avait enfin tourné une page douloureuse ? De l'euphorie, du soulagement ?

Elle avait beau s'y efforcer, elle n'envisageait rien du tout. La seule chose qu'elle pouvait vérifier, c'était la façon dont elle se sentait en ce moment : troublée, gênée, effrayée. Et si jamais c'était elle qui perdait la partie ? Si, en couchant avec lui, elle retombait sous son charme ? Ce serait encore pire que maintenant...

Elle retourna ces questions, jusqu'à en avoir le vertige. Inutile de se remettre au lit, elle ne trouverait pas le sommeil. Elle se doucha et, après avoir enfilé une tenue confortable, sortit faire une promenade, en espérant se calmer les nerfs. Parvenue au bout de la rue, elle s'engagea sur le chemin qui menait à la berge, en évitant de son mieux les flaques gelées. Le fleuve semblait paresseux sous sa surface couverte d'une couche de glace. Elle s'arrêta un moment pour observer les canards qui glissaient dessus, maladroits, mais le froid mordant l'obligea à reprendre sa route. En atteignant l'allée qui conduisait au centre-ville, elle décida d'aller prendre un café et un croissant, avant de rentrer. Elle n'avait rien mangé depuis sa sortie de l'hôpital, et son estomac criait famine.

Elle arriva bientôt sur la place du marché. La municipalité y avait fait dresser un immense sapin de Noël, qu'elle admira un instant. Un groupe de chanteurs de cantiques l'entourait, et elle les écouta avec plaisir. Tout était à la fois si joyeux et si normal qu'elle commença à se détendre. Elle n'avait aucune raison de se sentir stressée : elle avait simplement à faire le choix de mettre son plan à exécution ou de l'oublier.

— Tout ça fait très Noël, n'est-ce pas ? J'adore entendre ces chants à cette période de l'année, pas toi ?

Elle se retourna d'un coup et crut rêver, en découvrant Sean, debout à côté d'elle.

— Qu'est-ce que tu fais ici ?

— La même chose que toi, je suppose. J'écoute les cantiques.

Elle cilla. Il eut un bref sourire avant de sortir de sa poche une poignée de pièces de monnaie, qu'il jeta dans le seau qu'un gamin leur tendait. Il n'avait même pas compté ce qu'il donnait ! Elle se souvenait bien de ce trait de son caractère... Il était extrêmement généreux, toujours le premier à mettre la main au portefeuille, pour soutenir une bonne cause. C'était d'ailleurs l'un des traits de sa personnalité, qu'elle appréciait particulièrement.

Bien que son geste ait été en soi assez insignifiant, il la ramena à une forme de raison : elle se rendit compte qu'elle avait oublié tous ses côtés positifs. Elle s'était tant focalisée sur la souffrance que lui avait causée leur rupture, qu'elle avait rejeté tout le reste. Qui lui revenait maintenant : sa largesse, sa compassion pour les moins fortunés... Il avait tellement de qualités ! Et soudain une question s'imposa à son esprit : mais alors, puisqu'il était attentionné envers tout le monde, pourquoi s'était-il montré si cruel avec elle ?

— Et si nous allions prendre cette tasse de café dont nous avons parlé plus tôt ?

— Pardon ?

Sentant sa main sur son bras, elle sursauta. Perdue dans ses pensées, elle n'avait aucune idée de ce qu'il venait de dire.

Il lui sourit. Ses yeux bleus exprimaient l'amusement, et autre chose qu'elle y reconnut... Comptait-elle vraiment pour lui, ou était-il doué pour jouer la comédie ? Avant qu'elle ait pu se décider, il l'avait prise par le bras.

— Je me damnerais pour un expresso avec un croissant, tu m'accompagnes ? Je pense que je mérite une petite douceur après cette nuit éprouvante, pas toi ?

Et sans attendre sa réponse il l'entraîna jusqu'au salon de café. Il poussa la porte avec une fougue qui fit retentir très fort la cloche de cuivre. Elle inspira à fond en franchissant le seuil, absorbant l'arôme du café et des viennoiseries chaudes. Bizarre, il lui semblait que son odorat s'était développé... ainsi que ses autres sens, d'ailleurs, car le rouge, le bleu et le vert des nappes paraissaient plus vifs, éclatants. Comme si elle avait soudain émergé de la grisaille sous un soleil glorieux. Quelle étrange expérience...

— Regarde, ce couple qui se lève... Va vite t'asseoir à la table, pendant que je commande.

Il lui donna une légère poussée dans le dos, et elle obtempéra tel un automate. Elle s'installa sur une chaise, puis retira son écharpe et son bonnet de laine. Que lui arrivait-il ? Pourquoi cette impression de s'éveiller d'un profond sommeil ?

— Voilà. On nous apporte le café tout de suite. J'ai commandé un *latte* pour toi, j'espère que ça te va. C'était ton préféré, si je me souviens bien.

Au son de sa voix, elle sentit son cœur s'emballer. Il revenait avec un plateau. Elle le regarda poser sur la table les croissants chauds et les pots de confiture miniatures, les serviettes et les couteaux... Il était vif et adroit, mais, cela, elle le savait déjà. Il faisait tout dans les règles de l'art. Que ce soit dans son métier ou à la maison, il s'appliquait. C'était si agréable d'être avec lui ! Quand il était là, tout paraissait plus intéressant, plus vibrant.

Y compris elle-même.

Elle se servit d'un croissant et mordit dedans, savourant la délicieuse pâte au beurre. Il lui sembla n'avoir jamais rien goûté d'aussi bon. Ou, du moins, depuis deux ans. Deux longues années, durant lesquelles elle avait vécu comme une ombre. Maintenant, tout avait changé, elle se sentait pleinement vivante. Elle se redressa sur sa chaise. C'était bien la preuve qu'elle devait à tout prix se dégager de son emprise...

— Merci.

Sean sourit à la serveuse qui posait leurs tasses devant eux. Il lut de l'intérêt dans les yeux de la jeune fille qui lui rendait son sourire, mais n'en fit pas cas. A un autre moment, il aurait été tenté de la suivre et d'obtenir un rendez-vous, comme il l'avait si souvent fait au cours de ces dix dernières années. Mais aujourd'hui il était avec Molly. En fait, aucune autre ne l'intéressait, quand il était avec elle.

Cette pensée lui causa un choc. C'était la première fois qu'il se l'avouait... Molly emplissait son esprit, à l'exclusion de tout le reste. Pourquoi avait-il été si brutal à son égard ? Bien entendu, pour ne pas rompre son vœu, mais à l'époque il s'était aussi persuadé que cela valait mieux pour elle. Etait-ce vraiment aussi altruiste qu'il le croyait, n'avait-il pas plutôt tenté de se protéger lui ?

C'était dérangeant, et il devrait y réfléchir. Impossible de balayer cette idée sous le tapis comme à son habitude, il ne l'oublierait pas pour autant. Il lui fallait examiner ses sentiments, se souvenir de ce qu'il avait ressenti deux ans plus tôt et faire son possible pour éviter que cela se reproduise. Il avait dû placer Molly sur un piédestal, se figurer qu'elle était la femme idéale. Il était temps de se faire une opinion plus réaliste. Peut-être que le plan qu'elle avait ourdi n'était pas si ridicule, après tout... S'ils renouaient, cela pourrait l'aider, lui aussi, à mettre leur histoire en perspective.

Il y avait aussi autre chose à quoi réfléchir, mais pas tout de suite. Il prit un croissant et, après avoir mordu dedans, eut un murmure appréciateur.

— Un délice ! Pas étonnant que ce salon soit toujours plein ! Tout de même, je ne me rappelais plus que c'était aussi bon.

— Depuis l'année dernière, c'est un Français qui a repris l'affaire. Il fait venir la farine de France pour ses pâtisseries, expliqua Molly en s'essuyant les doigts sur sa serviette.

— Ah bon ? Eh bien, il a raison, ça change vraiment tout.

Il lui fit un grand sourire. Bon sang, qu'elle était jolie, aujourd'hui, en jean et pull rose pâle ! Elle semblait très jeune et si fraîche, en train de dévorer son petit déjeuner. Il comprit pourquoi il appréciait sa compagnie... Et tout à coup les souvenirs, qu'il avait crus enfouis à jamais, affluèrent.

— Tu te rappelles ces croissants que nous achetions au supermarché ? Nous les faisions réchauffer au micro-ondes, ils étaient toujours un peu secs, mais nous les mangions quand même.

— Oui, je me souviens.

Molly détourna les yeux. Elle avait répondu d'un ton détaché. Elle eût préféré qu'il ne s'engage pas sur ce terrain... C'était devenu une sorte de rituel, quand leurs jours de congé correspondaient. Sean préparait le café, pendant qu'elle s'occupait des croissants. Ils portaient ensuite le tout dans la chambre et se remettaient au lit. Il n'était pas rare que le petit déjeuner refroidisse, parce qu'une fois qu'ils s'étaient de nouveau glissés sous la couette l'inévitable se produisait...

— Nous n'arrivions pas toujours à les manger chauds, n'est-ce pas ?

Devant son air songeur, elle comprit qu'il se remémorait à quel point leur mutuelle faim de l'autre prenait le pas sur tout le reste. Il la désirait autant qu'elle le désirait... Encore une fois, elle s'interrogea sur les causes de leur rupture. Soudain, elle eut envie de savoir ce qui avait mal tourné, pourquoi il l'avait rejetée ainsi, sans crier gare.

— Que s'est-il passé, Sean ? Qu'est-ce qui t'a déplu ?

— Pardon ?

Il s'était rembruni, et elle sentit faiblir sa résolution. Après tout, à quoi bon poser de telles questions maintenant ? Pourtant, sa volonté qu'il s'explique l'incita à poursuivre.

— Il a forcément existé un déclencheur, pour que tu aies rompu du jour au lendemain. J'ai fait quelque chose de mal ?

— Non. J'ai juste estimé que c'était la meilleure solution.

Elle eut un rire étranglé.

— La meilleure pour qui ? Tu en avais assez de moi ?

Il tendit le bras, pour poser la main sur la sienne.

— Molly, jamais je ne me suis ennuyé en ta compagnie, jamais. C'est la vérité, je te le jure.

Il retira sa main, et elle eut l'impression qu'il cherchait ses mots pour poursuivre. Elle retint sa respiration, mais finalement il se borna à boire une gorgée de son café.

Elle l'imita. Pourquoi se sentait-elle soudain si découragée ? Même si rien dans son attitude ne lui avait laissé penser qu'il existait un lourd secret dans sa vie, elle soupçonnait que tous ses actes découlaient d'un événement grave de son passé. Mais à quoi bon lui chercher des justifications ? Elle prit un second croissant en soupirant. Il s'était lassé d'elle et refusait de l'avouer, c'était aussi simple que cela.

5

Sean s'éclaircit la gorge. Il était content d'avoir réprimé au dernier moment son désir de parler de Claire et du vœu qu'il avait fait… Qu'est-ce que son aveu aurait changé ? Au contraire, cela aurait envenimé les choses. Elle aurait pu croire qu'il cherchait à se faire plaindre, une idée qui lui était insupportable.

Au moment où il tendait la main pour saisir un autre croissant, la porte s'ouvrit brusquement, et une femme d'âge moyen entra, l'air hagard, visiblement paniquée.

Il sauta sur ses pieds et fut près d'elle en un instant.

— C'est mon mari ! Il a eu un malaise ! Vite, au secours !

Il la prit par le bras pour lui éviter de tomber.

— Où est-il ? Je suis médecin, je peux vous aider.

— Sous le sapin de Noël, sur la place. Nous écoutions les cantiques, quand il a commencé à se comporter bizarrement.

Tout en poursuivant ses explications, la femme l'avait entraîné dehors, dans un coin où un attroupement était en train de se former.

— Que voulez-vous dire ?

Sean se fraya un passage jusqu'à l'homme, qu'on avait placé en position de récupération. Il s'agenouilla pour prendre son pouls et s'assurer qu'il respirait.

— Je ne sais pas…, c'était comme s'il ne pouvait plus parler, sa bouche tombait d'un côté, et son bras gauche semblait paralysé.

Elle ravala un sanglot.

— Je lui ai demandé ce qu'il avait, mais j'ai eu l'impression qu'il ne m'entendait pas. Et tout à coup il s'est écroulé, et n'a plus bougé.

— Je vois, fit-il d'un ton calme.

Une attaque, probablement. Plus vite cet homme serait à l'hôpital, plus grandes seraient ses chances de s'en tirer. Sean leva la tête vers Molly qui les avait rejoints et acquiesça, quand elle annonça qu'elle avait appelé une ambulance.

— Merci. Peux-tu les rappeler et leur dire qu'il s'agit très certainement d'un AVC ? Pour qu'ils soient prêts à l'emmener aux urgences.

— Bien sûr.

Après avoir passé l'appel, elle s'agenouilla près de lui.

— Il respire ?

— Pas trop mal, pour l'instant. Le pouls est un peu erratique, mais c'est normal en ces circonstances.

Il regarda la femme.

— S'est-il plaint d'une migraine un peu plus tôt ?

— Non, il avait l'air en forme. Nous avions l'intention d'écouter encore quelques cantiques et de boire un café avant de rentrer. Pourquoi ? Vous savez ce qu'il a ?

— Je crains que ce ne soit une attaque, répondit-il d'une voix douce.

Les larmes jaillirent.

— Mon Dieu ! Il va mourir ?

Molly se releva et la prit par les épaules.

— N'envisageons pas le pire. L'important, maintenant, c'est qu'il arrive à l'hôpital le plus vite possible.

— On peut le soigner ? Mon père a eu le même accident, quand j'étais adolescente, et on n'a rien pu faire…

Sa voix s'étrangla, et Sean soupira : c'était la partie la plus pénible de son métier, tenter de rassurer les proches, sans pouvoir leur promettre quoi que ce soit.

— Nous avons beaucoup progressé depuis. On va lui administrer des anticoagulants, pour réduire les caillots qui ont pu se former dans son cerveau. Nous avons bon espoir dans ce traitement.

— Et s'il a un vaisseau éclaté ? C'est ce qu'a eu mon père, une hémorragie cérébrale.

— On lui fera un scanner pour vérifier, mais le fait qu'il ne se soit pas plaint de migraine est encourageant, expliqua-t-il.

Il leva la tête en entendant la sirène qui se rapprochait. Comme Molly tenait toujours compagnie à l'épouse éplorée, il la laissa pour se charger du rapport, qui fut bref, puisqu'il n'avait administré aucun produit. L'ambulance repartit bientôt.

Molly la regarda s'éloigner.

— Tu crois qu'il va s'en tirer ?

— Il a de bonnes chances, puisqu'il recevra un traitement rapide.

— J'espère. Mais sa femme, la pauvre ! Ce doit être un choc terrible quand il arrive un truc pareil à quelqu'un qu'on aime.

— Ta vie s'écroule en un clin d'œil.

Il hocha lentement la tête. Il savait trop bien de quoi il parlait... Aimer, c'était être vulnérable, et cet incident lui servait d'avertissement : il ne supporterait pas une seconde perte.

Encore une importante prise de conscience... En suivant Molly au salon de café où ils avaient laissé leurs affaires, il comprit qu'il devait maîtriser ses émotions et renoncer à toute intention de renouer avec elle. C'était peut-être un moyen de régler certains problèmes, mais si jamais cela en créait de nouveaux ? Il s'en rendait compte à présent, leur relation avait été bien plus profonde qu'il ne l'avait cru, et l'idée d'un avenir avec elle le terrifiait.

— Ouf ! Cette histoire m'a achevée. Je pense que je vais rentrer maintenant. Merci pour le café, Sean.

Elle avait déjà passé son écharpe et son bonnet, et il éprouva une fois de plus un impérieux besoin de lui donner le motif de sa brusque rupture. Il fallait à tout prix qu'il l'empêche de mettre son plan à exécution, ce serait un désastre ! Une fois qu'elle saurait qu'elle n'y était pour rien, ils seraient peut-être tous deux capables d'aller de l'avant, chacun de leur côté...

— Molly... Il y a quelque chose que j'aurais dû te confier depuis longtemps.

— Au point où nous en sommes, je ne vois vraiment pas l'intérêt de remuer le passé.

Son expression distante lui ôta le désir d'aller plus loin. Elle eut un petit sourire pincé, en ramassant ses gants.

— Si c'était si important, tu me l'aurais dit avant, non ? A présent, cela ne me regarde plus.

Il acquiesça. Elle avait raison, à quoi bon mettre son âme à nu après tout ce temps... Il n'était à Dalverston que pour quelques semaines et s'arrangerait pour ne jamais y revenir.

— D'accord avec toi. Il a passé de l'eau sous les ponts, n'est-ce pas ?

Il lui adressa son sourire le plus éclatant.

— J'ai envie de prendre un second café avant de rentrer. A ce soir, je suppose ?

Elle hocha la tête et sortit. Il alla au comptoir se commander un double expresso, espérant qu'une bonne dose de caféine l'aiderait à se remettre sur les rails. Il se laissait dominer par ses émotions, ce qui ne lui ressemblait pas, et il fallait que cela cesse.

Il rapporta sa tasse à la table, but une gorgée de café...

C'était d'avoir revu Molly qui le troublait à ce point. Etrangement, elle l'amenait à regretter une vie qu'il savait impossible.

Et il avait bien l'intention de rester ferme, en évitant notamment par tous les moyens de se retrouver dans ses bras.

6

Molly se sentait exténuée en arrivant à l'hôpital le soir. Le manque de sommeil et les émotions fortes provoquées par le retour de Sean l'avaient épuisée, et elle dut se forcer à sourire en retrouvant Suzy dans la salle du personnel.

— Molly ? s'exclama celle-ci. Tu as une mine épouvantable ! J'espère que ce n'est pas à cause de Sean Fitzgerald ! Tu avais le béguin pour lui autrefois, non ?

— Il a passé de l'eau sous les ponts, lâcha-t-elle de mauvaise grâce.

Elle s'aperçut, confuse, qu'elle répétait l'expression employée par Sean. Normal, elle ne pensait qu'à lui... Avait-elle eu raison de le prier de se taire ? Etait-il sur le point de lui faire une confidence ? Elle laissa échapper un soupir. De toute façon, il n'avait pas beaucoup insisté. Elle ne comptait pas assez pour lui...

Elle chassa cette pensée déprimante et prit une grande inspiration :

— Tu connais le dicton, Suzy. Il faut embrasser pas mal de crapauds, avant de tomber sur le prince charmant.

— C'est l'opinion que tu as de lui ? Un crapaud de plus ?

— Eh bien, en tout cas, il ne s'est pas changé en prince.

Et elle sortit de la salle, avant que Suzy ait pu répliquer. Inutile d'entrer dans les détails. Son amie savait qu'elle avait eu une aventure avec Sean, dont la réputation de play-boy n'était plus à faire, mais elle ne lui avait jamais confié à quel point leur rupture avait été douloureuse. Suzy n'avait aucune raison de penser qu'elle en avait été amoureuse, et elle ne tenait pas à la détromper. Elle en avait assez honte comme ça.

Elle s'occupa du passage de relais et emmena sa première patiente dans un box d'examen. Abbey Jones souffrait de violentes crampes à l'abdomen, dont elle accusait le curry du repas de midi. Molly pria son compagnon, qui était venu avec elle, de rester en salle d'attente. Soupçonnant autre chose qu'une indigestion, elle voulait poser des questions personnelles à Abbey.

Elle la fit allonger sur le lit.

— Avez-vous vomi ?

— Non, j'ai simplement très mal au ventre. Oh ! C'est horrible !

— Le médecin sera là dans une minute, dit-elle d'un ton rassurant. Commençons par ôter ces bottes et ces leggins.

Elle aida la jeune fille à se déchausser, à retirer son collant, et tenta de dissimuler son inquiétude, en découvrant qu'elle avait une hémorragie.

— Vous vous étiez rendu compte que vous saigniez ?

— Pas du tout ! J'ai senti que j'étais mouillée, mais j'ai glissé dans le parking et je suis tombée dans une flaque, j'ai cru que c'était de l'eau... Oh ! Mais qu'est-ce qui m'arrive ?

— Pourriez-vous être enceinte ?

— Quoi ?

— Enceinte. Vos dernières règles datent de quand ?

— Euh... Elles ont toujours été irrégulières..., je ne peux pas être sûre.

Ses yeux s'agrandirent soudain.

— Mais alors, si c'est ça, je suis en train de faire une fausse couche ?

— C'est possible, oui.

Elle lui tapota la main. Ce devait être un tel choc... S'apercevoir que l'on perd un bébé avant d'avoir su qu'on l'attendait, c'était dur. Elle-même, après sa rupture avec Sean, s'était inquiétée quelques jours d'un retard de règles, même s'ils s'étaient toujours montrés très prudents. Par chance, c'était une fausse alerte, mais qu'aurait-elle fait dans le cas contraire ? Aurait-elle repris contact avec lui pour le lui apprendre ? Pas sûr, puisqu'il ne tenait plus à entendre parler d'elle...

Elle balaya aussitôt ce souvenir, pour penser à sa patiente : elle devait vérifier tout de suite si Abbey était vraiment enceinte. Elle tira un test du placard et l'accompagna à la salle de bains. Quelques minutes plus tard, la jeune fille en ressortit en tremblant, hagarde.

— Il est positif. Je ne me doutais pas... Et maintenant je vais perdre le bébé.

— Je suis navrée, dit doucement Molly, en l'aidant à se recoucher. Ce doit être terrible pour vous, mais il faudrait prendre une décision sans trop tarder. Voulez-vous que je l'annonce à votre ami ou préférez-vous le faire vous-même ?

— Je n'en sais rien ! bredouilla-t-elle, avant d'éclater en sanglots. Nous ne sortons ensemble que depuis deux mois et nous n'avons jamais parlé d'avoir un enfant...

— Donnez-vous un peu de temps pour réfléchir.

Elle la regarda compatissante, ne la comprenant que trop bien. Elle non plus n'avait jamais évoqué cette éventualité, avec Sean, pour des raisons évidentes... Et, même si c'était idiot de se laisser affecter par ce fait, elle en souffrait.

— Pour l'instant, je peux l'avertir qu'on vous admet quelques heures pour d'autres examens.

— Oui, merci. C'est si difficile...

— Je m'en doute.

Elle lui sourit et s'éloigna pour appeler la maternité. Sean arriva au moment où elle raccrochait, et elle lui expliqua la situation.

— Parfait, apparemment je n'ai plus rien à faire... Qui l'a amenée ?

— Son petit ami. Il est dans la salle d'attente, je lui ai demandé de patienter.

— Il va être surpris, lui aussi !

— Si elle décide de le lui dire, oui.

Elle eut un mince sourire, consciente de ce dilemme pour y avoir été confrontée.

— Ils ne sont ensemble que depuis quelques mois, elle ne sait pas du tout si elle doit le mettre au courant.

— Ah bon ?

Elle le dévisagea, étonnée. Bizarre, il paraissait choqué… Elle aurait cru qu'il adhérerait immédiatement à l'idée qu'Abbey se taise… pour que son compagnon ne se sente pas obligé de rester avec elle.

Elle haussa les épaules.

— Peut-être qu'elle ferait mieux de ne pas lui en parler, s'ils ne veulent pas s'engager.

— Pas d'accord. Garder secret un fait si important ne peut que créer des problèmes, à mon avis. Mais, si c'est son choix, nous devrons le respecter.

Il ne prononça pas un mot en se rendant au chevet d'Abbey. Molly était perplexe en allant retrouver le petit ami dans la salle d'attente : elle s'attendait tellement peu à cette réaction de la part de Sean… Avait-il vécu une situation de ce genre, ce qui expliquerait qu'il ait fait preuve d'une telle fougue ? Il avait évoqué un secret… Elle se mordit la lèvre. Etait-ce pour cela qu'il refusait toute relation durable ? A cause d'un événement traumatisant qui l'empêchait de prendre le risque de souffrir de nouveau ?

Une pensée troublante, mais sur laquelle elle n'avait pas intérêt à s'attarder. Une fois encore, elle ne devait surtout pas commettre l'erreur d'espérer avoir découvert le motif de leur rupture. Comme avec ses autres conquêtes, il avait eu une soudaine envie de changement, voilà tout.

Le temps qu'elle en ait terminé avec Abbey, une file importante s'était formée à la réception. Suzy se chargeait du triage, repérant ceux qui devaient être soignés en priorité. Le bureau des ambulances avait appelé pour prévenir de l'arrivée d'un jeune homme, victime d'un accident de la route. On suspectait une fracture du pelvis. Molly pria les secouristes de l'amener directement en réanimation et bipa Sean qui devrait s'en occuper, et qu'elle allait assister.

— Bon, que s'est-il passé ? demandait-il quelques instants plus tard, en faisant irruption dans la salle.

Il se dirigea droit vers le lit.

Elle se déplaça pour lui céder de l'espace et, pendant qu'on transférait le jeune homme, eut le loisir de l'examiner : sa tenue bleu ciel, qui lui seyait à merveille, rehaussait le saphir intense de ses yeux. Il était vraiment splendide, avec ses cheveux d'un noir de jais et ses traits taillés au burin. Elle eut du mal à se concentrer pour écouter le rapport des brancardiers.

— David Gregory, vingt-deux ans. Ejecté de sa moto, après avoir buté sur un nid-de-poule, et envoyé dans un mur de pierre. Nous avons fixé une ceinture autour du pelvis, qui semble instable. On lui a injecté 10 milligrammes de morphine pour la douleur et 8 de métoclopramide pour éviter la nausée.

Sur ce, les secouristes sortirent, les laissant seuls avec le blessé.

— Bonjour, David, je suis le Dr Fitzgerald. Je sais que tu souffres beaucoup, mais je dois vérifier ce qu'il en est exactement, d'accord ?

Sur un hochement de tête du jeune homme, Sean commença son examen, et elle observa ses gestes. Il était à la fois précis, rapide et doux. Lorsqu'il la regarda, elle lut l'inquiétude dans ses yeux.

— Peux-tu appeler la radio, s'il te plaît ? Je dois m'assurer qu'il n'y ait pas plusieurs fractures.

— Tout de suite.

La radiologue, qui se présenta quelques minutes plus tard, se mit à prendre les clichés réclamés. La salle de réa était équipée d'un appareil de pointe, de façon à ne pas déplacer le patient. En un clin d'œil, les résultats apparurent sur l'écran :

comme l'avait soupçonné Sean, le pelvis était fracturé en deux endroits, ce qui compliquait encore la situation.

— Il faut le transférer au bloc le plus vite possible ! déclara-t-il. Si je ne me trompe pas, la vessie est touchée, et nous devons nous en occuper immédiatement. Qui est le chirurgien de service, ce soir ?

— Adam Humphreys, je crois. Veux-tu que je le prévienne de ta part ?

Il lui sourit.

— Oui, merci Molly, ça m'épargnera du travail.

— Pas de problème.

Elle eut un léger haussement d'épaules, mais elle devait admettre que son cœur s'était emballé, quand il lui avait souri. Peut-être, après tout, qu'il avait réellement vécu un événement dramatique par le passé... Elle poussa un soupir. Voilà qu'elle recommençait ! Quand parviendrait-elle à admettre qu'il s'était simplement lassé d'elle ?

Elle se remit au travail. Elle dut passer de nombreux coups de fil pour retrouver la trace d'Adam Humphreys, une tâche qui se révéla difficile, car il ne répondait pas aux appels sur son bipeur. Il n'était ni dans la salle de repos des chirurgiens, ni au bloc. Enfin, elle le dénicha en chirurgie générale, où il rendait visite à une patiente qu'il avait opérée. Visiblement désolé que son bipeur ait été éteint, il promit de venir sur-le-champ et, en effet, apparut quelques minutes plus tard.

Molly le connaissait bien et, sans le juger particulièrement attirant, elle appréciait sa personnalité. Il avait fait quelques tentatives pour l'inviter au restaurant, ce qu'elle avait toujours refusé jusque-là. Mais cette fois, après qu'il eut examiné les radios, il renouvela son invitation, et elle se surprit à accepter. Peut-être cela lui changerait-il les idées... Le retour inopiné de Sean l'avait bouleversée, au point qu'elle était obnubilée par lui. La preuve, elle avait même envisagé de renouer ! De la folie pure, ce projet. Adam Humphreys était un type sympa et simple, cela lui ferait du bien de le fréquenter. Et qui sait ce qui pouvait en advenir ? Si jamais c'était lui, l'homme de sa vie, le fameux prince charmant ?

Sean dut se mordre la langue, quand il entendit Humphreys proposer à Molly de déjeuner avec lui. Cela ne le regardait pas, pourtant. Elle était libre, il avait rompu avec elle depuis longtemps. Mais cette vérité était dure à avaler. Il avait encore, là, matière à réflexion : pourquoi ne supportait-il pas l'idée qu'elle sorte avec un autre ?

La nuit se poursuivit, avec son lot de petits drames et de plus grands, comme à l'accoutumée. Plusieurs des patients qu'il examina auraient pu consulter leur généraliste, plutôt que de venir aux urgences. Il expliqua chaque fois poliment qu'une prochaine fois, dans un cas semblable, ils pourraient contacter leur cabinet médical habituel, mais il savait qu'ils n'en tiendraient pas compte pour la plupart. Pourquoi attendre un rendez-vous, alors qu'on pouvait être soigné immédiatement ? Ils se moquaient bien que cela surcharge le service.

C'était assez décourageant, et lorsqu'il repensa à Molly et Humphreys cela l'acheva. Il avait le moral à zéro en quittant l'hôpital, et cela ne s'arrangea pas lorsqu'il vit Molly monter dans la voiture du chirurgien… Il l'avait entendue lui annoncer que sa batterie était en panne et ne pouvait la blâmer d'avoir accepté de se faire ramener, plutôt que de prendre le bus. Mais l'idée qu'un autre la reconduise le rendait fou, sans parler de l'éventualité qu'elle lui offre, à lui aussi, une tasse de café… D'accord, il n'avait aucun droit de lui dicter sa conduite, mais peu importait. Au fond de son cœur, il connaissait la vérité : il voulait Molly pour lui tout seul.

Par chance, Molly réussit à dormir quelques heures et s'éveilla bien plus en forme que la veille. Elle se doucha et, après s'être habillée, se sécha soigneusement les cheveux pour qu'ils retombent en boucles autour de son visage. Adam lui avait demandé si elle avait envie de déjeuner avec lui à 13 heures dans l'un des établissements les plus récents et les plus huppés de Dalverston, et elle n'avait pas refusé.

Elle se rendit donc à l'heure dite au restaurant. La salle était luxueuse, peut-être un peu trop à son goût. Elle parcourut les lieux du regard. Heureusement qu'elle avait choisi de mettre sa robe lilas, assez élégante. La majeure partie des clients étaient des gens plus âgés qu'Adam et elle, et pourtant ce dernier semblait très à l'aise. Il était évident que le personnel le connaissait, car on les fit aussitôt asseoir à l'une des meilleures tables, avec une vue splendide sur le fleuve. Elle dut dissimuler son amusement pendant la conversation interminable de son chevalier servant avec le sommelier, pour discuter des mérites comparés du sauvignon blanc et du chablis. Cela la dépassait un peu, mais elle était certaine qu'Adam serait contrarié si elle révélait son sentiment à cet égard.

Evidemment, il n'y avait là aucune comparaison possible avec les déjeuners en compagnie de Sean. Un jour, c'était un pique-nique à la ferme, à base de délicieux fromage du terroir, arrosé d'une pinte de bière, et en une autre occasion ils s'étaient arrêtés à un snack-buvette ambulant au bord de la voie rapide, pour y dévorer d'énormes sandwichs aux œufs et au bacon. Elle esquissa un sourire au souvenir soudain de son éclat de rire, quand il avait vu le jaune d'œuf s'écouler du pain et dégouliner sur son menton. Il s'était penché en avant et l'avait léché… Elle n'imaginait pas vraiment Adam agir de cette façon !

— Excellent ! Nous prendrons une bouteille de chablis, Pierre. Je suis sûr que tu apprécieras, Molly. Son bouquet est incomparable.

— Oui, oui, je n'en doute pas !

Elle chassa la pensée troublante qu'elle venait d'avoir. En fin de compte, elle était ici pour se détourner de son obsession de Sean et elle ne permettrait pas à ses souvenirs de troubler son premier rendez-vous avec Adam !

Elle l'écouta avec attention poursuivre sur son thème favori : comparer les qualités de plusieurs vins. Il semblait expert, mais elle n'était pas emballée par le sujet. A son avis, le vin, c'était du vin, et perdre du temps à en parler n'était pas dans leurs habitudes, à Sean et à elle... Ils avaient beaucoup mieux pour occuper leurs loisirs.

Elle réprima un soupir. Encore Sean ! Elle refusait de se remémorer les heures innombrables passées dans ses bras et les sensations qu'elle éprouvait en faisant l'amour avec lui. Ce n'était pas sympa pour Adam de penser à un autre homme, en dégustant le repas coûteux qu'il lui offrait...

Elle se pencha en avant et feignit le plus grand intérêt.

— Alors, finalement, quelle est ta cuvée préférée, Adam ?

Du coin de l'œil, elle vit le maître d'hôtel escorter quelqu'un jusqu'à une table proche, mais l'employé en veste blanche lui cachait la personne. Quand il s'éloigna pour aller chercher le menu, elle reconnut ce client solitaire... Elle se sentit pâlir. C'était encore Sean !

7

Sean laissa échapper un soupir. Que faisait-il ici ? A dire la vérité, il se posait la question depuis son arrivée, mais n'avait pas encore trouvé d'explication. Du moins, qui soit honnête... Oh ! Il avait bien énuméré une demi-douzaine de prétextes pour expliquer sa soudaine envie de déjeuner dans un restaurant de luxe, tout en ayant conscience qu'aucun n'était réellement valable. Il n'avait pas besoin de se gâter un peu, parce qu'il avait travaillé dur. Il ne croyait pas non plus qu'il était de son devoir de tester ce nouvel établissement, où il inviterait quelqu'un à dîner. Il était là pour une seule raison : parce que Molly y déjeunait avec Humphreys.

Le serveur revint pour prendre sa commande, et il désigna la première ligne du menu exorbitant. Il n'avait aucune idée de ce qu'il avait choisi et s'en fichait. Il n'était pas venu pour déguster des mets particuliers ; simplement, il ne supportait pas que Molly soit avec un autre, bien que lui-même n'en veuille pas. Il était mesquin, et alors ? Humphreys n'était pas un type pour elle. Il ne le connaissait pas plus que cela, mais il en avait la certitude. Le chirurgien était trop sérieux, trop solide, trop fiable, tout ce que lui-même n'était pas.

Elle avait besoin d'un homme qui ait plus de charisme, qui la chérisse, un homme capable d'apprécier à sa juste valeur sa beauté, sa gentillesse et sa générosité. Comme il l'avait fait, même s'il l'avait rejetée... Mais Humphreys ? Elle commettait une grossière erreur, si elle s'imaginait qu'il lui convenait !

Son plat arriva, et il prit ses couverts tel un automate, bien que son estomac se soulève à la pensée d'ingurgiter quoi que ce soit. Molly se penchait en avant, maintenant, et elle s'esclaffait à un trait d'esprit de son compagnon... Un voile rouge passa devant ses yeux. Il aimait tant la faire rire... Cela le rendait si heureux ! C'était insupportable, qu'un autre type en profite.

Il s'appliqua à manger, pour terminer le plus vite possible et sortir de cette salle. Il était terrifié à l'idée qu'elle puisse lui demander d'expliquer sa présence en ce lieu. Oh ! Et puis zut ! Tant pis pour le repas, il partait tout de suite !

Il repoussa sa chaise et s'arrêta net dans son élan, en prenant conscience que quelqu'un s'était approché de sa table. Il leva lentement la tête et plaqua un sourire sur son visage.

— Molly ! Quelle surprise ! Tu déjeunes ici, toi aussi ?

— Oui.

Les coins de sa bouche se relevèrent, mais il lut dans ses yeux des émotions mêlées : de la colère, de l'indignation, c'était sûr, quant aux autres... Il était incapable de les nommer. Elle se précipita sur lui.

— Tu as du culot ! Je n'ai pas idée de ce que tu cherches à faire...

— A me restaurer, pourquoi ? Que viendrais-je faire dans un lieu pareil, sinon ?

Elle lui jeta un regard sceptique.

— Donc, c'est une coïncidence ? Absolument rien à voir avec le fait qu'Adam m'y ait amenée ?

— Bien sûr que non, que vas-tu imaginer ?

Il tenta désespérément de prendre une mine d'innocent offensé. Pas question d'admettre qu'elle avait touché juste, sinon il serait forcé d'expliquer qu'il l'avait suivie... Et là, ce serait vraiment la honte !

— Eh bien, j'ai entendu dire que c'était l'endroit à la mode et que la cuisine y était succulente. J'ai pensé que je pourrais essayer, au cas où j'aurais quelqu'un à inviter…

Il haussa les épaules. En vérité, il avait une terrible envie de l'embrasser. La colère la rendait encore plus belle. Ses yeux verts étincelaient, et sa magnifique chevelure auburn auréolait son visage d'un halo flamboyant. Il l'avait rarement vue dans cet état ; elle était trop gentille et aimante pour faire des scènes. L'unique fois où elle était sortie de ses gonds, en fait, c'était le jour où il lui avait annoncé qu'il la quittait, et à l'époque il était trop bouleversé lui-même pour apprécier. En réalité, elle était aussi passionnée qu'elle était douce…

— Oh ! Je comprends ! Et alors, quel est ton jugement ? Deux étoiles, trois étoiles ?

— Vraiment top, déclara-t-il.

Il se tourna légèrement, s'efforçant de maîtriser sa libido, qui avait encore choisi le meilleur moment pour se manifester…

— L'endroit idéal pour séduire ta dernière proie, en effet.

Elle jeta un regard à la salle décorée avec faste et, quand elle se retourna, elle paraissait triste et blessée.

— Elle doit être très spéciale pour que tu envisages de l'inviter ici. Les prix sont ahurissants, mais bon, tu dois estimer qu'elle le vaut bien… Toutes les femmes, heureusement, n'acceptent pas de se contenter d'un sandwich aux œufs et au bacon.

Elle pivota sur ses talons et regagna sa place, le laissant désemparé… Quant à son ultime pique, elle se trompait beaucoup, si elle pensait qu'il était trop radin pour l'emmener au restaurant. Pour lui, ce genre de casse-croûte pris sur le pouce était beaucoup plus amusant que n'importe quel déjeuner dans un établissement de luxe. Il appréciait surtout sa compagnie, à l'époque, ce qui faisait toute la différence. Avec elle, du pain sec et de l'eau lui auraient semblé un repas de roi.

Il se leva, décidé à mettre les choses au point. Impossible de lui permettre de l'accuser d'une telle mesquinerie. Mais, avant qu'il ait pu bouger, il vit Humphreys revenir à leur table. Le chirurgien se pencha pour murmurer à l'oreille de Molly, et Sean serra les dents. Elle bondit de sa chaise en riant, puis sourit à son compagnon, qui la prit par le bras pour la guider jusqu'au jardin d'hiver, où le café était servi.

Il sentit ses entrailles se nouer. Il détestait l'intimité dont il était témoin. Sa première impulsion fut de les suivre et d'assener un coup de poing sur le nez d'Humphreys, mais c'eût été ridicule, bien entendu. Ce pauvre type n'y était pour rien. Si Molly avait souhaité garder ses distances, elle l'aurait arrêté. Et il se doutait bien qu'elle n'avait pas envie qu'il fasse une scène...

Il inspira à fond, avant d'appeler le serveur pour réclamer l'addition. Il marmonna quelques mots gentils, quand ce dernier lui demanda si le repas lui avait plu. Ce n'était pas exactement le cas... Molly avait dû l'apprécier plus que lui, car il était certain que sa présence impromptue n'avait pas pour autant gâché son plaisir. Non, Humphrey, et elle continueraient à sortir ensemble, à dîner dans des endroits chics, à se rendre au concert, au théâtre, sans oublier la danse classique, qui était certainement un art prisé du chirurgien. Après tout, comment la blâmer d'accepter d'être gâtée de la sorte ? Lui, il ne lui avait offert qu'un sandwich aux œufs et au bacon, au comptoir d'une baraque à frites !

Le soir, en allant travailler, Molly redoutait un peu de revoir Sean. Elle réfléchissait toujours à l'incident du déjeuner. Incroyable, qu'il ait atterri par hasard dans le même restaurant qu'elle ! D'autre part, quelle raison aurait-il eue de l'y suivre ? Pour cela, il aurait fallu qu'il s'intéresse à elle ! Peut-être qu'il lui avait dit la vérité, en fin de compte, et c'était encore cette idée-là la plus douloureuse. Il passait son temps à chercher des moyens de séduire des femmes.

En apprenant, à son arrivée, qu'il était occupé en salle de réa, elle poussa un soupir de soulagement. Cela lui laissait un peu de répit. Elle sortit pour appeler son premier patient et le guida vers la salle de soins. A quatre-vingts ans, Bert Feathers était un homme actif. Il avait glissé sur une plaque de glace en promenant son chien et s'était entaillé le bras sur une bouteille cassée dans son allée par un inconscient. C'était sa voisine, Doris, qui l'avait amené.

— Attention, ça va piquer, dit-elle doucement.

Elle nettoya la coupure à l'aide d'une solution antiseptique puissante, pour éviter les risques d'infection. La blessure était longue et assez profonde.

— Il va vous falloir des points de suture.

Bert lui adressa un sourire édenté.

— Pas grave ! J'ai connu pire !

— C'est vrai ? Vous avez l'habitude qu'on vous recouse ?

Elle saisit un nouveau morceau de coton avec ses pinces et frotta de nouveau la plaie.

— Eh oui. Et de recoudre aussi. Quand j'étais à ma ferme, nous étions si loin de la ville que nous faisions ça nous-mêmes. Mon frère Cédric et moi-même étions assez adroits avec une aiguille.

Il brandit son bras valide.

— Vous voyez cette balafre ? Je me suis coupé en réparant le tracteur, une fois. Cédric s'en est occupé, et ça a cicatrisé sans problème.

— Du bon boulot, en effet ! Sans anesthésie ?

Elle le regarda, admirative. Quelle rudesse que la vie de ces hommes, et quel courage que le leur, quand on savait la douleur intense qu'une telle blessure et des points de suture à vif pouvaient provoquer...

— Bien sûr ! J'ai travaillé là-bas jusqu'à la mort de mon frangin, et puis j'ai vendu. Ici, j'ai rencontré Doris, qui habite la maison d'à côté, nous nous aimons beaucoup. Je n'ai jamais eu d'amie, avant, faute de temps... Nous nous marions la semaine prochaine.

— Félicitations ! s'exclama-t-elle, ravie. On n'est jamais trop vieux pour tomber amoureux...

— Sûr ! Quand la flèche vous frappe, il n'y a pas de remède ! Mais pourquoi ne viendriez-vous pas à la cérémonie, mademoiselle ? Et ensuite nous fêtons ça au pub...

Bert tourna la tête vers la porte :

— Et vous aussi, docteur ! ajouta-t-il. Plus on est de fous plus on rit, comme on dit !

Elle se retourna et eut un frisson : Sean était sur le seuil. Elle sentit faiblir sa résolution. Le déjeuner avec Adam avait été agréable, mais elle n'avait pas pensé à lui une seule seconde depuis. Effacerait-elle jamais Sean de sa mémoire ? En compagnie d'un autre, elle passait son temps à faire des comparaisons... qui n'étaient jamais à l'avantage du prétendant. Non seulement Sean lui avait brisé le cœur, mais il l'avait marquée de son empreinte, et cela la désolait.

Elle s'efforça de ne rien laisser paraître de son émotion. Sean s'adressa au couple :

— J'ai manqué le début. Que fêtez-vous ?

— Doris et moi, nous nous marions vendredi, à Sainte-Marie, l'église du centre-ville, avant d'aller danser au Green Man, et nous serions enchantés que vous vous joigniez à nous, tous les deux.

— Je ne suis pas certaine de pouvoir, annonça-t-elle.

Elle s'interrompit, paniquée, cherchant désespérément un prétexte pour refuser.

— Si c'est une question d'horaire, ne te tracasse pas.

Elle se sentit déstabilisée en voyant l'expression de ses yeux. Il savait exactement ce qu'elle pensait et n'avait aucune intention de la laisser se débiner.

— J'ai vérifié le planning, nous sommes libres tous les deux ce soir-là et nous nous ferons une joie de vous retrouver, n'est-ce pas, Molly ?

Elle se mordilla la lèvre. Que répondre ? Pas question de peiner les mariés, elle n'avait pas le choix. Prenant une fois encore sur elle, elle fit un signe d'assentiment. Sean lui adressa un sourire éblouissant, visiblement ravi.

— Super ! Nous avons hâte d'y être. Une charmante façon de débuter les fêtes de fin d'année, pas vrai, Molly ?

— Oui. A part ça, tu avais quelque chose à me demander ?

— Ah, oui, j'allais oublier !

Elle perçut une touche d'émotion dans sa voix, et la chaleur l'envahit. Mais ils s'apprêtaient à parler boutique, de toute façon, inutile de s'emballer. D'ailleurs, son ton était redevenu neutre, quand il poursuivit :

— Le patient que j'ai soigné en réa souhaiterait que nous prévenions sa famille en Inde, si c'est possible. Il est étudiant et n'a personne en Angleterre. Comme nous n'avons pas de numéro de téléphone, je pense que nous devrons passer par son ambassade, et je voulais te demander de t'en occuper.

— Bien sûr, je fais ça dès que j'ai terminé ici.

— Merci.

Il se dirigea vers la porte, puis se retourna :

— Au fait, ce déjeuner et ce café dans le jardin d'hiver, ça t'a plu ? Je n'ai pas encore eu l'occasion de te demander ton avis.

— Le repas était excellent, répondit-elle d'un ton détaché.

Elle lui fit un large sourire.

— Nous avons beaucoup apprécié, Adam et moi, ajouta-t-elle. Je suis certaine que nous y retournerons.

— Parfait. Je craignais que tu n'aies trouvé le lieu un peu... étouffant.

Sur un petit signe, il repartit vers la salle de réa, la laissant perplexe. Avait-il jugé l'endroit trop guindé, comme elle ? Il était vrai que cela manquait un peu de chaleur, à moins que ce ne soit dû à son compagnon... Adam était très attentionné, mais sa personnalité n'était pas très affirmée... Jamais il ne l'aurait emmenée déguster du fromage à la ferme !

Elle se morigéna aussitôt. Encore une comparaison malvenue... Elle termina le dernier point de suture et, après avoir raccompagné Bert et Doris, alla chercher son patient suivant. Il fallait que cela cesse. Elle n'avait pas l'intention de chercher à savoir qui Sean projetait d'inviter à dîner. Il pouvait sortir avec toutes les femmes de l'hôpital s'il en avait envie, elle s'en moquait bien ! Cela dit, autant admettre que l'imaginer avec une autre ne la laissait pas indifférente… Une nouvelle preuve, si besoin était, qu'elle devait tourner la page une bonne fois pour toutes.

8

Sean avait résolu de profiter de ses deux jours de repos consécutifs, pour chercher un logement. Comme il s'était décidé au dernier moment, il s'était provisoirement installé dans un Bed&Breakfast, mais il avait besoin de son espace à lui.

Il partit tôt pour se rendre à l'agence immobilière et en ressortit avec une liste de quatre propriétés à louer pour une durée limitée.

Hélas, il se rendit vite compte que l'agent exagérait nettement les qualités de ces demeures... A la quatrième, il était découragé. « Douillet » devait signifier minuscule, et « pleine de caractère » humide et envahie par les souris... Il n'empêchait qu'il deviendrait fou s'il devait se contenter d'une chambre de pension pendant six semaines !

Il descendit de la voiture pour atteindre à pied le cottage des Lilas, situé au bout d'une voie étroite conduisant au fleuve, et respira un instant la paix du lieu. Bizarre, cet endroit lui semblait familier... Il jeta un regard circulaire et soudain se souvint : c'était la rue de Molly ! Il y avait couru un matin après avoir dormi chez elle... Il poussa un soupir. Quel dilemme ! Elle ne souhaitait pas le rencontrer en dehors de l'hôpital, mais il n'avait plus trop de choix, et ils ne seraient pas vraiment porte à porte. Cela le décida à visiter tout de même. Il alla frapper, on lui ouvrit, et une vieille dame au visage sillonné de rides l'examina.

— Oui ?

— Mme Bradshaw ? Je crois que vous voulez louer pour un petit moment, l'agent m'a fourni un papier...

Il montra la lettre de l'agence en souriant.

— Il m'a dit qu'il vous avertirait de ma visite par téléphone.

— Mais oui, bien sûr ! Entrez donc ! Je pars en Nouvelle-Zélande, passer les fêtes avec mon fils et ma bru. Ils me le réclament depuis si longtemps ! Mais jusque-là c'était difficile, je ne pouvais pas abandonner Henry. Maintenant qu'il n'est plus parmi nous, je n'ai plus d'excuse.

— Je suis navré, dit-il d'un ton compatissant.

Il la dévisagea. Ce devait être terrible de perdre son compagnon de toujours...

— Vous étiez mariés depuis combien de temps ?

La vieille dame éclata de rire.

— Mariés ? Oh ! Non, mon mari est mort depuis des années ! Henry, c'était mon chien. Il avait très mauvais caractère, lui aussi, mais je l'adorais.

Il rit de sa méprise.

— Ah ! Je comprends ! Pardonnez-moi...

— Ce n'est pas grave, jeune homme, vous ne pouviez pas savoir. Comme Henry nous a quittés le mois dernier, j'ai décidé de réserver mon vol, mais ça me tracasse de laisser mon cottage vide. Une voisine m'a proposé de venir de temps en temps vérifier que tout allait bien, mais je n'avais pas envie de l'ennuyer avec ça, elle travaille... Il ne me restait plus qu'à louer.

Il observa le living. Petit, bien entendu, mais très accueillant.

— C'est très mignon ! Et chaleureux.

— Je suis contente que ça vous plaise. Visitez donc le reste pour vous faire une idée. Pendant ce temps-là, je vais préparer du thé.

Il passa à la cuisine, exiguë mais fonctionnelle, puis à la chambre, splendide avec son mobilier ancien, et réprima une exclamation de surprise en constatant que la salle de bains était spacieuse et bien équipée.

Lorsqu'il retourna au salon, sa décision était prise, et il en fit part à son hôtesse.

— Quelle bonne nouvelle ! s'exclama-t-elle, rayonnante.

Elle lui tendit une soucoupe et une tasse en porcelaine délicate.

— Je suis enchantée ! Si la maison est occupée, je n'aurais pas de souci à me faire, et Molly non plus.

— Molly ?

Sa main trembla légèrement, et il posa prudemment sa tasse sur la table basse. Impossible que ce soit la même, ce devait être une gentille dame du même âge que Mme Bradshaw...

— C'est une amie à vous ?

— Oui. Elle est adorable. Je suis sûre qu'elle vous plairait. Une vraie fille pour moi, elle m'apporte mon pain et mon lait, et aussi mon journal, le dimanche, quand elle ne travaille pas le week-end.

Mme Bradshaw poussa un soupir.

— Elle est infirmière en chef, voyez-vous, aux urgences, c'est un travail très pénible et prenant, mais elle trouve toujours le temps de me rendre visite. Vous comprenez pourquoi je ne voudrais pas abuser ?

— Oh... bien entendu.

Il hocha lentement la tête. Dans ce cas, il était hors de question qu'il loue cette maison : il risquait de tomber nez à nez avec Molly et de la contrarier encore davantage.

— Euh... Mme Bradshaw...

Comment expliquer ce brusque revirement ? En outre, c'était un véritable crève-cœur pour lui, car il aimait déjà cet endroit.

— Savez-vous, jeune homme, c'est un tel soulagement pour moi ! ajouta la vieille dame.

Elle lui tapota la main.

— Je peux partir tranquille en vacances, sans me soucier de ce qui se passe ici. J'ai la certitude que mon cottage sera bien entretenu et protégé.

— Evidemment, murmura-t-il.

Il lui adressa un petit sourire. Il ne se sentait pas le cœur de la détromper.

Il reprit sa tasse et but une gorgée de thé. Après tout, il n'était peut-être pas obligé de changer d'avis... Molly n'avait plus aucune raison de venir surveiller les lieux, puisque le locataire s'en occupait. Quand il quitta enfin Mme Bradshaw, il s'était plus ou moins persuadé qu'il n'avait pas à s'inquiéter. Il avait vraiment besoin d'un logement très vite, et celui-ci correspondait tout à fait à ses attentes. En fait, il se rendait compte qu'il souhaitait se créer des racines, trouver enfin, un endroit où se poser.

Il fut surpris de cette aspiration nouvelle. Laissant sa voiture garée au début du chemin, il descendit vers le fleuve. Posséder sa propre maison faisait partie de ses projets avec Claire, et il n'y avait jamais repensé depuis sa mort. Mais inutile de nier qu'il était tenté... A la seule idée de l'envisager, un sentiment de culpabilité le submergea. C'était comme s'il la trahissait...

Il ferma les yeux, s'efforçant de se figurer sa fiancée disparue, sans succès. Ses traits étaient brouillés, trop flous pour qu'il la visualise nettement. Il constata avec douleur que Claire lui échappait peu à peu. Il était incapable de la conserver dans sa mémoire et dans son cœur, où elle méritait de rester. Quel genre d'homme était-il pour permettre à ce souvenir de s'effacer ? Il avait pourtant rêvé de passer sa vie avec elle.

Soudain, une vision commença à se former dans son esprit, et il eut le souffle coupé en déchiffrant l'image familière, les longs cils noirs, les boucles d'un auburn flamboyant.

Il rouvrit les paupières et laissa errer son regard sur la rive opposée, en plein désarroi : il n'était plus capable de revoir le visage de Claire en pensée, mais celui de Molly s'imposait à lui, sans qu'il l'ait convoqué...

Molly, dont les réserves de nourriture étaient presque épuisées, avait prévu d'aller se ravitailler en ville. Sur une impulsion soudaine, elle décida de faire le détour par les berges du fleuve. La journée était magnifique, même si le froid était mordant, et cela la revigorerait de prendre l'air, après trois nuits de travail d'affilée. Elle descendit le chemin jusqu'au bout et s'arrêta net en reconnaissant Sean, debout sur la berge, qui semblait observer quelque chose de l'autre côté du fleuve. Son expression trahissait une douleur si intense qu'elle en eut le cœur serré. Elle n'avait pas à se mêler de savoir ce qui le peinait, bien entendu, pourtant, elle se sentit incapable de poursuivre son chemin en l'abandonnant à ce profond chagrin.

— Salut, Sean ! dit-elle doucement, en s'approchant de lui.

Il se retourna, et elle comprit qu'il faisait un effort pour rassembler ses esprits.

— Oh ! Bonjour, Molly ! Que fais-tu dans le coin ? Tu te promènes ?

— Plus ou moins. Comme j'avais vraiment besoin de remplir mes placards, j'ai pensé que je ferais d'une pierre deux coups, en respirant un peu d'air frais par la même occasion.

Redoutant de se laisser aller à le toucher, ce qui aurait été parfaitement inapproprié de sa part, elle enfonça les mains dans ses poches. Il avait certainement de la peine, mais rien ne lui assurait que sa présence était la bienvenue. Elle prit une inspiration :

— Qu'est-ce qui t'amène ici ? Une envie de prendre l'air, toi aussi ?

Bravo, Molly ! Quelle question intéressante ! Difficile de trouver mieux...

— Non, en fait, je viens de visiter une maison que j'espère louer. Elle est juste là, c'est le cottage des Lilas, le dernier de la rangée.

— Pas possible ! Pas celui de Mme Bradshaw ! s'exclama-t-elle.

Il eut un sourire gêné.

— Si. Je me doutais que tu ne serais pas enchantée que je loge à côté de chez toi. Tu n'as pas à t'inquiéter. Je vais prévenir l'agence immobilière que j'ai changé d'avis.

Sur ce, il tourna les talons pour remonter l'allée, mais elle secoua la tête.

— Pas question ! Je t'assure que je me moque de l'endroit où tu habites. De plus, je sais combien Mme Bradshaw appréhendait de ne trouver personne à qui confier « Les Lilas » avant son départ pour la Nouvelle-Zélande. C'est une telle chance pour elle !

Elle eut un léger haussement d'épaules. Il ne fallait surtout pas qu'elle montre combien la perspective de son installation à deux pas de chez elle la déstabilisait. Jusqu'à présent, elle avait dû s'efforcer de l'éviter à l'hôpital, et maintenant elle devrait être attentive aussi dans son quartier...

— Si vraiment il te convient, prends-le.

— Tu es certaine que ça ne te dérange pas ?

Elle eut un frisson, en percevant le doute dans sa voix. A l'évidence, il ne pensait pas qu'elle puisse affronter la situation, s'ils devenaient voisins... Elle se redressa. Non ! Il fallait chasser cette impression.

— Bien entendu ! C'est toi qui fais tout une affaire de ma présence, pas moi !

Et elle détourna la conversation sans lui laisser le loisir de répliquer.

— D'abord, explique-moi pourquoi tu as tellement envie de déménager ? Je n'aurais pas cru que cela en vaille la peine, pour les quelques semaines où tu vas rester à Dalverston.

— Tu as raison, et je ne le fais pas, d'habitude. Mais là, j'ai accepté ce poste à la dernière minute et je n'ai rien trouvé d'autre pour me loger qu'une chambre dans une pension près de la voie rapide.

Il haussa les épaules.

— Un endroit, certes, irréprochable, mais je commence à m'y sentir à l'étroit, enfermé entre quatre murs dès que je sors de l'hôpital. Au moins, dans le cottage, je disposerai d'un peu plus d'espace.

— Ce doit être bizarre de s'installer chaque fois pour si peu de temps et de devoir déménager sans cesse. Tu n'as jamais songé à te fixer quelque part ? A avoir une maison à toi ?

— Non. Enfin..., du moins, pas jusqu'à récemment.

Il parlait à voix basse, mais elle y perçut tant d'angoisse, qu'elle fut aussitôt touchée. Elle tendit la main vers lui.

— Pourquoi, Sean, qu'est-ce qui t'a fait changer d'avis ?

— Je me le demande. Peut-être le fait d'être ici, qui sait ?

Il lui prit la main.

— Non que ça m'arrange d'avoir cette envie, crois-moi, mais je ne peux m'en empêcher. Et ça me rend malade de culpabilité !

— Ah, bon ? Je ne vois pas pourquoi. Pourquoi devrais-tu te sentir coupable d'aspirer à avoir un « chez-toi » ?

Elle s'en voulut aussitôt de n'avoir pu dissimuler sa surprise.

— Peu importe. Ne t'occupe pas de moi. C'est sans doute une crise due à mon âge...

Il lui lâcha la main avec un petit sourire pincé et commença à gravir le chemin. Elle secoua la tête. Eh bien, s'il pensait qu'il pouvait s'en tirer ainsi, il se trompait !

— Ne dis pas n'importe quoi !

Elle le dépassa et lui coupa la route pour l'obliger à s'arrêter.

— A l'évidence, quelque chose te tracasse, Sean, qu'est-ce que c'est ? Je doute qu'il s'agisse simplement de ton hésitation à t'installer quelque part.

— Eh bien... la situation est beaucoup plus compliquée, en réalité.

Il la poussa gentiment de côté, mais son visage était si torturé qu'elle ne pouvait le laisser partir. Elle lui saisit le bras pour le retenir. Ce n'était peut-être pas ses affaires, mais il souffrait, et elle désirait lui venir en aide.

— Raconte-moi, Sean.

Elle plongea les yeux dans les siens, pour gagner sa confiance...

— Bien entendu, les choses sont difficiles entre nous, mais je voudrais pouvoir t'aider. Vraiment.

Sean se pencha en avant, offrant ses paumes ouvertes à la chaleur du feu. Il se sentait glacé jusqu'aux os. La partie raisonnable de son cerveau savait qu'il n'aurait jamais dû accepter l'invitation de Molly à venir se mettre au chaud, mais l'autre s'en moquait. Il ne pouvait pas supporter de passer le reste de la journée à se ronger de culpabilité pour sa part de responsabilité, dans la mort de Claire. Même sa famille ne connaissait pas toute l'histoire. Il avait gardé ce secret pour lui pendant dix ans. Mais peut-être était-il temps de l'exhumer et d'affronter les critiques qui ne manqueraient pas de lui être faites. Ce serait sans doute plus aisé que de vivre de cette manière, obsédé par la faute qu'il avait commise.

— Voilà ! Un chocolat chaud pour nous réconforter. Je ne sais pas toi, mais je suis gelée !

Elle revenait avec un plateau chargé de deux mugs fumants. Il remercia d'un hochement de tête, lorsqu'elle en plaça un sur la table basse devant lui. Puis elle se blottit sur le canapé, en repliant les jambes sous elle, et la normalité absolue de la scène le détendit un peu. Il prit sa tasse, la tint un instant serrée entre ses mains, et la chaleur se répandit dans ses doigts paralysés par le froid. Il n'avait aucune idée de ce qu'elle penserait de lui quand il lui aurait raconté son histoire, mais il était prêt à accepter ses reproches.

— Bien, et si tu me disais ce qui ne va pas, maintenant ?

Il la regarda, reconnaissant. Sa voix était douce. Il savait que s'il décidait de se taire elle n'insisterait pas. C'était à lui d'accepter de révéler, s'il avouait son erreur, dans quelle mesure ses actes avaient entraîné la mort de celle qu'il devait épouser. Il hésita un instant. Etait-il capable d'encaisser le jugement qui s'ensuivrait immanquablement. Mais la pensée de se sentir constamment en porte-à-faux lui était désormais insupportable, et même si Molly le rejetait ce ne serait pas pire.

— C'est à propos de ma fiancée, Claire, et de ce qui lui est arrivé.

Il reposa son mug sur la table, pour dissimuler le tremblement de ses mains. Il devait, à tout prix, garder le contrôle de ses émotions. Si jamais il le perdait, le remords et la culpabilité qui le rongeaient depuis des années se déverseraient d'un coup, et il ne tolérerait pas que Molly soit témoin d'un tel effondrement.

— J'ignorais que tu avais été fiancé.

— Eh bien, je l'ai été. Claire et moi, nous nous aimions depuis l'enfance. Comme nos parents étaient amis, nous avons grandi ensemble. Nous étions, tous les deux, enfants uniques, et c'était super de la retrouver pour jouer.

— Je comprends que vous ayez été très proches, murmura-t-elle.

— Très, oui, nous nous sommes suivis à l'école, jusqu'à l'université. Après, nous nous voyions moins, elle étudiait le droit à Liverpool, et je faisais ma médecine à Cambridge, mais cela nous était égal. A chacune de nos rencontres, c'était comme si nous nous étions quittés la veille...

Il se tut un instant, s'efforçant de conserver son calme.

— Quoi de plus naturel, reprit-il, que de nous fiancer dès que nous avons obtenu nos diplômes ? Nos familles étaient enchantées, bien entendu, et se sont aussitôt mises à réfléchir à l'organisation du mariage.

Parvenu à ce point, il hésita encore à poursuivre. Que penserait-elle à la fin de son récit ? Il n'aurait pas dû s'en soucier, mais il savait au fond de son cœur que son opinion lui importait beaucoup.

— Nous travaillions très dur, tous les deux, pour établir nos carrières respectives. Claire avait été acceptée en tant que stagiaire dans un cabinet d'avocats londonien, et j'étais interne aux urgences dans un hôpital renommé. Bien que nous vivions ensemble, nous ne nous rencontrions pas souvent...

— C'est difficile de trouver du temps pour une relation au tout début de sa carrière.

Il soupira.

— C'était ce que je tentais de lui expliquer, surtout lors de nos disputes, qui semblaient se produire à une fréquence accrue. Je me raisonnais, en pensant que nous devions passer le cap des prochains mois, que ce serait plus facile une fois que nous serions mariés, mais ça a fini par tourner très mal. Au point que certaines nuits j'évitais de rentrer en prenant davantage de gardes, pour pouvoir souffler un peu. Un soir, elle m'a téléphoné à l'hôpital pour me dire qu'elle voulait me parler tout de suite et, comme j'étais libre à 8 heures, je lui ai donné rendez-vous dans un bar que nous fréquentions.

Il eut un nouveau soupir.

— Hélas, ensuite, nous avons eu un gros coup de bourre. Des dizaines de patients, tous des cas graves. Bref, j'ai vu que je n'avais aucune chance d'être à l'heure, et je l'ai appelée pour le lui expliquer. Elle était déjà en train de m'attendre, et j'ai compris à son ton qu'elle était très contrariée, mais je ne pouvais vraiment pas quitter l'hôpital…

Il se tut, hésitant de nouveau. Il avait atteint le point crucial de son récit, la partie la plus difficile à raconter. Il prit une profonde inspiration, avant de poursuivre d'une voix blanche :

— C'était la dernière fois que je lui parlais. En quittant le bar, elle a traversé la rue et a été heurtée par un taxi. Elle a été tuée sur le coup. Selon l'un des employés de l'établissement, interrogé pendant l'enquête, elle pleurait, quand elle est sortie.

Il leva vers elle un regard noyé de larmes.

— Et je suis responsable, Molly. Si je n'avais pas été si sec avec elle, si je ne l'avais pas rendue si malheureuse, elle n'aurait jamais traversé sans regarder.

9

Molly le regarda, la gorge nouée. Elle ne trouvait pas de mots. Elle était sidérée par cette histoire, et ses pensées étaient dans le désordre le plus complet. Puis, peu à peu, une certitude émergea de ce tourbillon : Sean n'avait rien à se reprocher. C'était un accident, tragique et terrible, mais un accident.

— Ce n'était pas ta faute !

Elle se leva du canapé et vint s'agenouiller près de lui.

— Tu sais ce que c'est qu'un accident, Sean ? Quelque chose qui arrive par hasard, d'une manière forcément imprévisible. C'est affreux, mais tu ne peux pas penser que tu y es pour quelque chose.

— Ah ? Alors pourquoi en ai-je l'impression ?

Il secoua la tête.

— Non, si je m'étais montré plus attentionné, elle n'aurait pas été si bouleversée. Quand elle a exprimé le désir impérieux de me parler, j'aurais dû comprendre que c'était vraiment important.

— Tu as une idée de ce qu'elle avait à te dire ?

Devant son visage torturé, Molly regretta aussitôt d'avoir posé la question.

— Oh ! Oui, on l'a découvert à l'enquête.

Il respira à fond.

— Elle était enceinte d'environ huit semaines, selon le coroner. J'étais loin de m'en douter, mais ça ne fait aucune différence, tu ne crois pas ? Je ne suis pas seulement responsable de la mort de Claire, mais aussi de celle de notre bébé.

Encore une fois, elle resta sans voix. L'horreur de l'épreuve qu'il avait traversée lui était intolérable. Et, à l'évidence, il se méprit sur son silence, parce qu'il se mit debout avec un rire amer.

— Je vois à ton expression ce que tu penses de moi et je ne peux pas t'en blâmer. Je veux dire, quelle sorte d'homme faut-il être pour ne pas s'apercevoir que sa fiancée est enceinte, surtout quand elle lui envoie des signaux évidents ?

— Par exemple ? murmura-t-elle en se levant aussi.

— Eh bien, nos disputes perpétuelles, évidemment ! Claire n'était pas du genre à faire des scènes, c'était une fille tranquille. J'aurais dû comprendre que quelque chose la perturbait, si je n'avais pas été si absorbé par mon travail et obsédé par le désir de faire bonne impression à mes supérieurs.

— Mais c'est ridicule ! Comment aurais-tu pu savoir qu'elle était enceinte, tant qu'elle ne te l'avait pas annoncé ? D'ailleurs, pourquoi a-t-elle attendu si longtemps ? Tu ne crois pas qu'elle aurait pu t'en parler, dès qu'elle s'en était doutée ?

— Elle l'aurait certainement fait, si je ne m'étais pas montré obnubilé par mon travail.

Il eut un sourire lugubre.

— J'étais bien trop occupé, pour trouver le temps de m'asseoir cinq minutes avec elle et l'écouter. Simplement l'écouter.

— Elle devait l'être aussi, tu ne penses pas ? Puisque vous vous efforciez l'un comme l'autre de lancer votre carrière.

— Il n'empêche. Ça n'excuse pas mes actes... ou plutôt mon absence d'actes. Je n'ai pas été là quand elle avait besoin de moi, et c'est pour cette raison qu'elle est morte, ainsi que le bébé. Et je...

Sa voix s'étrangla.

— Et je devrai vivre le restant de mes jours avec ce remords qui me ronge.

Poussée par son envie de le consoler, elle cessa d'hésiter sur la conduite à tenir. Elle l'attira dans ses bras et le serra contre elle, espérant que cette proximité lui apporterait du réconfort, non parce que c'était elle en particulier, mais parce qu'elle était un être humain. Elle n'aurait jamais imaginé qu'il soit chargé d'un si lourd fardeau et elle devait le convaincre, d'une façon ou d'une autre, qu'il n'était pas coupable de la mort de Claire.

Si c'était possible...

L'idée qu'il doive passer le reste de sa vie à se reprocher cette tragédie lui fit monter les larmes aux yeux. Elle tenta de les réprimer, en vain, et ses joues se mirent à ruisseler. Peu à peu, elle prit conscience qu'elle ne versait pas seulement des pleurs sur lui, mais aussi sur elle-même. C'était si douloureux d'apprendre qu'elle n'aurait jamais la première place dans son cœur...

— Molly ?

Il se dégagea et recula de quelques pas, puis se pencha pour la regarder.

— Tu pleures ?

— Ce n'est pas grave.

Elle renifla bruyamment, avant de fouiller sa poche à la recherche d'un mouchoir. Bien entendu, elle n'en trouva pas. Elle refusait de lui montrer à quel point elle était touchée, ne tenant pas à ajouter à son fardeau... Ce n'était pas non plus la faute de Sean, si son amour appartenait à une autre.

— Voilà, c'est fini !

Il prit un mouchoir en papier dans la boîte, mais, au lieu de le lui tendre, il essuya gentiment ses larmes avant de le jeter à la corbeille en souriant.

— Tu te sens mieux ?

— Oui, merci.

Elle voulut s'éloigner, mais ses mains se refermèrent sur ses bras, et il la retint.

— Navré, Molly, je n'avais pas l'intention de te bouleverser à ce point.

— Je sais. Mais je ne supporte pas l'idée que tu te juges

coupable, alors que c'est faux. C'est toi qui as besoin d'être consolé, pas moi !

— Ah ? Tu penses vraiment que je n'y suis pour rien ?

Il soupira, en l'attirant contre lui.

— J'aimerais pouvoir te croire.

— Eh bien, essaie !

Elle se recula pour le regarder dans les yeux, déterminée à lui faire entendre raison.

— C'était un accident, Sean. Tu n'as rien à te reprocher !

— Oh ! Molly ! Si seulement tu disais vrai...

Il l'attira de nouveau à lui et voulut l'embrasser sur la joue. Ce baiser aurait pu rester une simple expression de gratitude pour son soutien... si elle n'avait pas choisi ce moment précis pour tourner la tête. En sentant sa bouche s'approcher de la sienne, elle se figea : elle était consciente du danger qu'elle encourait, mais son corps ne lui obéissait plus. Ses lèvres s'ouvrirent, et elle fut incapable de bouger.

Lorsque sa bouche trouva la sienne, et qu'elle l'entendit soupirer, elle sut qu'elle ne rêvait pas. Mais si elle espérait que cela lui ferait retrouver sa raison, elle se trompait : ses propres lèvres, qui semblaient posséder une volonté propre, refusaient de se décoller des siennes et, au contraire, l'invitaient à poursuivre. Ce qu'il fit sans hésiter.

Elle gémit, quand il explora les contours de sa bouche du bout de la langue. Elle sentit le goût du chocolat qu'il venait de boire, ce qui exacerba encore son désir, et elle écarta davantage les lèvres pour l'inciter à approfondir son baiser ; il réagit aussitôt. En se séparant, ils étaient tous les deux haletants, secoués par le désir soudain qu'ils avaient l'un de l'autre. Ils n'avaient peut-être rien prévu, mais pas plus lui qu'elle, elle en était sûre, ne pouvaient nier l'effet que ce baiser avait eu sur eux.

— Je n'ai pas voulu cela, Molly.

— Je sais.

Elle eut un léger haussement d'épaules, puis un nouveau frisson de désir la parcourut, lorsqu'il fit glisser ses mains le long de ses bras. Elle songea qu'il en avait toujours été ainsi entre eux : il suffisait qu'il la touche, pour que la chaleur l'envahisse. Et elle comprit avec terreur que rien n'avait changé.

— Moi non plus, je ne m'y attendais pas, dit-elle d'une voix rauque.

Elle retint son souffle. Pas question de se retrouver dans le même état que deux ans plus tôt, de risquer une fois encore, d'avoir le cœur brisé. Il fallait qu'elle reprenne ses esprits, d'autant plus maintenant qu'il lui avait raconté l'histoire de Claire. Elle devait étouffer ses sentiments dans l'œuf, avant qu'ils n'aient une chance de renaître et de devenir une menace pour elle.

— Je suppose que nous pouvons mettre ça sur le compte de la tension du moment... Elle était assez intense, n'est-ce pas ?

Il remonta les mains le long de ses bras et s'arrêta à la hauteur de ses clavicules. Elle sentit la fraîcheur de ses doigts sur sa peau tiède, et frissonna.

— Oui.

Elle eut un sourire d'excuse.

— Le fait que j'aie pleuré comme une madeleine n'a pas aidé. Pardon.

— Ne t'excuse pas, j'ai été ému de te voir ainsi.

Il lui rendit son sourire.

— Tu es un cœur tendre, Molly.

— En d'autres termes je suis trop sensible, c'est ça ?

Elle laissa monter sa colère à dessein, espérant qu'elle lui permettrait de recouvrer son bon sens.

— Je suis contente d'avoir réussi à rectifier deux ou trois choses dans mon comportement. C'est terminé, la fille au cœur d'artichaut, je te le garantis !

— Alors aujourd'hui c'était une exception ? A partir de maintenant tu es un cœur de pierre ?

— Oui.

Elle perçut la nuance de taquinerie dans sa voix et comprit

qu'il ne la croyait pas. Soit ! Elle n'allait pas se déclarer vaincue pour autant.

— Pour changer, j'ai l'intention de me concentrer sur ce que je veux vraiment.

— Dans ce cas, je suis ravi que nous ayons eu cette conversation.

Il passa les doigts sur ses joues.

— Je me sens beaucoup mieux, Molly, et je t'en remercie.

— J'en suis heureuse, émit-elle, la gorge serrée.

Elle était si émue que sa colère s'envola comme elle était venue.

— Est-ce que ça signifie que tu vas réfléchir à ce que je t'ai dit ? C'était un accident, Sean, tu n'y es pour rien.

— Je te promets d'essayer.

Bien qu'il ait acquiescé très vite, elle eut l'impression qu'il ne le ferait pas. Il était déterminé à se juger responsable de la tragédie, et elle souffrait à l'idée que son existence en serait à jamais obscurcie. Elle tendit les bras vers lui et lui prit le visage dans ses mains.

— Alors il faut que tu essaies très fort ! Je...

Sa voix s'étrangla. Elle respira.

— Je ne supporte pas de penser que tu gâches ta vie de cette façon.

— Oh ! Molly !

Il se tourna et pressa les lèvres sur sa paume. Un frisson de désir la traversa de nouveau... Quand elle sentit le bout humide de sa langue caresser sa peau, elle gémit doucement. Cette légère caresse était presque intolérable.

Elle ferma les yeux et s'abandonna à l'instant, oubliant toute prudence. Autant se laisser aller à ses sensations. Elle avait le sentiment de ne pas avoir le choix, de toute façon.

Il remonta vers son poignet, la léchant avec la même ardeur. Elle ne s'était jamais rendu compte que cette partie de son corps pouvait être une zone érogène, et elle referma les paupières, savourant ce délicieux frisson. Elle aimait les baisers, mais celui-ci était différent, et ce doux acte de séduction impliquait une intimité à laquelle elle ne s'attendait pas. Peut-être se trompait-elle, mais elle ne pouvait imaginer qu'il ait fait ce geste avec beaucoup d'autres femmes. Elle se sentit chérie et désirée. Unique.

Il leva la tête et la regarda. Ses yeux avaient tant foncé, qu'ils en paraissaient presque noirs.

— Molly... Je sais que je ne devrais pas faire ça, mais je ne peux m'en empêcher. Ordonne-moi de cesser tout de suite, si ce n'est pas ce que tu souhaites.

Elle se mordit la lèvre, hésitante. Oh ! Elle ne tenait pas à ce qu'il s'arrête, elle en était certaine. Mais était-ce sage de le laisser aller plus loin ? Il l'avait tant fait souffrir qu'elle ne se croyait pas capable de repasser par les mêmes affres. Mais si elle demandait grâce pour le regretter ensuite, pour se reprocher de n'avoir pas osé prendre le risque ? Il y avait toujours cet espoir qu'en renouant temporairement avec lui elle pourrait ensuite tourner la page pour de bon...

— Je suis un peu perdue, Sean. Une part de moi est terrifiée à l'idée de souffrir à nouveau. Je pense que je ne le supporterai pas.

— Oh ! Ma chérie ! Tu es encore bouleversée que je me sois comporté comme un parfait imbécile.

Il lui souleva le menton et lui posa un léger baiser sur la bouche.

— Si tu savais comme je m'en veux !

Son cœur battit plus vite, et une onde de chaleur l'envahit.

— C'est vrai ? murmura-t-elle.

— Oui. Si je t'ai fait du mal, c'était le contraire de ce que je souhaitais. Je me demandais ce qui valait mieux...

Il frôla ses lèvres des siennes.

— J'étais conscient qu'il me faudrait tôt ou tard mettre fin à notre relation, mais je ne cessais de repousser le moment... Je n'ai aucune excuse.

— Et pourquoi remettais-tu à plus tard ?

Elle le dévisagea, haletante. L'air n'entrait plus dans ses

poumons, comme à chaque fois qu'il la tenait dans ses bras et qu'il l'embrassait ainsi.

Sean détourna les yeux. Il était sûr qu'il devrait refuser de répondre à cette question. Reconnaître que la pensée de vivre sans elle lui était intolérable ne leur ferait aucun bien ni à l'un ni à l'autre. C'était du passé, et cela devait le rester. Pourtant, dans un coin reculé de son cerveau, il sentait qu'il lui devait la vérité, qu'il devait lui avouer pourquoi il avait éprouvé tant de difficulté à s'éloigner d'elle. Elle méritait au moins cela, non ?

— Parce que l'idée de ne plus te voir tous les jours me faisait horreur.

Il posa son front contre le sien, pour ne pas risquer de la regarder dans les yeux au cas où il faiblirait.

— La période que nous avons passée ensemble a été l'une des plus heureuses de ma vie, et je voulais qu'elle dure, même si je savais que c'était impossible.

— A cause de Claire ?

Il perçut le tremblement de sa voix et redouta de lui faire encore plus de peine. Après tout, cela faisait maintenant deux ans qu'ils s'étaient séparés, elle avait eu le temps de s'en remettre… Curieusement, à cette pensée, il n'éprouva pas le soulagement qu'il escomptait.

— Oui. Après sa mort, j'ai fait le vœu de rester fidèle à sa mémoire, et il ne m'est pas permis de le rompre, Molly, en aucune façon.

— Je comprends, Sean. Je t'assure.

Elle se recula, mettant de la distance entre eux, et il dut s'empêcher de l'attirer dans ses bras pour lui dire qu'il avait changé d'avis. Il se sentait comme amputé sans elle, vide, incomplet. Mais il ne devait pas l'induire en erreur. Après la douceur du moment, il le regretterait…

En était-il si sûr ? Mieux valait éviter d'y réfléchir.

— Merci, Molly.

Il s'éclaircit la voix, incapable d'affronter les émotions contradictoires qui l'assaillaient. Souhaitait-il vraiment se délivrer de Claire et envisager l'avenir ? Ne risquait-il pas de se le reprocher toute sa vie, d'être rongé par le remords ? Il lui fallait une certitude. Il n'avait pas le droit de jouer avec les sentiments de Molly, de lui laisser croire qu'ils pouvaient faire des projets ensemble alors que, selon toute vraisemblance, cela ne les mènerait nulle part.

— Tu n'as pas à me remercier.

Elle redressa fièrement la tête, et il faillit faiblir devant son courage. Mais il ne pouvait se permettre d'avancer plus loin sur cette voie, pour ne pas la faire souffrir de nouveau.

Il avait le cœur lourd en lui disant au revoir. Elle l'accompagna jusqu'au seuil, mais referma la porte aussitôt sans attendre qu'il se soit éloigné, et il ne pouvait l'en blâmer. Elle devait être heureuse de le voir quitter les lieux, après ses confidences.

Il resta un instant immobile au milieu de la rue, aspirant de longues bouffées d'air glacé. Il aurait dû être soulagé de lui avoir enfin avoué sa culpabilité à l'égard de Claire et la raison pour laquelle il avait rompu, mais il ne l'était pas. Pas tout de suite, en tout cas. Peut-être cela viendrait-il plus tard…

Pour le moment, il ne ressentait qu'un immense regret de ce qu'il aurait pu vivre, si les circonstances avaient été différentes.

S'il n'avait pas fait ce vœu, il aurait pu inviter Molly à partager sa vie. Pour toujours…

10

Sean constata, en effet, deux jours plus tard, en se rendant à l'hôpital, que depuis qu'il s'était confié à Molly il se sentait mieux… Tout en ignorant pourquoi son récit et son aveu avaient levé tant d'obstacles, il avait l'impression qu'on lui avait enlevé un énorme poids des épaules.

Sa démarche était plus légère et énergique quand il pénétra dans le hall d'entrée mais, hélas, cela ne dura pas : un seul coup d'œil à Molly, qui bavardait avec Adam Humphreys, lui ôta toute son ardeur. Même s'il savait qu'il avait tort, il supportait mal de la surprendre en grande conversation avec le chirurgien.

Par chance, il n'eut pas le temps de s'en agacer davantage, car les urgences étaient, comme à l'accoutumée, sous pression et même pire : un accident en série avait eu lieu sur la voie rapide, et de nombreux blessés affluaient. Molly, à qui incombait le triage ce jour-là, distribua rapidement les moins atteints, le laissant se charger des cas les plus sérieux. Mais ce fut seulement lorsque les secouristes amenèrent un chariot en salle de réanimation qu'il s'aperçut que l'une des victimes n'était autre que Joyce Summers, la surveillante de jour du service.

Son cœur chavira, quand il vit son état.

— Transférons-la sur le lit !

Les urgentistes comptèrent jusqu'à 3, avant de faire glisser Joyce, qui était inconsciente, du brancard au chariot. Ils avaient administré de l'oxygène, au vu de sa saturation dangereusement basse, et elle avait visiblement été gravement blessée à la tête. Sean réclama tout de même un scanner, sachant qu'elle avait peu de chances de s'en tirer. Molly, qui avait suivi l'équipe des ambulanciers en réa, demanda si elle pouvait accompagner sa collègue à la radio.

— Bien sûr !

En soupirant, il la regarda aider les porteurs à pousser le lit roulant. Si Joyce ne s'en sortait pas, Molly en serait terriblement bouleversée, et il lui semblait qu'elle souffrait déjà suffisamment... Il détestait la voir malheureuse.

Il se força à se concentrer sur son travail et s'occupa du second blessé, un jeune homme nommé Samuel Prentice qui, par chance, ne s'en sortait pas trop mal. Il avait tout de même plusieurs côtes cassées qui lui causaient des problèmes respiratoires. Sean, soupçonnant un hémothorax, se mit aussitôt à l'ouvrage, avec l'aide de Stephanie Collins. Comme c'était la première fois que l'interne réalisait la procédure, il la guida, lui montrant comment enfoncer l'aiguille dans les muscles intercostaux, pour ponctionner le sang qui s'était accumulé dans la cavité pleurale et empêchait Sam de respirer correctement. Quand ils eurent terminé, on avait ramené Joyce, et Sean confia son patient à Stephanie pour aller vérifier les résultats du scanner. Les nouvelles n'étaient pas bonnes...

— Hémorragie importante dans l'hémisphère gauche, expliqua-t-il, en pointant du doigt la zone en question. Le coup porté au côté droit a dû être assez fort, pour que le cerveau soit projeté contre le crâne. Il faut l'opérer immédiatement.

— Quelles sont ses chances ? demanda Molly.

Il eut le cœur serré par le ton de sa voix.

— Pas très nombreuses, j'en ai peur.

Il poussa un soupir.

— Elle a perdu du sang en abondance et, même si le chirurgien parvient à stopper le saignement, le cerveau risque d'en garder des séquelles irrémédiables.

— C'est tellement injuste ! s'écria-t-elle, des sanglots dans la voix. Elle devait prendre sa retraite à Noël, elle était si impatiente ! Elle avait fait des tas de projets avec son mari. Ils avaient déjà réservé leurs places sur un navire de croisière, qui devait les emmener en Caraïbe.

— Tu as raison, ce n'est pas juste...

Ne sachant que dire de plus pour la réconforter, conscient que rien ne pourrait la rassurer, il se borna à lui adresser un pâle sourire, avant d'appeler le bloc pour convoquer l'une des équipes de neurochirurgie. Il laissa échapper un profond soupir. Qu'aurait-il pu ajouter ? Impossible de lui donner de faux espoirs. Et pourtant il était malheureux pour elle.

Soudain, il fronça les sourcils, frappé par une idée : s'il s'était montré plus juste avec elle pendant leur liaison, celle-ci ne se serait pas terminée dans des conditions aussi épouvantables. Bien sûr, il avait annoncé dès le début qu'il ne cherchait pas de relation durable. Mais sa brutalité, lors de leur rupture, ne devait qu'à son indécision : il avait hésité trop longtemps à se séparer d'elle... Selon sa merveilleuse habitude, il s'était comporté comme le pire des égoïstes et le regretterait toute sa vie.

Molly méritait de trouver un type bien, qui ne la ferait jamais souffrir. Adam Humphreys, par exemple, fidèle, fiable, prêt à s'engager. Franchement, il serait heureux qu'elle rencontre quelqu'un comme lui.

Toutefois, tout en allant rejoindre Stephanie au chevet de Sam Prentice, il se fit la réflexion qu'il en était plutôt furieux... En réalité, il ne supporterait pas qu'elle tombe amoureuse de Humphreys. Chaque fois qu'il se retournait, il les voyait tous les deux en train de bavarder, près du lit d'autres patients. Bien entendu, il s'agissait d'une conversation professionnelle, néanmoins il sentait croître son irritation. Bon sang, ce type pourrait la laisser souffler un peu, au lieu de la bombarder comme ça ! Il fit de son mieux pour ne pas les écouter, mais quand il entendit par hasard Humphreys inviter Molly à dîner, pour le vendredi suivant, il n'y tint plus. Hors de question qu'elle passe la soirée avec ce chirurgien imbu de lui-même, tant qu'il lui resterait un souffle de vie !

— Désolé de vous interrompre, mais...

Il se tourna vers Molly.

— Tu te souviens que tu n'es pas libre, vendredi soir ?

Il sourit de son air surpris.

— Nous allons au mariage de Bert et de Doris, tu n'as pas oublié, j'espère ? C'est que...

— Je suis sûre qu'ils ne nous attendent pas vraiment, l'interrompit-elle sèchement, en plongeant ses yeux dans les siens. Ils nous ont probablement invités par politesse.

— Pas du tout !

Il réussit à garder le sourire, bien que son regard assassin en eût découragé plus d'un...

— En fait, Bert m'a assuré qu'il était impatient de nous retrouver lors de la cérémonie, ou après, au pub, si nous ne pouvions nous rendre à l'église.

Ce n'était qu'une légère déformation de la vérité, mais il croisa les doigts. Bert avait dit que lui et Doris seraient « enchantés » de leur présence, ce qui revenait quasiment au même.

— Quand lui as-tu parlé ?

— Oh ! Je ne me rappelle plus trop, il y a quelques jours. Peu importe, tu ne crois pas ? Je n'aimerais pas le décevoir, de toute façon.

Il considéra Humphreys avec désinvolture.

— Navré de gâcher vos projets, mais à mon avis c'est important de tenir une promesse, n'est-ce pas ?

— Euh... Oui, bien sûr.

Le chirurgien les regardait alternativement, visiblement contrarié, mais Sean s'en moquait bien.

Il se tourna vers Molly avec un large sourire.

— Nous déciderons à quelle heure nous retrouver un peu plus tard. Au moins, vendredi, je n'aurai pas à traverser la ville en voiture pour aller te chercher !

Il se tourna de nouveau vers Humphreys en riant.

— Je déménage cette semaine, pour m'installer au cottage des Lilas que j'ai loué. Drôle de coïncidence, c'est juste à côté de chez elle ! Nous serons donc très bientôt voisins.

Et sur ces mots il repartit s'occuper d'un nouveau patient, laissant Molly visiblement furieuse de son intervention. Et après ? Il esquissa un sourire en se dirigeant vers la réception. Bien que le chirurgien puisse paraître parfait, il n'était pas fait pour Molly. Il en était convaincu.

— Qu'est-ce que tu es en train de faire, Sean ?

Il s'arrêta net en reconnaissant la voix de Molly derrière lui. A son ton, il était évident qu'elle était furibonde, et il eut un instant de flottement : avait-il bien fait de s'immiscer dans ses affaires de cette façon ? Oui. L'idée que Humphreys et elle deviennent intimes lui était intolérable. Il prit un air sidéré, avant de se retourner.

— Pardon ?

— Ne fais pas l'imbécile !

Elle le fusilla du regard.

— En fait, inutile de te le demander, tu as remis l'histoire de Bert et Doris sur le tapis juste pour m'empêcher de dîner avec Adam, n'est-ce pas ?

— Pas du tout ! Je me suis limité à te rappeler que tu avais déjà un engagement ce jour-là.

Il avait adopté son ton le plus innocent. Il haussa les épaules avec désinvolture, mais en réalité son cœur battait à tout rompre.

— Ne me dis pas que tu envisagerais de décevoir ce couple charmant ! lança-t-il en guise d'offensive.

— La question n'est pas là, et tu le sais très bien !

— Ah bon ? Alors dans ce cas pourquoi aurais-je mis mon grain de sel dans votre conversation ?

Il soutint son regard, tout en s'en voulant pour sa mauvaise foi. Il ne tenait pas du tout à lui préciser à quel point il lui déplaisait de la voir sortir avec Humphreys. Cela soulèverait tant d'interrogations auxquelles il n'avait pas envie de répondre.

— Je n'en ai aucune idée, répondit-elle. C'est justement pour ça que...

Elle s'interrompit pour se tourner vers l'entrée, où un homme d'âge moyen venait d'apparaître.

— Oh ! C'est Ted, le mari de Joyce ! dit-elle tout bas. Il va être anéanti en apprenant ce qui lui est arrivé.

— Emmène-le dans le salon des familles, nous lui parlerons.

Cette interruption lui procura un vif soulagement qu'il se reprocha aussitôt...

— Une fois que nous lui aurons fait part de la situation, tu pourras le conduire en salle de réveil. L'opération devrait être terminée, je suis sûr qu'il voudra se rendre à son chevet.

— Et si elle y est restée ? demanda-t-elle d'une voix blanche.

— Impossible, nous serions déjà au courant.

Il lui prit la main.

— J'ai laissé un message à l'infirmière de bloc demandant de nous prévenir s'il se passait quoi que ce soit.

— Oh ! D'accord. Alors je suppose que c'est bon signe.

Il la lâcha et la regarda se précipiter vers Ted, avec qui elle partit en direction du salon des familles. Puis il appela la salle de réveil pour prendre des nouvelles de l'opérée : Joyce avait supporté l'intervention, mais on la gardait sous sédatifs pour aider son cerveau à se rétablir. Bien que la personne qui l'avait renseigné n'ait pas été plus loquace, il ne douta pas que Joyce soit toujours dans un état critique. A présent, il devait tenter d'expliquer tout cela à son mari, de la façon la moins affolante possible...

Molly resta tranquillement assise, pour écouter Sean expliquer les blessures de Joyce à Ted Summers. Il n'essaya pas de peindre le tableau de couleurs plus vives, mais fut très prudent et méthodique, en énumérant les difficultés qui pouvaient survenir. Elle eut le cœur serré en percevant la compassion dans sa voix. Il était merveilleux avec les malheureux parents des patients en grave danger, et elle savait à présent pourquoi : s'étant trouvé de l'autre côté de la barrière à la mort de Claire, il connaissait les affres de celui qui voit brusquement partir celui qu'il aime.

Du coup, la colère qu'elle avait éprouvée quand il s'était mêlé de ses affaires avec Adam lui sembla triviale. Elle ne comprenait peut-être pas bien ses raisons, mais l'essentiel n'était pas là. En réalité, il songeait sans cesse à Claire, et le désespoir le torturait encore. Soudain, elle se surprit à espérer de tout son cœur qu'un jour il soit capable de tourner la page, même si ce n'était pas elle qui l'aidait à le faire.

— Navré que les nouvelles ne soient pas meilleures, Ted. Tout ce que je peux dire, c'est que Joyce est toujours là, et que c'est bon signe.

Il se leva, mettant ainsi un terme à l'entretien.

— Je suis certain que vous désirez la voir. Molly va vous conduire à la salle de réveil. Joyce sera ensuite transférée très vite aux soins intensifs.

— Merci, docteur.

Ted se leva en tremblant. Il semblait totalement désorienté par ce qu'il venait d'entendre, et elle dut lui saisir le bras pour le guider vers la porte.

— Inutile de te précipiter pour revenir, Molly. Il n'y a plus grand-chose à faire, prends ton temps.

— D'accord, merci.

Elle sentit son cœur chavirer. Sean était le seul à pouvoir décider d'aller de l'avant, à ne plus rester soumis à son passé. Personne ne pouvait le faire à sa place. Et la pensée qu'il ne puisse jamais surmonter la perte de Claire et sa culpabilité était si douloureuse pour elle, qu'elle cachait mal son émotion.

— Tu vas bien, Molly ? demanda-t-il d'une voix douce.

Hésitante, elle leva les yeux vers lui. Il avait dû remarquer son trouble, mais penser que c'était à cause de Joyce.

— Oui, merci.

Elle se retourna, ne voulant pas l'encombrer davantage avec ses propres sentiments. Il avait suffisamment de problèmes comme ça. Elle aussi, devait affronter seule ses émotions et s'arranger pour mettre fin à cette situation. Le plus tôt possible.

Le reste de la semaine s'écoula, et le vendredi arriva. Molly n'avait pas beaucoup vu Sean, qui, pour rendre service, avait accepté d'échanger son horaire avec un confrère. Bien qu'elle soit contente de ce répit, elle devait s'avouer que la présence de Sean lui manquait. Il était intéressant, constamment de bonne humeur et chaleureux, toujours prêt à donner un coup de main. En fait, le service ne paraissait plus le même sans lui. N'importe comment, elle devrait bien s'y habituer, puisqu'il repartirait bientôt... Il n'était à Dalverston que pour un temps très limité, elle ne devait pas l'oublier.

Lorsqu'elle sortit de l'hôpital le vendredi soir, il ne l'avait toujours pas contactée, comme promis, pour décider d'une heure de rendez-vous. Avait-il pu oublier le mariage de Bert et de Doris ? Elle rentra chez elle, perplexe, en se persuadant qu'elle était heureuse qu'il ait changé d'avis. Mieux valait une soirée tranquille, devant la télévision, que se torturer l'esprit avec des problèmes qu'elle ne pouvait résoudre.

Elle passa un vieux survêtement confortable et s'installa sur le canapé face à l'écran, un plateau-repas sur les genoux. Quand la sonnette retentit, elle était absorbée dans le dernier épisode de son feuilleton favori et ne se pressa pas pour aller ouvrir : comme elle avait eu plusieurs visites d'enfants du secteur qui chantaient des cantiques de Noël, elle se munit de son porte-monnaie avant d'ouvrir la porte. Et resta bouche bée : Sean était sur le seuil.

— Que fais-tu ici ?

— Eh bien, je viens te chercher pour le mariage !

Il fronça les sourcils en remarquant sa tenue.

— Pardon, je suis en avance ?

— Comment pourrais-tu arriver trop tôt, puisque nous n'avions pas décidé d'heure ?

Elle détourna le regard, très gênée de se montrer à lui en survêtement lâche et décoloré.

— Oh ! Non ! Je ne t'ai pas téléphoné, c'est ça ?

Il se frappa le front.

— J'ai cru l'avoir fait, mais ce déménagement m'a tellement occupé que je ne savais plus où j'en étais. Je suis navré !

— Pas de problème ! lança-t-elle d'un air dégagé.

Elle se mordilla la lèvre. Pas question de paraître le moins du monde affectée, même si l'idée qu'il ait pu l'oublier si facilement la froissait beaucoup...

— Comme tu le vois, je ne suis pas prête ; tu aurais sans doute intérêt à y aller sans moi...

— Pas question ! Tu as tout le temps de te changer.

Elle ouvrit la bouche pour répliquer, mais il l'arrêta d'un geste de la main.

— C'est toi qui as soigné Bert, je te le rappelle, et il tient à t'exprimer sa reconnaissance. Je suis convaincu qu'ils seraient très peinés tous les deux si tu ne m'accompagnais pas.

Sa voix se fit basse et séduisante, et elle sentit un frisson la traverser.

— Et moi aussi, ajouta-t-il. J'ai attendu cette soirée toute la semaine avec impatience.

Elle savait qu'elle aurait dû rester ferme, mais la sincérité qu'elle perçut dans son ton la fit craquer... Elle s'écarta pour lui céder le passage et l'invita à entrer au salon. Elle secoua légèrement la tête. Pour autant, elle aurait bien tort de se faire des idées : elle était ridicule de croire qu'il avait tant envie de sa compagnie. Ce devait être une autre de ses ruses. L'une de celles qu'il avait dû employer des dizaines de fois pour séduire la gent féminine. Elle monta vivement au premier. Malgré tout, elle n’avait pas le cœur de refuser de l’accompagner. Elle entra dans la salle de bains en soupirant. Dès qu’il s’agissait de lui, elle devenait une marionnette, dont il tirait les ficelles à sa guise…

11

Le Green Man était bondé quand ils y entrèrent. Il semblait que Bert et Doris aient invité toutes leurs connaissances à célébrer leur mariage. Pour ne pas risquer de perdre Molly en chemin, Sean saisit sa main, tandis qu'ils se frayaient un passage jusqu'à la table où leurs hôtes étaient assis. Il s'estimait très chanceux d'être parvenu à la persuader de venir, après son intervention intempestive de l'autre jour, et il n'avait pas l'intention de gâcher une seule minute de ce temps en sa compagnie.

Il la contempla, et son cœur s'emballa. Elle était ravissante : elle portait, pour l'occasion, une robe vert sombre, très ajustée, qui rehaussait la couleur de ses yeux. Il aurait été bien incapable de décrire le vêtement dans le détail ; tout ce qu'il savait, c'était que ce doux tissu velouté moulait à la perfection toutes ses courbes délectables. Elle était chaussée de stilettos, qui mettaient en valeur ses jambes magnifiques, longues et bien galbées.

Il ravala un soupir, en se forçant à détourner le regard de sa silhouette tentatrice. Une vraie beauté, chez qui en outre l'intérieur était semblable à l'extérieur, ce qui ne gâchait rien. Pas étonnant qu'il ait du mal à conserver toute sa raison. Et, s'il avait accepté de remplacer son confrère sans protester, c'était, entre autres, parce qu'il avait besoin d'un moment pour souffler. D'ailleurs, cela lui avait fait du bien. Du moins jusqu'à ce qu'elle lui ouvre sa porte tout à l'heure... Là, il s'était retrouvé au même point qu'au début, c'est-à-dire deux ans plus tôt. Impossible de continuer ainsi, il n'en pouvait plus ! Il allait devoir prendre des décisions et s'y tenir, mais pas ce soir. Autant profiter de sa présence durant cette soirée.

— Ah ! Vous êtes venus ! J'en suis ravi ! Nous nous demandions si vous pourriez vous libérer, occupés comme vous l'êtes aux urgences...

Radieux, Bert Feathers se leva pour les accueillir. Et ce fut en le voyant que Sean, jusque-là plongé dans ses pensées, se souvint de la raison première de sa venue dans ce pub. Il se pencha pour poser un baiser sur le front de Doris.

— Nous étions vraiment impatients d'être à aujourd'hui, n'est-ce pas, Molly ?

— Quoi ? Ah, oui, bien sûr !

Molly embrassa Doris et Bert sur la joue.

— Félicitations à tous les deux, je suis certaine que vous serez très heureux ensemble.

— Oh ! Pour ça, pas de doute !

Bert rit en se rasseyant, et pressa la main de Doris.

— Nous avons bien l'intention de profiter au maximum du temps qu'il nous reste, n'est-ce pas, ma chérie ? Et nous commençons demain, avec notre lune de miel.

— Où allez-vous ? demanda Sean.

Il s'efforça de ne pas s'attarder sur la peine que lui avait causée le manque d'enthousiasme évident de Molly. Conscient qu'il l'avait en quelque sorte obligée à l'accompagner, il n'aurait pas dû en être surpris, mais la pensée qu'elle aurait préféré dîner au restaurant avec Humphreys le rendait morose.

— Aux îles Canaries. Nous nous envolons pour Tenerife à l'aube, et nous y passerons Noël et le jour de l'an. Toute la période des fêtes, donc !

Bert eut un sourire épanoui.

— Je ne suis jamais monté dans un avion. En fait, je n'ai jamais pris de vacances de ma vie, à l'exception d'un voyage à

Scarborough, quand j'étais jeune homme. C'est une première pour moi, et je suis très excité à cette idée. Et Doris aussi, n'est-ce pas, ma chérie ?

— Merveilleux !

Sean leur sourit. Il était sincèrement enchanté pour eux. Un autre couple s'approchant pour saluer les mariés, ils leur cédèrent la place. Les invités rassemblés en groupes bavardaient avec leurs amis, ou goûtaient aux délices disposés sur la longue table dressée sur des tréteaux, au fond de la salle. Il grimaça, sentant son estomac gronder à la vue de ces appétissants amuse-gueules, et s'aperçut que Molly l'observait.

— Je n'ai encore rien mangé aujourd'hui. J'étais trop occupé à ranger mes affaires dans les placards et les tiroirs du cottage, pour m'arrêter une seconde.

— Pourquoi ne pas te rattraper maintenant ? Le buffet est particulièrement appétissant.

Elle l'entraîna et, saisissant une assiette et des couverts emballés dans une serviette en papier, les lui tendit ; toutefois, elle retira sa main, quand elle frôla la sienne par inadvertance.

— Tout me semble succulent !

Malgré son air extasié, il perçut dans sa voix un tremblement, dont il ne sut s'il devait s'en réjouir ou s'en désoler. A l'évidence, elle n'était pas aussi indifférente à sa présence qu'elle voulait le lui faire croire...

— Et toi, tu ne goûtes rien ?

Il essayait de conserver un ton léger, pour dissimuler les émotions qui l'assaillaient. Etait-il content qu'elle s'intéresse à lui, ou non ? Il ne réussissait pas à se décider ou, plutôt, à parvenir à une conclusion. Il lui était trop difficile d'examiner ses sentiments et d'y découvrir une réponse qui compliquerait sans doute encore les choses.

— Du saumon fumé ?

Souriant, il lui en tendit un morceau sur la pointe de sa fourchette. Il espérait qu'elle ne se rende pas compte de son état ambigu, hésitant. Il la désirait comme un fou, mais obtenir ses faveurs serait briser son vœu envers Claire, et cette pensée le déchirait.

— Tu as toujours adoré ça, si je me souviens bien ?

Il la regarda en coin. Il finissait par dire n'importe quoi, juste pour ne pas se taire, sous peine de risquer d'agir comme un imbécile. Impossible de lui promettre la lune, alors qu'elle ne lui appartenait pas.

— Oui, c'est vrai.

Elle le dévisagea, et il vit passer dans ses yeux des souvenirs d'autrefois, de repas qu'ils avaient pris ensemble, où ils avaient ri en apprenant à connaître leurs goûts respectifs.

Quand elle se pencha et arrondit les lèvres autour du morceau de poisson, il sentit les battements de son cœur s'accélérer. Dans ce pub plein à craquer de gens qui s'amusaient, ils étaient seuls au monde, séparés des autres par leur passé commun. Il comprit alors qu'il n'oublierait jamais cet instant, qu'il ne regretterait jamais le temps vécu avec elle. Il avait été si précieux ! C'était l'une des périodes les plus vivement colorées de son existence, après de longues années d'obscurité et de désespoir.

Molly goûta la délicieuse saveur du saumon sur sa langue et frissonna. Pourquoi avait-elle accepté de saisir dans sa bouche ce qu'il lui offrait ? C'était la marque d'une intimité qu'elle ne souhaitait pas encourager, et pourtant elle n'avait pas résisté. Une fois de plus… Dans l'espoir de retrouver un peu de leur complicité d'autrefois ? Cela signifierait prendre le risque de souffrir encore. Elle n'était certainement pas stupide au point de s'imaginer que ce pourrait être différent et qu'il aurait envie de passer sa vie avec elle, par exemple ! Depuis qu'elle connaissait l'histoire de sa fiancée morte, cela lui semblait d'autant plus improbable.

Elle se munit d'une assiette qu'elle se mit à remplir. L'idée même de manger lui soulevait le cœur, mais cela avait aussi le mérite de lui donner une contenance et de la distraire un peu, ce dont elle avait vraiment besoin. Sean, qui avait déjà fait son choix, cherchait du regard une place et finit par désigner de la tête deux chaises libres dans un coin près de la fenêtre.

— Allons là-bas, pour déguster tout ça.

Il la précéda pour ouvrir le chemin.

Elle le suivit en silence, redoutant, contre toute raison, qu'il perçoive les pensées qui tournoyaient dans son esprit. Ce n'était pas la faute de Sean s'il ne pouvait pas l'aimer comme il avait aimé Claire, et ce ne serait pas juste de sa part de le lui reprocher.

Après s'être assise, elle déplia sa serviette en papier sur ses genoux et y déposa son assiette, espérant être capable de grignoter.

— Mmm ! C'est délicieux. Tu as goûté ça ?

Il brandit une tartelette au fromage et aux crevettes, et elle secoua la tête, pour chasser la nausée qui l'envahissait.

— Non ? Alors essaie celle-ci. Glouton comme je suis, j'en ai pris deux. C'est normal que je partage.

Il fit mine de la poser dans son assiette, mais elle repoussa sa main.

— Non, merci, sans façon ! Euh… je n'aime pas les crevettes, marmonna-t-elle.

C'était la première excuse qui lui était venue à l'esprit, pour justifier sa réponse un peu sèche.

— C'est vrai ?

Elle le vit froncer les sourcils.

— Depuis quand ? Tu adorais ça, tu dévorais les sandwichs crevettes mayonnaise ! Tu me demandais toujours de t'en rapporter un de la cantine.

— Je suppose que j'en ai tellement mangé que j'en suis écœurée…

Elle lui jeta un coup d'œil, agacée qu'il puisse avoir si bonne mémoire. Allait-il déballer ainsi les moindres détails ?

Soudain, elle prit conscience de ses contradictions : elle était contrariée quand il avait oublié des choses la concernant, et elle l'était aussi lorsqu'il s'en souvenait… Elle aurait plutôt dû en être heureuse ! Cela prouvait qu'il avait pensé à elle après son départ de Dalverston, contrairement à ce qu'elle avait imaginé…

Une pensée troublante, trop pour qu'elle l'examine plus avant pour l'instant. Elle se concentra sur ce qu'elle avait choisi et réussit à absorber un peu du contenu de son assiette. En revanche, Sean avala tout avec appétit et soupira d'aise, après avoir terminé sa dernière bouchée.

— C'était extra ! Ce que j'ai mangé de meilleur depuis des jours. J'adore ce cottage, mais je n'ai pas encore la cuisinière AGA, bien en main.

Il grimaça, puis éclata de rire.

— Je ne croyais pas que ce soit possible de faire brûler de l'eau, et pourtant j'y suis arrivé. Ou, plus précisément, les pommes de terre qui auraient dû y bouillir…

Elle s'esclaffa, tout en l'observant : qu'il était beau, ainsi, avec son sourire en coin et ses yeux bleu sombre. Elle adorait son humour et, plus encore, sa capacité d'autodérision ! Il ne s'était jamais pris au sérieux. Il était si décontracté que l'équipe autant que les patients se sentaient toujours à l'aise en sa présence. Elle esquissa un sourire. Très différent d'Adam Humphreys, qui avait tendance à être un peu trop cérémonieux, du genre : « C'est moi le médecin, au cas où quiconque l'oublierait. » Elle ne l'imaginait pas en train de se moquer de lui-même… Mais inutile de se remettre à faire des comparaisons qui, chaque fois, tournaient à l'avantage de Sean.

— Tu as besoin de leçons, avança-t-elle d'un ton léger.

Elle vit son visage s'éclairer.

— Si c'est une proposition, volontiers ! Mon pauvre estomac et moi te serions éternellement reconnaissants, si tu pouvais me montrer quelques trucs.

— Oh !…

La suggestion la prenait au dépourvu.

— Demain matin, ça t'irait ? Tu es en congé ce week-end, et je ne travaille que l'après-midi, ce serait parfait.

Elle le dévisagea, désemparée. Il semblait si plein d'espoir, qu'elle n'eut pas le cœur de refuser. Après tout, que risquait-elle à lui indiquer quelques clés de la cuisson à l'AGA ?

— D'accord, vers 10 heures, ça te va ?

— Super !

Il la regarda d'un air gourmand.

— Je meurs d'impatience de me préparer un repas qui ait le goût d'autre chose que du brûlé !

Elle rit. Même s'il jouait en partie la comédie, elle était ravie de pouvoir lui apporter son aide, ne serait-ce que pour la cuisine. Quant au reste, eh bien, elle n'y pouvait pas grand-chose...

Par chance, elle n'eut pas le temps de s'attarder sur cette pensée, car le témoin du marié demanda le silence et enjoignit l'assistance de lever son verre, pour porter un toast à l'heureux couple. Puis la musique commença sur un rythme de valse, et Bert et Doris, étonnamment souples et gracieux, se mirent à tournoyer au milieu de la salle. Ils furent bientôt rejoints par d'autres danseurs. Elle sursauta en sentant la main de Sean effleurer son poignet.

— Envie de valser ?

Il lui fit un large sourire.

— Je ne te promets pas de ne pas t'écraser les pieds, mais je m'y efforcerai.

— Pourquoi pas ?

Elle se leva. Sous quel prétexte aurait-elle pu refuser ? Tout le monde dansait... Elle le suivit sur la piste, mais se raidit quand il la prit dans ses bras. Même s'il la tenait à une certaine distance, ce n'était pas facile de faire abstraction de la puissante attirance qu'elle éprouvait pour lui. Ils firent un tour complet, leurs pas s'accordant si merveilleusement qu'il ne risquait pas de lui marcher sur les orteils. Elle rejeta ses cheveux en arrière et lui jeta un coup d'œil moqueur.

— Tu as voulu me faire peur ! Tu es un excellent danseur, Sean Fitzgerald.

— Tu es très gentille. Les rares fois où j'ai essayé de danser la valse, mes partenaires en sont sorties couvertes de bleus.

Il la fit tourbillonner, puis cambrer le dos au-dessus de son bras replié, en la fixant d'un air enamouré comique, digne d'un gigolo de cinquième zone.

— C'est toi, ma charmante, qui m'as inspiré !

Elle rit pendant qu'il la relevait. C'était absurde, mais elle ne pouvait s'empêcher d'apprécier sa manière de rendre toute chose plaisante, voire délicieuse. Quand le rythme de la musique se fit plus endiablé, ils continuèrent, heureux de profiter de ce moment de détente imprévu. Elle s'amusait, c'était aussi simple que cela. La présence de Sean y contribuait-elle ? Elle n'avait aucune envie de s'attarder sur la question. Autant que les choses restent légères, pour l'instant.

A regret, Sean alla chercher le manteau de Molly au vestiaire. Il aurait voulu que cette soirée ne se termine jamais. Elle avait été merveilleuse, et il n'avait pas envie que cela s'arrête, mais tout avait une fin... Il se surprit à réfuter cette fatalité. S'il le voulait vraiment, cela pouvait ne pas finir. Cela pouvait, au contraire, constituer le début d'une succession d'autres nuits tout aussi magiques. Il lui suffisait de le décider, et l'avenir serait à lui. Il pourrait poursuivre sa route avec Molly à ses côtés...

S'il laissait Claire derrière lui.

Il éprouva comme un coup de poignard au cœur, à cette idée. Lorsqu'il eut rejoint Molly, il cacha à grand-peine sa contrariété.

Bert et Doris se tenaient sur le seuil, pour saluer leurs amis. Une fois dehors, dans le froid glacial, leur haleine formait de petits nuages vaporeux, et ils se précipitèrent vers la voiture. Il déverrouilla les portières et ouvrit la porte côté passager. Soudain, il jura à voix basse, alors que les clés échappaient à ses doigts gourds.

— Attends, je les ramasse !

Elle se pencha pour attraper le trousseau en même temps que lui, et leurs crânes se heurtèrent.

— Ouille ! s'exclama-t-elle en se redressant.

— Oh ! Pardon !

Il la fit pivoter, cherchant à orienter son visage vers la lumière d'un lampadaire proche, et grimaça.

— Oh ! Zut ! Tu vas sans doute avoir une bosse au front.

— Ce n'est pas grave.

Elle passa la main dessus et eut un petit gémissement.

— Mais ça me fait mal !

— Nous te mettrons de la glace, dès que je t'aurai ramenée chez toi.

Désolé de cet accident, il l'aida à s'installer sur le siège, avant de prendre place au volant. Le trajet ne dura que dix minutes, et il bondit hors du véhicule avant qu'elle ait pu protester.

— Je ne te laisse pas, sans au moins essayer de rattraper ma maladresse.

Il lui jeta un regard sévère.

— Je suis médecin, oui ou non ? reprit-il. Quelle opinion aurais-tu de moi si j'abandonnais un blessé ?

Elle leva les yeux au ciel en descendant de voiture.

— Ce n'est qu'une bosse, Sean ! Je ne suis pas en danger de mort !

— On n'est jamais trop prudent avec les blessures à la tête.

Il verrouilla les portières et la suivit à l'intérieur.

— Tu as des glaçons dans ton congélateur ?

— Non. Le plus approchant, ce sont des petits pois congelés.

Elle le précéda dans la cuisine et, après avoir attrapé le sac dans le freezer, le lui tendit.

— Est-ce que cela convient à votre prescription, docteur Fitzgerald ? demanda-t-elle d'un ton sarcastique.

— Nous nous en contenterons.

Il tira un torchon de son crochet et y enveloppa la glace improvisée, puis la pria de s'asseoir, ignorant son soupir de contrariété. Il en faisait peut-être trop, mais il s'en voulait de l'avoir blessée. Il avait besoin de s'occuper d'elle, voilà tout.

Soudain une pensée lui traversa l'esprit : qui veillerait sur elle, quand il aurait quitté Dalverston ? Il la chassa aussitôt, pressa le sac glacé sur son front et la vit broncher.

— Pardon, je t'ai fait mal ? dit-il en se penchant pour la regarder.

— Non, j'ai été surprise, c'est tout.

Sa voix semblait rauque, et il sentit un frisson de désir le transpercer tout entier. Etait-ce le froid, ou sa proximité à lui, qui la faisait paraître si tendue, tout à coup ?

Et si c'était la seconde cause ? Il frissonna encore et lutta pour reprendre son self-control, ce qui n'était pas facile. Il était si proche d'elle qu'il inhalait la délicate fragrance florale de son parfum, et son cœur s'emballa. Soudain, il n'était plus assez près, il avait envie d'un contact plus intime, de passer ses mains sur elle, de se réapproprier ses courbes généreuses, les creux et les pleins, de se perdre dans les sensations délicieuses que suscitait en lui son corps adorable. Mais le pouvait-il ? Ne risquait-il pas de déclencher une série de malheurs qui les atteindraient autant l'un que l'autre ? Comment aurait-il pu accepter ce qu'elle lui offrait, sans rien avoir à donner en échange ?

Molly perçut la tension qui les environnait et s'efforça d'apaiser sa respiration. Elle comprenait ce qui arrivait et se doutait bien que Sean en était conscient lui aussi. Comment allait-il réagir ? La serrerait-il dans ses bras pour lui faire l'amour, pour appeler les choses par leur nom ? Mais le voulait-elle, alors que cela ne pouvait que la mener à davantage de souffrance ? Cela ne changerait rien au problème. Quoi qu'ils fassent ce soir, Sean soupirerait toujours après sa fiancée perdue.

Cette sombre pensée la ramena à la réalité. Elle repoussa sa main et se leva. Malgré sa difficulté à contrôler ses émotions, elle refusait d'être prise une fois encore pour une idiote. Elle avait très envie qu'il lui fasse l'amour, mais savait qu'elle se sentirait d'autant plus mal après, quand il aurait fini son remplacement et quitterait Dalverston.

— Il est très tard, je pense que tu devrais rentrer, non ?

— Oui.

Il posa la compresse de fortune sur la table et inspira à fond.

— Je suis navré, Molly...

— Tais-toi !

Incapable d'affronter l'idée qu'il lui présente des excuses pour ce qui avait failli se passer, elle fit un geste impérieux de la main. Un rien pourrait la faire faiblir, et elle ne le devait pas. Jusqu'à ce qu'il se soit libéré de son passé, il ne serait pas libre d'aimer une femme vivante, que ce soit elle ou une autre.

Sans piper mot, il se retourna et se dirigea vers la porte. Elle le raccompagna. Arrivé devant la porte, il la regarda longuement. Il y avait tant de tristesse dans ses yeux qu'elle en eut de la peine, mais elle ne pouvait se permettre de céder. Elle n'aurait jamais la priorité dans son cœur, tant qu'il serait amoureux de Claire.

— A mon avis, mieux vaut oublier la leçon de cuisine, tu ne crois pas ? dit-elle doucement.

Il lui fit un sourire en coin, qui n'exprimait rien de ses sentiments. Car il était contrarié, c'était évident, et elle en fut désolée.

— Ne t'en fais pas. Je vais procéder par tâtonnements et maîtriser cette sacrée cuisinière.

— Bien sûr ! Ce n'est pas vraiment de l'astrophysique !

Elle se mordilla la lèvre. Elle s'efforçait de tenir son rôle dans la scène, mais sa voix tremblait un peu, ce qui gâcha tout.

— C'est certain.

Il tourna la poignée avec un léger haussement d'épaules et commençait à ouvrir la porte, quand soudain il pivota et se retrouva face à elle.

— J'aurais tant souhaité que les choses soient différentes, Molly. Je t'assure !

Elle n'eut pas le temps de réagir lorsqu'il l'attira à lui pour l'embrasser. Elle aurait dû le repousser, protester, se débattre, mais elle se trouva incapable de bouger. Les lèvres de Sean se pressèrent contre les siennes, exigeantes, et elle répondit malgré elle à son baiser. Qui dura peut-être quelques secondes, ou des heures — elle n'en avait aucune idée —, mais elle tremblait tout entière quand il s'écarta d'elle.

Sans un mot, il ouvrit la porte, se dirigea vers sa voiture et démarra sans un regard en arrière. Elle comprenait. S'il lui avait parlé, s'il l'avait regardée, il n'aurait plus pu partir.

Elle tremblait encore, en refermant derrière lui ; elle alla s'asseoir sur une marche de l'escalier. Elle pourrait se répéter qu'elle était heureuse d'avoir refusé de faire l'amour avec Sean ce soir, cela resterait un mensonge. Elle le savait et, pire, lui aussi.

12

Pour Sean, les deux semaines suivantes s'écoulèrent comme dans un brouillard. Il se porta volontaire pour effectuer des heures supplémentaires, au cas où l'on manquerait de personnel, et parvint à occuper tout son temps à l'hôpital. Il fit tout de même quelques achats de Noël pendant l'un de ses rares jours de repos, acheta des cadeaux pour ses parents et des chocolats pour l'équipe des urgences, mais ce fut tout. Les fêtes de fin d'année étaient pour lui des périodes difficiles, qui l'amenaient à penser à ce qu'aurait été sa vie si Claire avait vécu. Pourtant, bizarrement, cela lui paraissait un peu moins pénible cette année. Il s'en sentit coupable. Bien entendu, c'étaient ses sentiments pour Molly qui étaient à l'origine de son désir de tourner cette page sombre de son histoire...

Bien qu'il la rencontre presque tous les jours à l'hôpital, il avait la nette impression qu'elle tentait de l'éviter. Et, malgré la proximité de leurs logements, il ne l'avait jamais croisée par hasard dans la rue, ni à pied ni en voiture. Etonnant, puisqu'ils faisaient forcément le même trajet... Il finit par en conclure qu'elle était de plus en plus souvent avec Adam Humphreys — il se pouvait même qu'elle dorme chez lui —, et son humeur en fut encore assombrie. Vivement qu'il ait terminé son contrat et qu'il s'en aille !

Molly avait trouvé le temps de faire des achats de Noël après le travail, et soupiré en emballant les cadeaux qu'elle destinait à ses parents et à sa petite sœur : comme elle était de service pendant toute la période des fêtes, elle ne pourrait pas les leur remettre en personne cette année...

Elle avait prévu d'être libre pour le jour de l'an, jusqu'à ce que l'accident de Joyce chamboule tous les plannings. Elle s'était alors résolue à proposer d'effectuer des services supplémentaires. Joyce était toujours aux soins intensifs, mais son état s'améliorait, et l'équipe de neurochirurgie faisait montre d'un optimisme prudent. Molly lui rendait visite tous les jours et s'attardait un peu à bavarder avec Ted, qui ne quittait pas le chevet de sa femme. Son dévouement était touchant. Si le pouvoir de l'amour était capable d'aider à la guérison, Joyce avait d'excellentes chances de se rétablir...

Et Sean, avait-il des chances de se remettre de son deuil ? Encore une fois, tout la ramenait à lui... De toute façon, elle l'avait en permanence à l'esprit. C'était à lui qu'elle pensait en priorité le matin au réveil et, le soir au coucher, c'était encore son visage qui lui apparaissait au moment de sombrer dans le sommeil. Elle s'était mise à l'éviter, allant jusqu'à changer de trajet pour se rendre à l'hôpital. Ce qui avait failli se produire à la fin de la soirée du mariage de Bert et Doris avait sonné comme un avertissement, lui indiquant à quel point elle était vulnérable. Elle acceptait toutes les invitations d'Adam, bien qu'elle le trouve particulièrement terne et ennuyeux. Du reste, le fait que leur relation en soit toujours à un petit baiser poli sur la joue ne trompait pas : elle ne serait jamais amoureuse de lui. Non, vraiment, il ne l'attirait pas... Au contraire de Sean.

Pour s'occuper l'esprit à ses heures de loisir, elle vaquait le plus possible à des tâches domestiques, lessive ou ménage. Sa maison étincelait du sol au plafond, et le réfrigérateur et le congélateur débordaient de provisions. Si une armée entière d'anges descendait sur elle, elle aurait de quoi nourrir tout son monde ! Quand arriva la veille de Noël, elle n'aurait pu rajouter quoi que ce soit dans ses placards.

Pourtant, elle était de service cette nuit-là. Elle partit encore plus tôt que d'habitude, ayant accepté de participer à la chorale de l'hôpital. On avait décidé cette année que la tenue de rigueur serait celle des infirmières de la Première Guerre mondiale, et le personnel féminin s'amusa beaucoup de se voir en jupe longue et lourde cape de laine. Les coiffes leur donnèrent du mal. Molly dut faire une dizaine de tentatives, avant de réussir à fixer à ses cheveux les plis de coton amidonnés. Et même ensuite elle ne fut pas très sûre de la solidité de la coiffure. Les hommes, de leur côté, avaient endossé des tenues de soldats, et un murmure d'admiration se propagea dans la cantine lorsqu'ils y firent leur entrée, imposants dans leur uniforme kaki.

Jusque-là, elle n'avait pas envisagé que Sean serait parmi eux. Elle sentit son ventre se nouer, quand elle repéra sa haute silhouette musclée à l'arrière du groupe, et elle ne put s'empêcher de l'admirer en militaire.

Ils firent le tour de l'hôpital, en s'arrêtant dans chaque salle pour chanter les cantiques de Noël les plus populaires. Le personnel tamisait les lumières à leur arrivée, afin que seules les éclairent les lanternes qu'ils portaient. L'ambiance était parfaite, et Molly remarqua plusieurs patients essuyant une larme. A la fin de leur tournée, qui avait été sans conteste un succès, elle se changea et fila aux urgences. Elle y trouva Sean qui lui sourit, lorsqu'elle s'approcha du comptoir.

— Retour à la normale, je vois. Je dois admettre que ton uniforme précédent était très chic, surtout la coiffe. Un miracle de technique !

— Ah, oui ? Merci.

Elle se sentit rosir.

Espérant cacher ainsi sa gêne, elle tendit la main pour attraper la feuille de rapport journalier. Quelle idiote ! Elle rougissait sous son compliment, telle une adolescente sans cervelle...

— A propos de cet uniforme chic, je me demande comment faisaient ces femmes, pour marcher sans les souiller. Ce devait être un cauchemar de s'efforcer de les garder propres.

— C'est clair !

Elle lui fit un léger sourire, avant d'examiner le planning. En tout, trois infirmières, Sean et un médecin remplaçant étaient de service de nuit. Une fois qu'elle se fut assurée que tout le monde était à son poste, elle regagna le comptoir. Sean avait disparu. Et elle ne s'en plaignait pas. Tant qu'ils s'en tiendraient à leur travail, tout se passerait bien. Ils devaient absolument éviter les rapports personnels, voilà tout.

La soirée traînait en longueur, et elle eut le pressentiment que tout resterait calme jusqu'au matin. A 11 heures, elle décida d'aller se préparer un café dans la salle du personnel. Ce fut à ce moment-là qu'elle entendit sonner le téléphone d'urgence. Abandonnant sa tasse fumante, elle se précipita. Sean, qui avait déjà pris l'appel, arborait une expression si soucieuse qu'elle sentit l'angoisse la gagner.

— Un avion privé s'est écrasé sur l'ancienne brasserie du centre-ville. Il semble qu'il se dirigeait vers l'aéroport de Barton, près de Manchester. Le pilote a indiqué qu'ils avaient des ennuis de moteur.

— Oh ! Non ! Ce bâtiment a été restauré il y a deux ans et transformé en appartements de luxe ! Dieu sait combien de personnes l'habitent, maintenant !

— Nous tentons de nous mettre en liaison avec la police, pour le savoir. Cela risque de ne pas être facile. A cette période de l'année, pas mal de gens peuvent être partis en visite chez des parents ou aux sports d'hiver…

— Nous aurons du mal, c'est sûr. Que faisons-nous ? Tu le déclares en catastrophe, et nous rappelons du personnel supplémentaire pour nous occuper des blessés ?

Sean fit la grimace.

— Je crois que nous n'avons pas le choix. Le soir du réveillon de Noël, par-dessus le marché. Je vais devenir très populaire, dans cet hôpital !

Elle le laissa donner des instructions au standard en charge d'appeler tous les soignants inscrits sur la liste de garde, et, de son côté, convoqua le personnel présent dans le bureau, pour exposer brièvement la situation. Sean, qui avait terminé, vint ensuite la rejoindre.

— On nous demande d'envoyer une équipe sur place. Nous nous y rendons tous les deux, bien entendu, mais nous pourrions emmener une autre infirmière et un médecin. Qui proposes-tu ? Je sais que Stephanie arrive, mais elle ne fera pas l'affaire, elle n'a pas assez d'expérience ; en outre, on a besoin que quelqu'un reste ici.

— Oui, tu as raison. Je ne vois que Jayne qui soit capable de nous accompagner, c'est la plus expérimentée des infirmières.

Elle fronça les sourcils.

— En ce qui concerne le médecin, en revanche... Oh ! Et Mac ? James MacIntyre, tu te souviens de lui ? Il travaillait avec nous. Il a la pratique nécessaire et a dû intervenir sur toute sorte d'accidents, lorsqu'il avait son agence d'aide d'urgence outre-mer. Son expérience pourrait nous être très utile.

— Super ! Oui, je me rappelle bien ! Il était très compétent, en effet. C'est vrai, au fait, pourquoi vous a-t-il quittés ?

— Il a demandé sa mutation pour les nouvelles urgences pédiatriques. Il est déjà professeur et, selon la rumeur, il sera nommé chef de service l'année prochaine, quand l'actuel prendra sa retraite.

Tout en parlant, elle le précédait sur le chemin du vestiaire.

— Ah bon ?

Il ôta une tenue étanche de son crochet et enfila le bas.

— Je n'aurais pas cru que Mac soit du genre à se fixer...

— Il a beaucoup changé, depuis qu'il a épousé Bella.

Elle s'esclaffa.

— Ils ont une petite fille, maintenant, et si tu voyais comme il s'en occupe !

— Ah, tant mieux pour eux !

Sean s'efforça d'ignorer le coup au cœur qu'il venait de recevoir. Après avoir perdu Claire, il avait renoncé depuis longtemps à l'idée d'avoir des enfants, mais soudain il se surprenait à envier son confrère. Ce devait être merveilleux d'avoir une famille à chérir...

Il chassa cette pensée et se mit à rassembler tout le matériel dont ils auraient besoin. Un accident de cette ampleur pouvant soulever toute sorte de problèmes, autant se préparer le mieux possible à toute éventualité. Une fois qu'il eut prié le standard de contacter Mac, il prit la tête de l'équipe et sortit par l'entrée principale, devant laquelle les attendait un véhicule d'action rapide qui les conduirait sur les lieux. Les ambulances étaient déjà parties, celles des secteurs voisins seraient appelées en renfort si nécessaire.

Il leur fallut moins de dix minutes pour atteindre l'immeuble rénové. Le cœur de Sean se serra quand il vit l'état du bâtiment.

Sous l'impact de l'avion, qui avait heurté le toit, plusieurs étages s'étaient écroulés. Les pompiers étaient occupés à projeter de la mousse sur l'appareil en flammes, et toute l'aile droite de ce qui subsistait de l'ancienne brasserie flambait. Des groupes de gens choqués étaient éparpillés çà et là, certains debout, d'autres allongés sur le sol. On se serait cru dans une zone de guerre. Il comprit que la première chose à faire était d'organiser les secours.

— Bon, les gars, rassemblement !

Il attendit que tout le monde l'ait rejoint sur le côté du parking.

— Je doute qu'on nous autorise à entrer avant que le feu ne soit maîtrisé. Jusque-là, nous devons traiter les victimes qui sont dehors.

Il se tourna vers Molly.

— Jayne et toi, vous pourriez vous charger du triage et nous informer des personnes les plus atteintes. Quand j'aurai vérifié auprès de la responsable du sauvetage d'urgence qu'ils ont trouvé un local où diriger les blessés, nous les regrouperons pour les y conduire.

— D'accord.

Molly prit son sac à dos avant de s'éloigner en hâte avec

sa collègue. Il la suivit du regard et poussa un soupir en se remémorant la triste constatation qu'il avait faite un peu plus tôt : sans aucun doute, elle serait une mère fantastique, mais il ne serait pas le père de ses enfants…

Il dut faire un gros effort pour évacuer cette pensée, cependant il n'avait pas de temps à perdre. Une fois qu'il se fut assuré que tout le monde avait bien compris son rôle, il alla parler à la responsable, qui, par chance, avait pu s'arranger pour faire ouvrir le hall de l'église du quartier : ils l'utiliseraient en guise d'hôpital d'urgence, et on y transférait déjà les premières victimes. Quand il arriva sur place, il trouva Molly agenouillée auprès d'une jeune femme. Elle fit un signe de dénégation lorsqu'il lui demanda si elle avait besoin d'aide.

— Non, elle n'a que quelques entailles et diverses contusions, c'est tout, heureusement.

Elle pressa la main de sa patiente, et il sentit sa gorge se nouer en voyant son expression d'intense compassion. Cette attention pour les blessés qu'elle soignait le touchait. C'était un être si gentil, si généreux ! Et il l'avait traitée d'une façon odieuse. S'il parvenait à faire la paix avec elle, avant de quitter la ville, il aurait au moins réussi quelque chose. Il ne supportait pas l'idée qu'elle lui en veuille pour le restant de ses jours.

Molly termina de panser la jeune femme et la laissa aux bons soins de son petit ami. Sean s'occupait d'un homme écrasé en partie par des matériaux de construction qui s'étaient écroulés. Il souffrait de multiples fractures costales, ce qui provoquait une grave incapacité respiratoire. Sean banda le thorax très serré, afin d'immobiliser la paroi endommagée avant son transport d'urgence à l'hôpital. Il secoua la tête en voyant partir le chariot poussé par les ambulanciers.

— Il va lui falloir un respirateur jusqu'à ce que ses côtes

soient ressoudées. Je n'avais jamais vu de type dans un état aussi lamentable.

— Heureusement que l'hôpital n'est pas loin, répondit calmement Molly.

— Oui, c'est une chance, c'est vrai, mais je doute qu'il le pense en ce moment. Apparemment, il a emménagé la semaine dernière et, son appartement étant situé dans la partie qui brûle, il a tout perdu.

— Au moins, il n'était pas à l'intérieur. Le matériel peut être remplacé, pas les gens.

— C'est sûr.

Elle secoua légèrement la tête. Il lui avait adressé un bref sourire avant de se détourner, mais elle avait remarqué son expression de profonde tristesse. Pensait-il qu'il ne pourrait jamais remplacer Claire ? Même s'il ne l'avait pas avoué nettement, il était évident qu'il était toujours amoureux d'elle.

Cette pensée la rendait très malheureuse, et elle eut de la peine à s'en défaire. Mais elle devait demeurer concentrée pour s'occuper d'autres victimes. Mac, qui était arrivé, soignait avec Sean une blessée grièvement atteinte à l'abdomen, quand l'un des premiers secouristes apparut et se précipita vers eux. Le cœur de Molly se serra d'angoisse. Que se passait-il ?

Sean vint la rejoindre dès que le pompier fut reparti.

— J'ai besoin de toi, mais je dois te prévenir que ce sera risqué. N'hésite pas à me dire franchement si tu te sens ou non de le faire.

— Vas-y, je t'écoute.

— Les secours ont localisé une femme piégée dans son appartement au premier. L'ennui, c'est que pour arriver jusqu'à elle, ils n'ont pu dégager qu'un étroit passage qui ressemble assez à un tunnel, si j'ai compris sa description. Ce n'est pas assez large pour qu'un homme puisse l'emprunter, et ils n'osent pas l'agrandir, de peur de faire écrouler l'étage entier. Toi, tu pourrais peut-être essayer, à condition que tu sois d'accord, évidemment.

Elle ne prit même pas le temps de réfléchir.

— Bien sûr ! Ont-ils pu parler à cette femme ? Sait-on si elle est blessée ?

Il fit la grimace.

— Non, Karen semble indemne, mais elle est enceinte. Le bébé devait naître fin janvier... Le problème, c'est que d'après elle le choc a déclenché les contractions.

— Oh ! Bon sang ! Bien, dépêchons-nous.

Et elle fonça vers la sortie, ne s'arrêtant qu'un instant pour mettre Jayne au courant. Sean la conduisit au chef des recherches, entouré de l'équipe de secours, et expliqua qu'elle était d'accord pour rejoindre Karen. L'homme lui exposa la situation en détail, en insistant sur la difficulté d'accès, et son cœur battit plus fort.

— Je comprends, affirma-t-elle, mais j'aimerais tenter quand même.

— Tu en es vraiment sûre, Molly ?

C'était Sean... Il lui saisit la main et la pressa dans la sienne gentiment.

— Personne ne t'en voudra, tu sais, si tu changes d'avis.

— On ne peut pas laisser cette pauvre femme accoucher toute seule.

Elle eut un faible sourire.

— Tout ira bien, Sean. Ne t'en fais pas.

— Je ne supporterais pas qu'il t'arrive quelque chose.

Elle le regarda en coin. Il lui donna une nouvelle pression sur les doigts, avant de la lâcher. Le responsable revenait. Elle s'efforça de se concentrer sur la liste de précautions qu'elle devait observer pour se mettre le moins possible en danger. C'était très important, bien entendu, pourtant, son esprit était ailleurs : Sean s'inquiétait pour elle, elle comptait donc pour lui ! Elle l'avait perçu au ton de sa voix, qui était sincère. Elle ignorait ce qu'elle pouvait en déduire, mais cela changeait tout, et elle avait désormais une raison d'espérer, bien qu'elle ne sache pas encore exactement quoi. Impossible de brûler les étapes, il lui fallait se contenter d'un pas après l'autre.

13

Sean observa les lieux avec inquiétude. La situation était plus terrible que ce qu'il avait imaginé. Une fois à l'intérieur du bâtiment, il leur était devenu évident que la structure entière avait bougé. L'escalier qui conduisait aux étages supérieurs s'était écroulé et transformé en un énorme tas de gravats. Les pompiers avaient réussi à dégager un étroit boyau, dans lequel Molly devrait pratiquement ramper pour atteindre le premier. Bien que de solides étais métalliques aient été dressés pour soutenir les étages qui surplombaient le vide, il était très conscient que tout pouvait lâcher n'importe quand. Elle risquait vraiment sa vie ! Il l'attira sur le côté.

— Je ne peux pas te permettre d'y aller, Molly. C'est beaucoup trop dangereux.

— Il le faut, c'est impensable de laisser cette femme toute seule !

Elle le regarda gentiment.

— Ne t'en fais pas. De toute façon, les secouristes ne m'y enverraient pas s'ils jugeaient le danger trop grand, tu ne crois pas ?

Il acquiesça pour la rassurer. Il savait qu'elle avait raison, mais n'en était pas moins inquiet.

— Je n'aime pas ça. Si quelqu'un doit monter, alors ce sera moi.

— Comment ? Mais tu ne passerais jamais par cette ouverture ! Même pour moi, ça ne sera pas facile.

— Oui, je suppose que c'est vrai.

Il soupira, forcé d'avouer son impuissance.

— D'accord, mais promets-moi que tu feras demi-tour si tu vois que c'est trop risqué.

— Croix de bois, croix de fer...

Du doigt, elle dessina en riant une croix imaginaire sur sa poitrine.

Il plongea son regard dans le sien.

— Tu comprends que tu as juré, n'est-ce pas ?

— Bien sûr ! répondit-elle avec un sourire chaleureux.

A ce moment-là, un pompier vint lui demander si elle était prête. Sean inspira une bouffée d'air. En dépit des circonstances dramatiques, de légers frissons de plaisir lui parcouraient le corps : Molly avait eu le même sourire qu'autrefois, et il en était heureux.

Mais pas question de s'attarder sur cette pensée. Il se remit à surveiller les opérations : un secouriste attachait Molly à un harnais de sécurité. Une fois certain qu'elle avait compris comment il fonctionnait, il lui tendit un talkie-walkie et la conduisit à l'entrée du boyau en lui montrant où poser le pied pour commencer l'ascension. Sean serra les poings en la regardant franchir le premier éboulis. La surface était instable, mais elle trouva bientôt son équilibre et des prises. En quelques secondes, elle avait disparu, le laissant plus angoissé que jamais. Elle était seule, à présent, et il détestait l'idée qu'il lui avait permis de partir, alors qu'il aurait dû l'accompagner pour la protéger.

Cette pensée le surprit : d'où lui venait cette envie ? En fait, il souhaitait la préserver de tout danger, et pas seulement maintenant. Il voulait être à ses côtés pour toujours.

Quand elle atteignit la sortie du tunnel, Molly était hors d'haleine. L'ascension avait été difficile, mais elle constata avec soulagement que le premier étage semblait en relatif bon état. Elle défit le harnais de sécurité et se fraya un passage parmi les plâtras qui s'étaient détachés du plafond. La porte de l'appartement était grande ouverte. Elle se hâta d'entrer, et son cœur chavira lorsqu'elle vit la femme recroquevillée sur le plancher du salon. Elle s'agenouilla aussitôt près d'elle.

— Bonjour, Karen ! Je m'appelle Molly, je suis infirmière. Comment vous sentez-vous ?

Karen était un peu plus âgée que ce qu'elle avait imaginé, — elle avait probablement une quarantaine d'années —, et elle transpirait l'angoisse. Ses yeux étaient pleins de larmes.

— Je pense que le travail a commencé ! Je vous en prie, le bébé ne doit pas mourir. Nous avons attendu si longtemps pour l'avoir… Je ne supporterais pas qu'il lui arrive quelque chose maintenant.

— Rien ne lui arrivera, pas plus qu'à vous.

Elle avait parlé d'une voix ferme et assurée ; ce n'était pas le moment de se poser des problèmes de déontologie. En principe, ce genre d'affirmation était proscrit, mais Karen avait besoin d'être rassurée. En admettant qu'elle réchappe de cette épreuve…

— Installez-vous plus confortablement, d'abord. Pouvez-vous vous lever, si je vous aide ?

— Je vais essayer.

— Parfait.

Molly lui entoura la taille de son bras et réussit à la mettre debout, puis à la faire asseoir sur le canapé.

— Il faut que je vous examine, pour vérifier que le travail a commencé et, le cas échéant, si tout se passe bien.

Karen se borna à hocher la tête, le visage crispé par la souffrance. Molly était presque sûre que c'était l'effet d'une contraction, mais elle devait s'assurer qu'il ne s'agissait pas d'une fausse alerte.

Elle lui retira ses sous-vêtements et dissimula de son mieux son trouble, quand elle vit que le col était entièrement dilaté. Le bébé allait naître d'un instant à l'autre...

— Vous ne vous êtes pas trompée. Mais ne vous inquiétez pas, j'ai apporté le nécessaire avec moi. Avez-vous assisté à des cours de préparation à l'accouchement ?

— Oh ! bien entendu ! Nous n'en avons pas manqué un seul, Mike et moi. Sur la respiration et les techniques de relaxation, ce qui arrive au moment de l'expulsion, et après.

Elle eut un petit rire hystérique.

— Nous qui pensions être prêts, nous n'avions pas tout prévu !

— C'est sûr ! répondit Molly en riant. Au fait, où est votre mari ?

— Il était parti faire le plein de la voiture pour plus de sécurité, en cette période de Noël. J'aimerais tant qu'il soit là ! Je serais plus rassurée s'il était avec moi pour me guider.

— Je comprends, mais tout va bien se passer.

Elle pressa sa main dans la sienne.

— Le fait que vous ayez pris ces cours vous aidera beaucoup.

— Le bébé sera prématuré, de toute façon.

— Oui, mais de quelques semaines seulement ; les poumons devraient être complètement développés. Bon, je vais chercher le nécessaire et j'écoute le cœur.

Elle ouvrit son sac à dos et en sortit le kit d'accouchement d'urgence qui faisait partie de son équipement. Par chance, ayant effectué récemment un stage de remise à niveau sur le sujet, elle n'était pas prise au dépourvu. Cependant, les circonstances étaient si extraordinaires qu'elle se surprit à souhaiter que Sean soit à ses côtés... Mais il ne pouvait pas être là, et elle devrait se débrouiller seule. D'ailleurs, ce serait un bon entraînement pour plus tard, parce que lorsqu'il aurait terminé son contrat il partirait pour ne jamais revenir.

Pour Sean, le temps s'écoulait avec une lenteur torturante. Chaque fois qu'il consultait sa montre, il s'apercevait qu'il l'avait déjà fait quelques minutes plus tôt. Pourtant, il lui semblait que des heures avaient passé depuis que Molly avait disparu dans les étages. Avait-elle réussi à rejoindre cette femme sans rencontrer d'obstacles en cours de route ? Il énumérait en esprit toutes les éventualités, chacune plus terrible que la précédente, et il émit un grognement de rage. Il risquait de devenir fou s'il n'avait pas bientôt des nouvelles !

Le grésillement du talkie-walkie se fit soudain entendre, l'interrompant dans ses pensées. Son cœur s'allégea d'un coup quand il reconnut la voix de Molly. Il prit le récepteur, soulagé au-delà du possible.

— Comment ça se passe ? Alors, tu l'as trouvée ?

Il tenta de dissimuler son angoisse. Inutile de l'affoler.

— Oui, elle est bien sur le point d'accoucher. Le col est dilaté, le bébé ne va pas tarder. J'ai mesuré son rythme cardiaque et je n'ai rien découvert d'anormal, mais pourrais-tu demander à une ambulance de se tenir prête, au cas où il se produirait un incident au dernier moment ?

— Bien sûr !

Il se tut, hésitant, mais il fallait qu'il continue, sans tenir compte des répercussions possibles de ses paroles.

— Fais attention à toi, Molly. Je ne veux pas que tu prennes de risques. Tu es trop importante pour moi.

— C'est vrai ? répondit-elle si bas qu'il dut tendre l'oreille pour l'entendre.

— Oui.

Il inspira à fond, mais il était temps qu'il lui avoue la vérité, tout en se l'avouant à lui-même.

— Et depuis toujours.

Impossible de s'éterniser, alors qu'ils étaient si occupés par ailleurs. Il remit le récepteur à un pompier qui devait exposer à Molly la suite de la procédure d'urgence, et écouta d'une oreille distraite ses explications, bien trop bouleversé pour être totalement présent. Il n'aurait peut-être pas dû prononcer ces mots, mais il avait besoin de clarifier la situation une bonne fois pour toutes. S'il n'avait pas fait ce vœu à la mort de Claire, il ne se serait jamais séparé de Molly.

Le moment étant mal choisi pour réfléchir, il se força à revenir à la réalité de l'instant : il se rua à l'extérieur, pour demander à une ambulance de se tenir en stand-by. Il venait d'atteindre la porte quand un cri d'effroi résonna, et il leva instinctivement la tête : les fentes du plafond s'élargissaient de manière alarmante ; ce qui restait de l'immeuble commençait à céder. D'énormes morceaux se détachèrent, et tous les secouristes se ruèrent dehors derrière lui. Il s'arrêta dans le parking, courbé en deux, pour tenter d'évacuer la poussière de ses poumons. L'air était obscurci, et il lui fallut assez longtemps pour constater les dégâts : toute la façade avait disparu, et ce qui restait des étages était suspendu dans le vide... Et, quelque part au milieu de ce chaos, Molly était piégée.

Molly n'eut pas le temps de faire quoi que ce soit lorsque le bâtiment se mit à trembler. Elle s'agenouilla près du canapé et serra très fort la main de Karen. Un grondement impressionnant retentit, tel celui d'un train express franchissant un tunnel, puis ce fut le silence. Des nuages de poussière qui tournoyaient autour d'elles les aveuglaient, et elle attendit qu'ils se soient dissipés pour se lever.

Karen lui agrippa la main.

— Où allez-vous ? Ne me laissez pas !

— Il faut que je voie ce qui s'est passé, j'en ai pour une seconde.

Elle se dégagea et contourna les blocs qui jonchaient à présent le salon. L'appartement ne ressemblait déjà plus à rien, mais quand elle atteignit la chambre elle comprit l'ampleur des dommages : à la place du mur de la façade, il y avait maintenant un trou béant. Elle n'osa s'approcher davantage parce que le sol était craquelé dans un angle, mais, du spectacle qu'elle avait sous les yeux, elle pouvait déduire que la façade entière était tombée.

Son cœur battait à tout rompre quand elle revint dans l'intention de se servir du talkie-walkie, espérant qu'on lui réponde, qu'on lui dise combien de temps il faudrait pour les faire sortir d'ici. Mais un seul coup d'œil à l'appareil lui suffit pour constater qu'il avait éclaté en morceaux… Elle ne pouvait plus que prier pour qu'on les tire de là, avant que le reste de la construction ne cède à son tour.

— Un pan de la façade s'est écroulé, expliqua-t-elle en revenant auprès de Karen.

Elle réussit à sourire, décidée à minimiser les dégâts. Sa patiente n'avait pas besoin de stress supplémentaire.

— Je suis convaincue qu'on va venir à notre secours, concentrons-nous sur le bébé, d'accord ? Vous avez déjà choisi un prénom ?

— Nous avons refusé de connaître le sexe à l'avance, nous préférions avoir la surprise. Ce sera Holly si c'est une fille, et Nicholas si c'est…

Elle s'interrompit pour hurler.

— Oh ! En voilà une autre !

Molly regarda l'heure par principe, car elle était certaine que les contractions se rapprochaient. La naissance était imminente. Elle tint la main de la future maman, jusqu'à ce que la douleur se fût dissipée, et hocha la tête.

— Vous vous en sortez très bien. L'enfant ne devrait plus être long. Avez-vous un tissu dans lequel l'envelopper ? Un plaid, une couverture chaude ?

— Tout est dans la valise verte sous la fenêtre, dans la chambre… Oh !

Le visage de Karen se crispa, une nouvelle contraction qui arrivait.

Elle réprima un soupir : la valise en question devait avoir atterri dans le parking…

— Je crains de ne pouvoir y accéder, mieux vaut nous servir d'autre chose, une serviette de toilette, par exemple.

— Elles sont rangées dans le placard de la salle de bains.

— Parfait.

Elle alla chercher deux serviettes, qu'elle posa sur une chaise près d'elle, puis vérifia l'état de la parturiente.

— Le crâne apparaît, on y est presque !

Elle soutint la tête quand elle émergea et s'assura que le cordon n'était pas enroulé autour du cou. Une épaule, puis l'autre, sortirent à leur tour, le corps entier fut expulsé très vite, et le nouveau-né se mit à crier.

Molly rit de soulagement.

— Félicitations ! C'est un splendide petit garçon, pourvu d'une solide paire de poumons.

Elle nettoya le petit corps puis, après avoir noué et coupé le cordon ombilical, enveloppa le bébé dans une serviette et le mit dans les bras de Karen.

— Parfait. Vous avez été super, si l'on pense que rien ne pouvait soulager vos douleurs...

— Peu importe, ça en valait la peine, murmura la jeune mère, en jetant à son fils un regard émerveillé. Enfin, je tiens mon enfant dans mes bras !

Elle sourit, émue, et les laissa faire connaissance pendant qu'elle rangeait un peu la pièce. Lorsqu'elle eut terminé, elle quitta l'appartement et longea le couloir en enjambant les décombres pour tenter de retrouver l'accès du passage par lequel elle était montée. Il avait disparu, réduit à un autre tas de gravats.

Elle sentit son ventre se nouer : il semblait qu'ils soient tous trois coincés jusqu'à l'arrivée des secours. Elle se prit à souhaiter une fois de plus que Sean soit à ses côtés, mais rejeta cette pensée. Il serait stupide d'avoir la faiblesse de dépendre de lui.

Sean n’avait encore jamais baissé les bras, mais là, il ne savait vraiment plus que faire. Il observa la grande échelle que les pompiers avaient équipée d’une cage à son extrémité. Deux sauveteurs se proposaient d’y prendre place, pour pénétrer au premier étage et ramener Molly et Karen ; mais ils refusaient de l’emmener, sous prétexte qu’il occasionnerait une surcharge de poids.

Or, si quelqu’un entrait, ce serait lui. Il ne supportait plus de rester à attendre en se rongeant les sangs, il devait trouver Molly, s’assurer qu’elle était indemne, et se charger lui-même de la faire redescendre. S’il lui arrivait quelque chose, il ne se le pardonnerait jamais.

Il devait absolument convaincre le capitaine que sa présence en haut, quand ils y arriveraient, était indispensable.

Lorsque ce dernier lui répéta pour la énième fois qu’il pouvait leur faire confiance, il secoua la tête.

— Je ne doute pas que votre équipe soit bien entraînée, mais ce n’est pas suffisant.

Il prit une profonde inspiration, s’efforçant de maîtriser son irritation pour trouver les bons arguments.

— Comprenez bien, il y a une femme, là-haut, qui est en train d’accoucher dans des circonstances épouvantables ! Et de plus d’un prématuré ! Comment pouvez-vous être certain que cette mère et ce bébé n’auront pas besoin des soins immédiats d’un médecin urgentiste qualifié ?

L’homme parut comprendre enfin la portée de ses paroles. Et Sean poussa un soupir de soulagement quand on lui demanda de s’équiper tout de suite. L’un des secouristes l’attacha à un harnais de sécurité, puis on l’aida à gagner la cage avec deux autres pompiers.

Personne ne pipa mot tandis que l’échelle s’élevait lentement. Il se doutait que tout le monde partageait son angoisse, mais pour lui c’était plus qu’une mission de secours ordinaire : cette fois, il tentait de sauver la femme qu’il aimait.

Il en eut le souffle coupé, mais inutile de s’efforcer de nier plus longtemps ses sentiments : il aimait Molly et il voulait être à ses côtés.

Cependant, ne serait-ce pas briser la promesse faite à Claire ? Il inspira péniblement. Il fallait à tout prix qu'il trouve une solution à ce dilemme qui le crucifiait.

Il n'était certain que d'une chose : il ne pouvait imaginer un avenir sans Molly.

14

Molly sentait monter la panique, à mesure que les instants s'écoulaient. Depuis combien de temps la façade s'était-elle écroulée ? Dix minutes, quinze ? Ou même vingt ? Les secours devraient arriver, maintenant !

Elle s'avança jusqu'au seuil de la chambre, mais de l'endroit où elle se tenait son champ de vision n'était pas très étendu. Elle fit un pas à l'intérieur et s'arrêta net : le plancher bougeait sous son pied. La peur au ventre, elle recula, comprenant la gravité de la situation : le bâtiment entier pouvait s'abattre d'un moment à l'autre… Avec elles et le bébé coincés dedans.

Difficile de dissimuler son angoisse quand elle retourna au salon. La jeune maman, qui berçait Nicholas sur son sein, leva vers elle un visage plein d'espoir.

— Alors, on vient nous sauver ?

— Pas encore, mais je suis sûre que les secours ne vont pas tarder.

Elle croisa les doigts dans son dos. C'était peut-être un mensonge, mais à quoi bon inquiéter cette pauvre femme en lui disant la vérité ?

— Comment vous sentez-vous ?

— Oh ! Très bien !

Karen baissa les yeux vers son fils en souriant.

— Je dois m'occuper de ce petit maintenant, c'est mon principal souci.

— Il est magnifique. Et, qui plus est, il sera sans doute l'un des premiers à être né le jour de Noël cette année. Ce qui le rend encore plus spécial.

— Et nous ne risquerons pas d'oublier son anniversaire ! s'exclama Karen en riant.

Elle se rembrunit d'un coup, quand un bruit sourd se fit entendre du côté de l'entrée.

— Qu'est-ce que c'est ?

— Je vais voir.

Molly se rua vers la porte, et elle se figea en constatant qu'un grand trou venait d'apparaître dans le plancher du hall. Le sol de l'appartement commençait à céder, et elle ne pouvait que prier pour que le salon ne subisse pas le même sort tout de suite.

Au moment où elle ouvrait la bouche pour proposer à Karen de se réfugier dans la salle de bains, la vive lumière d'un projecteur éclaira la pièce, et la seconde d'après les contours d'une nacelle contenant trois hommes se dessinèrent derrière la fenêtre.

Elle reconnut Sean parmi eux, et le soulagement la submergea. Elle n'eut pas le temps de vérifier qu'il l'avait vue, parce que l'un des deux autres gesticulait pour lui faire signe de s'éloigner. Elle fonça vers le canapé et s'accroupit au-dessus de Karen et du bébé, les abritant de son mieux, tandis que les sauveteurs brisaient la vitre. Le verre étant très épais, il leur fallut plusieurs tentatives, mais finalement ils réussirent à se frayer un passage par l'ouverture. Elle se releva d'un bond pour se précipiter à la rencontre de Sean.

— Molly, tu vas bien ?

Il lui agrippa les épaules, et son cœur battit encore plus vite, si c'était possible, quand elle perçut l'angoisse dans ses yeux. Il s'était fait du souci pour elle, c'était évident. Cette constatation fit resurgir toutes les émotions qu'elle avait tenté d'enfouir au plus profond d'elle-même : elle voulait qu'il s'inquiète pour elle, elle voulait qu'il soit soulagé, ému et heureux en la regardant, parce qu'elle l'aimait.

Elle inspira à fond en reconnaissant enfin la vérité : ces deux dernières années, elle avait essayé, en vain, de se débarrasser de ce sentiment qu'elle refusait de nommer. Elle aimait Sean, même si son amour ne pourrait jamais être payé de retour.

— Je vais bien, je t'assure !

Elle plaqua un sourire sur son visage, pour dissimuler la souffrance qui la rongeait de l'intérieur. Elle ne doutait plus qu'elle soit importante pour lui, mais cela ne signifiait pas pour autant qu'il soit prêt à oublier Claire. Elle occuperait sans doute toujours la seconde position dans son cœur… Toutefois, pour l'instant, elle n'avait pas le temps de s'en affliger, elle devait se concentrer sur sa tâche.

— Quand Karen et le bébé pourront-ils être évacués ?

— Tout de suite.

Il jeta à la mère et à son fils un regard sombre, avant de s'adresser de nouveau à elle en baissant la voix.

— Dépêchons-nous, il faut que tout le monde sorte d'ici le plus vite possible. On pense que le bâtiment ne va pas tarder à s'écrouler tout entier.

Elle acquiesça et, s'approchant de Karen, lui passa un bras autour de la taille pour l'aider à se lever. Un pompier porta le nouveau-né pendant qu'un autre faisait entrer Karen dans la cage, une manœuvre très délicate. Une fois que la jeune maman fut assise sur le sol, ils lui remirent son bébé avec précaution et s'occupèrent de Molly. Sean, qui l'avait suivie, fit un signe de dénégation lorsqu'elle s'étonna qu'ils n'emmènent pas le second sauveteur.

— La nacelle ne contient pas plus de quatre personnes, ils devront remonter le chercher.

Elle eut l'impression que la descente durait une éternité. En descendant, ses jambes tremblaient si fort qu'elle apprécia que Sean la soutienne pour la conduire jusqu'à l'ambulance. Le mari de Karen, qui les attendait déjà, se joignit à eux. Elle regarda les ambulanciers installer la nouvelle famille dans l'habitacle, puis Sean plongea ses yeux dans les siens.

— Tu les accompagnes.

Il lui mit un doigt sur la bouche, pour l'empêcher de protester.

— Ne discute pas. Tu dois passer des examens, toi aussi.

— Mais je ne suis pas blessée ! Je...

Elle se trouva incapable de poursuivre, car il posa les lèvres sur les siennes. Sa tête tournait, lorsqu'elle s'assit à l'arrière du véhicule ; ce baiser, aussi idiot que cela puisse être, lui avait semblé venir droit du cœur. Qu'est-ce que cela signifiait ? Etait-il possible qu'il l'aime aussi ? Elle se cramponna à cette idée pendant tout le trajet en ambulance. Elle représentait son seul espoir.

Quand Sean arriva à l'hôpital, une demi-heure plus tard, toutes les victimes avaient été soignées, renvoyées dans leurs familles, pour les moins atteintes, ou admises aux urgences. Chose incroyable, il n'y avait pas eu de morts, un miracle, au vu de la gravité de l'accident. Après avoir maîtrisé l'incendie, les pompiers avaient cédé la place aux enquêteurs aériens, pour qui le travail ne faisait que commencer.

Il avait quitté les lieux en compagnie de Mac, qui lui avait appris que les habitants indemnes étaient provisoirement hébergés dans un hôtel proche.

— Eh bien, ils ont au moins un endroit propre et sûr où passer la nuit !

Puis il avait regardé gravement son confrère, en lui tendant la main.

— Merci encore pour ta participation, Mac. Vraiment, tu nous as été très utile.

— Heureux d'avoir pu vous aider, Sean.

Le pédiatre avait jeté un regard en arrière vers les ruines de l'immeuble et soupiré.

— C'est lorsqu'une telle catastrophe se produit que tu te rends compte à quel point tu es verni... Bella vivait dans l'un de ces appartements, et nous avons déménagé quand elle attendait Grace. Je me demande ce que j'aurais fait si elle était restée coincée là-haut, au-dessus du vide !

Sean médita ces mots. Il était bien placé pour compatir à l'angoisse d'un homme dont la femme est en danger, et qui est impuissant à lui venir en aide.

— L'idée est effrayante, oui.

— C'est clair !

Mac lui donna une tape dans le dos et obliqua pour regagner sa voiture. Avant de prendre place au volant, il regarda par-dessus son épaule.

— Ah, au fait, joyeux Noël ! Au milieu de tout ce chaos, j'avais oublié qu'on était déjà le 25 décembre !

— Joyeux Noël à toi !

Sean était monté en souriant dans le véhicule qui ramenait les soignants. Il serait bientôt 5 heures du matin ; dans environ une heure, l'équipe de jour prendrait la relève. On allait lui demander de rédiger un rapport sur les événements de la nuit, mais cela pouvait attendre. Il avait autre chose de plus urgent à faire pour le moment.

Il finit par trouver Molly dans la salle du personnel. Assise sur une chaise, les yeux fermés, l'air infiniment las. Elle s'était douchée, sa magnifique chevelure aux reflets auburn était encore humide, et ses boucles indisciplinées entouraient son visage. On eût cru un chérubin, tout droit sorti d'une toile de Botticelli.

En la contemplant, il sentit une énorme vague d'amour le submerger. Il était passé si près de la perdre cette nuit, qu'il avait enfin compris qu'il l'aimait. De chaque fibre de son être, corps et âme. Il ne souhaitait désormais qu'une chose : vivre le restant de ses jours avec elle, mais était-ce envisageable ? Pouvait-il abandonner le passé et regarder vers l'avenir, cet avenir radieux, après lequel il soupirait si fort ?

Il avait dû faire du bruit sans le vouloir, parce qu'elle ouvrit les yeux. Et, devant l'amour qu'ils exprimaient, il sentit son cœur se gonfler de bonheur : il n'y avait aucun doute, elle l'aimait autant qu'il l'aimait. C'était presque insupportable de constater que cette femme splendide était encore prête à lui faire confiance, après le mal qu'il lui avait fait...

— Salut, toi !

Il la regarda. Sa voix était basse, douce, emplie de tant d'amour qu'il fut envahi par l'émotion.

— Salut, toi ! répondit-il sur le même ton, incapable de cacher ce qu'il éprouvait.

Elle lui tendit la main, et il n'hésita pas : il traversa la pièce ; pour l'aider à se relever, puis regarda le plafond et rit doucement en voyant le bouquet de feuillage vert et de boules blanches.

— Il me semble que c'est de bon augure ! Crois-tu que c'est un message pour nous ? Quelqu'un qui voudrait nous signifier quelque chose ?

— Peut-être, mais je doute que nous ayons besoin d'aide en ce moment, non ?

Elle se haussa sur la pointe des pieds et pressa sa bouche contre la sienne pour un baiser chargé de tant d'émotions diverses qu'il ne put les distinguer toutes vraiment ; mais à quoi bon, de toute façon ? La seule conclusion à en tirer, c'était que Molly l'aimait.

Il l'embrassa avec passion, désireux de lui témoigner tout son amour. De lui montrer à quel point il avait eu peur de la perdre, et à quel point il était impatient qu'ils soient réunis pour toujours... Mais aussi à quel point il craignait que ce ne fût impossible. Et à l'évidence elle comprit. Un voile de tristesse passa dans ses yeux quand elle s'écarta de lui, un chagrin qui lui fit l'effet d'un coup de poignard, car il ne supportait pas de la faire souffrir. Tout ce qu'il désirait, c'était l'aimer.

— Tu m'accompagnes à la maison, Sean ?

Il perçut le tremblement de sa voix et s'en voulut terriblement : elle eût dû être joyeuse à la pensée de ce que l'avenir leur réservait. Elle ne devrait pas être malheureuse.

— Tu en es sûre, ma chérie ? Je ne...

Sa voix s'étrangla, et il dut se forcer à poursuivre, mais il devait clarifier les choses.

— Il faut que tu saches que je ne peux rien te promettre. Je souhaiterais que la situation soit différente, mais…

— Je comprends.

Molly pressa lentement ses doigts sur ses lèvres, pour qu'il se taise. Elle ne tenait pas à entendre la suite. Elle lui adressa un pâle sourire.

— Je n'attends rien de plus que ce que tu te sens capable de me donner.

— Oh ! Molly !

Il l'attira à lui et l'embrassa avec avidité, mais la lâcha brusquement lorsque des pas retentirent dans le couloir : l'équipe de jour arrivait… Elle échangea quelques plaisanteries avec ses collègues et éluda leurs questions à propos des événements de la nuit, sous le prétexte qu'elle était trop fatiguée pour en parler en cet instant. Tout le monde sembla comprendre, on les laissa tranquilles, et ils purent quitter l'hôpital assez vite.

Sean la guida jusqu'à sa voiture, avant d'ouvrir la portière pour elle. Elle monta ; il se glissa ensuite derrière le volant et se tourna vers elle en souriant.

— Joyeux Noël, Molly ! Faisons de ce jour le Noël le plus heureux de tous, d'accord ?

— D'accord.

Elle lui rendit son sourire, avec une expression si aimante qu'il dut réprimer son envie de la prendre dans ses bras. Mais ce n'était pas le lieu idéal. Ils avaient besoin d'un endroit plus intime que ce parking.

Un frisson le traversa tout entier à la pensée de ce qui était sur le point d'arriver. Ils allaient faire l'amour et, bien qu'il le désire plus que tout au monde, il savait qu'ensuite il serait obligé de prendre une décision. Le choix ne serait pas facile, mais une chose était sûre : il ne pouvait pas laisser Molly dans l'incertitude. Ce ne serait pas juste de sa part.

Molly, allongée entre les draps, écoutait le bruit de la douche en se souvenant des autres fois où elle s'était trouvée dans la même situation : Sean se douchait toujours, pendant qu'elle l'attendait au lit...

Elle chassa cette pensée. Peut-être était-elle en train de faire l'autruche, d'enterrer sa tête dans le sable, mais elle refusait de gâcher ce moment. Quand il apparut sur le seuil, torse nu, une serviette nouée autour des reins, elle sourit. Voilà ce qui comptait. Ici et maintenant. Le passé et l'avenir n'avaient pas d'importance.

— Tu te sens mieux ? demanda-t-elle, tandis qu'il s'approchait.

— Beaucoup. C'était bon de me laver de toute cette poussière...

Il passa ses doigts dans sa chevelure humide, l'aspergeant par inadvertance.

— Hé ! s'exclama-t-elle, j'ai déjà pris une douche ce matin, ça suffit, merci !

Il eut un sourire malicieux et se pencha pour lécher une goutte d'eau tombée sur son épaule.

— Tu en es sûre ?

— Oui, affirma-t-elle, en s'efforçant d'avoir l'air convaincant.

Mais la sensation que lui procurait sa langue sur sa peau l'avait privée de sa capacité de raisonnement.

— Tu ne me sembles pas très décidée...

Cette fois, il secoua délibérément la tête pour la mouiller encore, les yeux dans les siens, tandis que sa langue s'égarait langoureusement sur sa peau.

Elle bloqua sa respiration quand il écarta le drap qui la recouvrait, pour glisser la langue sur son sein jusqu'à son mamelon qu'il lécha avec une lenteur étudiée. De délicieuses sensations la traversèrent, des frissons la parcoururent.

— Sean !

Elle avait crié son nom, malgré elle, à bout d'émotions et de désir. Elle sentit son frémissement et la dure pression de son érection contre sa hanche. Il rejeta le drap, pour pouvoir poursuivre son exploration, et elle ne protesta pas. C'était exactement ce qu'elle souhaitait : qu'il apprenne à reconnaître tous les creux et les pleins de son corps, à se les réapproprier... Ensuite, elle ferait de même pour lui.

Sa langue avait à présent atteint son nombril, et il en faisait le tour à petits cercles ; elle serra les poings pour se retenir de gémir. Elle était de plus en plus happée par son désir... Lorsqu'il ôta la serviette qu'il portait autour des reins, elle tendit les mains vers lui et frissonna tout entière de sentir ses muscles si virils et pleins de vie sous ses doigts.

— Je t'aime, Molly.

Il avait murmuré les mots à son oreille en s'allongeant près d'elle, pour la prendre dans ses bras.

— Peu importe ce qui nous attend par la suite, je veux que tu saches que ce moment va pour moi bien au-delà du simple désir.

Il lui donna un tendre baiser.

— Je t'aime tellement, ma chérie.

— Moi aussi, Sean, je t'aime.

Elle sentit son cœur se briser.

La situation était tellement déchirante ! C'était presque intolérable d'avoir la certitude qu'il l'aimait, tout en balançant encore entre sa fidélité à sa fiancée morte et un possible avenir avec elle. Il lui devenait d'autant plus urgent de faire l'amour. Quand il la pénétra d'un seul coup, avec puissance et douceur à la fois, elle gémit et s'accrocha à lui, pour mieux savourer ces précieux instants.

Peu importait le lendemain, elle refusait de gâcher ce qui était en train de se passer ici et maintenant.

En ce moment, ils appartenaient exclusivement l'un à l'autre.

15

Sean s'éveilla au son des cloches, étrangement en paix avec lui-même. Avant de plonger dans le sommeil, ils avaient fait l'amour deux fois, et il était sûr de garder à jamais dans son cœur le souvenir de ces quelques heures. Ils s'étaient aimés avec fougue, oui, mais en même temps avec aussi tellement de tendresse qu'il se sentait différent, presque neuf. Faire l'amour à Molly en ayant la certitude qu'elle l'aimait autant qu'il l'aimait avait été une sorte d'illumination. Désormais, il savait ce qu'il avait à faire. Ou, plutôt, ce qu'il « voulait » faire. Et il était soulagé d'en être enfin certain, après ses interminables tergiversations de ces dernières semaines. Il se rapprocha de Molly, lui caressa la joue dans l'intention de l'éveiller pour lui faire part de sa décision. Il fallait qu'il le lui annonce tout de suite, puisque cela changerait sa vie à elle autant que la sienne.

— Que c'est agréable ! murmura-t-elle. On vous a déjà dit que vous aviez des doigts de magicien, docteur Fitzgerald ?

— Non, jamais.

Il se souleva pour lui donne un baiser et rit.

— Allons, belle endormie, réveille-toi ! C'est le jour de Noël, il est temps de se lever.

— Pourquoi ? Le Père Noël est passé ?

Elle se tortilla pour se rapprocher encore et émit un petit rire sarcastique, en sentant sa réaction inévitable à son corps nu.

— Peut-être que c'est lui qui frappe à la porte en ce moment. Je me demande s'il a un cadeau pour moi ?

Ce genre de commentaire ne pouvait provoquer qu'une chose... Il n'attendit pas de seconde invitation pour l'attirer dans ses bras et l'embrasser avec passion. Sa peau douce, la chaleur et le désir qui émanaient de son être... Il ne fut pas long à s'allonger sur elle, elle le serra fort en gémissant et, se cabrant, ouvrit les jambes. Il la pénétra avec douceur. Cette impression, aussitôt, de voguer avec elle sur une mer de sensations délicieuses, magiques, d'avoir atteint un lieu où ils ne faisaient plus qu'un apparut, et ils hurlèrent enfin leur plaisir à l'unisson. Lorsqu'il roula sur le côté, comblé, le corps et l'âme satisfaits au-delà de toute espérance, il se tourna vers elle, l'air extasié.

— Comment fais-tu, Molly ? Tu as développé des facultés spéciales, pour me mettre dans cet état ?

— Oui.

Elle posa ses lèvres sur les siennes, en lui jetant un regard plein de tendresse.

— C'est le pouvoir de l'amour, qui rend tout merveilleux.

— Oh ! Ma chérie !

Cette fois ce fut lui qui l'embrassa, sentant le désir revenir au galop. Si vite, c'était ahurissant, mais de nouveau leurs bouches, leurs souffles et leurs peaux se mêlèrent, et ils refirent l'amour. Ils se séparèrent enfin, haletants. Il s'allongea sur le dos et, relevant la tête pour croiser son regard, poussa un gémissement.

— Bon sang, tu es insatiable ! Tu m'as épuisé !

— Serais-tu en train de te plaindre ? demanda-t-elle en riant.

— Certainement pas !

Il lui fit un grand sourire.

— Mais je crois que je vais avoir besoin d'un respirateur pour me remettre un peu, avant que tu ne me jettes un nouveau sort.

— Ah là là !. Il y a des gens qui ne sont jamais contents. Heureusement que c'est Noël, le jour de la bonne volonté !

Elle repoussa la couette et sortit du lit.

— Je te laisse recouvrer tes forces pendant que je prépare le petit déjeuner.

— Je n'ai pas vraiment faim, émit-il en lui attrapant la main, quand elle passa près de lui.

Il eut un léger rire en constatant l'effet que la vue de son corps nu avait sur sa libido fatiguée.

— Tiens ? Je ne suis peut-être pas aussi épuisé que je ne le pensais.

— Trop tard !

Elle se tortilla pour se dégager de sa poigne et attrapa sa robe de chambre sur le dossier de la chaise.

— La seule chose que tu auras, c'est du café !

Elle franchit le seuil, le nez en l'air.

— Espèce de rabat-joie ! s'exclama-t-il en riant.

Il souriait encore en laissant sa tête retomber sur l'oreiller. C'était merveilleux de plaisanter de la sorte en se sentant si à l'aise. Autrefois, il était toujours un peu nerveux dans sa relation avec elle, conscient qu'il ne pouvait pas laisser s'installer trop de complicité entre eux, mais à présent ce n'était plus pareil. Il pouvait se détendre complètement, apprécier d'être avec elle, sans se soucier constamment de garder ses distances. C'était pourquoi il devait se dépêcher de lui faire part de sa décision.

Il prit une profonde inspiration et repoussa la couette à regret, conscient de ce qui l'attendait, d'abord avec ses parents, puis avec ceux de Claire. Mais, bien qu'il déteste l'idée de les contrarier, il savait qu'il ne pouvait pas accepter Molly dans sa vie sans tirer un trait définitif sur son passé.

Molly mit la dernière touche au plateau et hocha la tête avec satisfaction : du jus d'orange fraîchement pressé, des œufs Bénédicte et du café. Une assiette de fruits frais, aussi, même si elle n'était pas sûre que tout cela ne revienne pas intact à la cuisine. Si elle se souvenait bien, le petit déjeuner au lit avec Sean n'impliquait pas forcément de manger...

La chaleur l'envahit, alors qu'équipée de son plateau elle parcourait lentement le couloir, attentive à ne rien renverser.

Faire l'amour avec Sean incarnait tout ce qu'elle aurait pu souhaiter. C'était un amant à la fois tendre et passionné, et elle adorait les sensations qu'il lui procurait. Elle ne doutait pas une minute qu'il en profitait autant qu'elle, mais était-ce suffisant pour qu'il renonce à son vœu ? Il lui avait dit qu'il l'aimait, seulement, ce sentiment était-il suffisamment fort pour le faire renoncer à sa fiancée disparue ? Elle l'espérait de tout son cœur, et pourtant, tandis qu'elle montait l'escalier, la peur lui nouait l'estomac... Une éternité auparavant, elle avait assuré à Suzy qu'elle ne croyait plus au prince charmant, et rien ne lui garantissait que sa nouvelle aventure avec Sean connaisse un dénouement heureux.

Lorsqu'elle pénétra dans la chambre, elle eut un coup au cœur en constatant qu'elle était vide... Elle posa le plateau sur la table de chevet et sentit son malaise augmenter en entendant l'eau couler dans la salle de bains. Pourquoi éprouvait-il le besoin de se doucher, puisqu'ils avaient projeté de passer la journée au lit ensemble ?

Enfin, il réapparut, habillé de pied en cap, et elle sut que son appréhension n'était pas vaine : il partait.

La gorge serrée, elle se força à jouer la désinvolture et lui sourit d'un air faussement déférent.

— Le petit déjeuner de Monsieur et servi !

En même temps, elle priait pour qu'il ne perçoive pas son anxiété. Bien que cela soit difficile à admettre, elle n'avait pas voix au chapitre : c'était à lui de décider de rester ou de s'en aller.

— Tout cela me semble délicieux, mais je me contenterai du café, merci.

Il s'en versa une tasse, mais n'en but même pas une gorgée.

— Bizarre, que tu n'aies pas faim ! dit-elle d'un ton détaché.

Elle saisit un fruit, qu'elle pela et écrasa dans un bol,

essentiellement pour se donner une contenance, car son estomac était si noué qu'elle n'aurait pu avaler une seule bouchée.

— Pas vraiment, non.

Il inspira longuement, et elle sentit son cœur se serrer à l'étouffer, attendant qu'il prononce les mots fatidiques, bien qu'elle se doute déjà qu'ils seraient désagréables à entendre.

— Navré, j'aurais voulu rester, mais ça m'est impossible. J'ai quelque chose de très urgent à faire.

— D'accord, répondit-elle, s'efforçant toujours à une désinvolture qu'elle était à mille lieues de ressentir.

En réalité, son sang s'était glacé dans ses veines, et une grosse boule bloquait sa gorge : allait-il lui confier ce qui était si pressant, ce qu'il jugeait plus important que de demeurer avec elle ?

Il reposa son mug sur le plateau et, lui prenant les mains, chercha son regard.

— Molly... Je dois absolument parler aux parents de Claire, et aux miens aussi, d'ailleurs, par la même occasion. Il est temps que je leur avoue ce qui s'est réellement passé le soir de sa mort : son insistance à vouloir me rencontrer, notre rendez-vous manqué, bref, ma responsabilité dans l'accident, que j'ai gardée pour moi si longtemps.

Il lui pressa légèrement les doigts.

— Ensuite, je me sentirai plus léger et je pourrai mettre mon passé derrière moi.

— Si c'est ce que tu souhaites...

Son cœur battait la chamade, d'angoisse et d'excitation mêlées. Peut-être était-elle en train de tirer des conclusions hâtives, mais elle ne connaissait qu'une seule raison pour qu'il se soit décidé à faire ce qu'il n'avait pas eu le courage de faire pendant des années : c'était à cause d'elle, à cause d'eux deux...

— Oui.

Il se pencha et déposa un baiser sur ses lèvres.

— C'est ce que je désire plus que tout, bien que je ne sois

nullement impatient de révéler la vérité à mes parents et aux siens. Je sais à quel point cela les bouleversera.

La tristesse qu'elle lut dans ses yeux faisait peine à voir. Elle l'entoura de ses bras et le serra fort.

— C'est vraiment impératif que tu le fasses aujourd'hui ?

Elle s'écarta de lui et croisa son regard.

— Je veux dire... c'est le jour de Noël, cela risque d'être d'autant plus dur pour eux.

— Tu crois ?

Il hocha la tête d'un air songeur.

— Bien entendu, ils souffrent déjà assez, je ne tiens pas à en rajouter une couche, surtout auprès des parents de Claire... Tu penses que je ferais mieux d'attendre demain pour leur parler ?

— La décision t'appartient, mais ce serait sans doute plus facile à digérer pour eux, à mon avis.

Elle se mordit la lèvre. N'avait-elle pas tort de s'en mêler ? Cela ne la regardait pas, après tout, bien qu'elle ait du mal à accepter qu'en ce jour si sacré il ravive d'affreux souvenirs et les rende encore plus pénibles.

— Tu dois avoir raison. Ce sera assez difficile à supporter pour eux, sans que je me manifeste aujourd'hui pour les chagriner davantage.

Il fit un effort visible pour changer d'humeur et jeta un regard gourmand au plateau du petit déjeuner.

— Dans ce cas, je peux tout aussi bien goûter aux délices que tu m'offres !

— Tu veux dire ceux que j'ai apportés ? Ou un autre genre de délices ?

Elle le regarda, souriante, déterminée à jouer son rôle. Sans doute essayait-il seulement de retarder au maximum l'heure de s'en aller, mais ce serait si bon de l'avoir toute la journée pour elle, de pouvoir garder ces instants dans sa mémoire comme un trésor, si jamais les choses n'évoluaient pas comme elle l'espérait... Lorsqu'il tendit les bras vers elle, elle chassa toute crainte de son esprit.

— Eh bien... les deux. Mais je préférerais commencer par les seconds et poursuivre avec les autres après.

Il l'embrassa comme s'il mourait, avant tout, de faim et de soif d'elle. Incapable de prononcer un mot, elle lui rendit son baiser avec passion, et ils refirent l'amour avec une telle intensité qu'ils en pleurèrent. Elle lui baisa les yeux pour sécher ses larmes, puis il fit de même pour elle. Ensuite, ils s'installèrent pour prendre le petit déjeuner. Les œufs Bénédicte étaient froids, et le café à peine tiède, mais elle n'en avait cure. C'était un régal de roi, parce qu'elle le partageait avec Sean. Elle pria de toute son âme pour qu'ils vivent encore des matins semblables, consciente que rien n'était sûr... Jusqu'à ce qu'il ait parlé aux parents de Claire et aux siens, elle ne pouvait même pas envisager qu'ils puissent avoir un avenir ensemble.

Pour Sean, provisoirement débarrassé de son souci, l'après-midi se déroula comme dans un rêve : il partit avec elle pour une longue promenade main dans la main, le long du fleuve, en se contentant d'apprécier sa compagnie, autant qu'elle goûtait visiblement la sienne. Ils n'étaient pas les seuls à être sortis prendre l'air : ils croisaient des familles, dont les enfants étrennaient leurs bicyclettes neuves, d'autres couples qui se tenaient, eux aussi, par la main... Tout le monde profitait de ce jour de Noël, semblait-il, et il trouvait agréable de participer à la détente générale.

Lorsqu'ils rentrèrent, Molly se mit en devoir de s'occuper du dîner, et il manifesta la volonté de l'aider. Après le dixième baiser, elle s'esclaffa, en se dégageant de ses bras.

— Arrête, je n'arrive pas à me concentrer ! Si tu as envie de manger quelque chose ce soir, il faut que tu te maîtrises un peu. Je ne me plains pas, mais comment veux-tu que je prépare le dîner pendant que tu m'embrasses de cette façon ?

— Désolé, chef ! Je te promets de me tenir tranquille.

— Bon, j'espère bien !

Elle avait usé d'un ton sévère, bien qu'il devinât, au sourire qui relevait les coins de sa bouche, que ses attentions ne lui déplaisaient pas... Il grogna d'aise et s'aperçut qu'elle lui jetait un regard suspicieux.

— Alors, que proposes-tu de faire pour me rendre service ?

— Je n'ai pas mon pareil pour nettoyer les choux de Bruxelles.

Il avait parlé d'une traite, de crainte de rompre la promesse qu'il venait de faire.

— Bonne idée ! Si tu as les mains occupées ailleurs, nous pourrons déguster le dîner de Noël le jour de Noël, et non le lendemain.

Elle lui tendit un couteau.

— N'oublie pas de les ouvrir en croix en bas, d'accord ? Pour qu'ils cuisent plus vite.

— A vos ordres, chef !

Il fit un salut militaire et rit en la voyant lever les yeux au ciel. Incroyable, que cela puisse être si agréable d'éplucher et de laver des légumes... Pour lui, c'était toujours une corvée, en principe. Mais finalement quoi d'étonnant ? Tout ce qu'il faisait avec elle modifiait totalement son point de vue et devenait intéressant. Cette pensée ne fit que renforcer sa volonté de régler ses problèmes. Peu importait que ce soit délicat, il devait le faire. Pour lui, et pour Molly.

Surtout pour Molly.

Molly était aux anges : jamais elle n'avait vécu un Noël plus merveilleux, depuis son enfance. Bien qu'ils n'aient rien fait de plus que de jouer à des jeux de société, après avoir savouré le dîner, cette journée avait été parfaite. Puis, comme ils travaillaient tous les deux le soir, ils étaient partis ensemble pour l'hôpital, dans la voiture de Sean.

Par chance, la soirée avait été assez calme pour qu'ils puissent tous les deux rédiger leur rapport sur la catastrophe. Elle avait même eu le temps de passer à la maternité pour y prendre des nouvelles de Karen et de Nicholas. Bien entendu, Mike, le père du bébé, leur tenait compagnie, et Molly dut couper court à leurs chaleureux remerciements. Comme elle le leur assura sincèrement, elle n'avait été que trop contente de pouvoir se rendre utile.

Quand elle eut enfin terminé son service, elle se sentait pleine de confiance en l'avenir. Sean rentra avec elle, et ils refirent l'amour avec autant de passion. Aussi incroyable que cela puisse paraître, c'était chaque fois plus merveilleux. Elle s'endormit, se blottit contre lui, heureuse et comblée. Elle souriait encore en se réveillant en début d'après-midi : c'était une sensation extraordinaire de s'éveiller avec Sean à côté d'elle.

Elle se retourna dans l'intention de l'embrasser, mais... le lit était vide. Elle promena la main de son côté et constata que le drap était froid. Un frisson désagréable la parcourut, elle repoussa la couette et bondit pour passer sa robe de chambre. Il ne pouvait pas être parti sans lui avoir dit au revoir ! Peut-être était-ce idiot de sa part, mais elle avait envie de le tenir dans ses bras, de lui prouver son amour, avant qu'il aille accomplir ce qu'il souhaitait.

Elle dévala l'escalier et s'arrêta brusquement en le découvrant assis à la table de la cuisine, penché au-dessus d'un mug de café. Il lui sourit, mais elle percevait sa tension.

— Salut ! J'espère que je ne t'ai pas réveillée, j'ai essayé de ne pas faire de bruit.

— Non, il était temps que je me lève, de toute façon.

Elle tira un siège pour s'installer face à lui et prit une longue inspiration :

— Tu pars chez les parents de Claire ?

— Oui. J'ai aussi téléphoné aux miens, pour les prévenir de ma venue.

Il haussa les épaules.

— Je ne pense pas en avoir pour longtemps. Ils habitent juste à l'entrée de Leeds, il me suffit d'emprunter l'autoroute.

— Il ne devrait pas y avoir trop de circulation aujourd'hui, murmura-t-elle. Le lendemain de Noël, c'est toujours très calme.

— Tu as sans doute raison.

Il repoussa sa chaise et se leva.

— Bon, j'y vais. Il ne faut pas que je rentre trop tard, si je veux être à l'heure à l'hôpital ce soir.

— Bien sûr.

Elle se mordit la lèvre et réprima son envie de le supplier de rester avec elle. Il devait affronter cette épreuve comme il l'avait résolu, elle ne pouvait l'en empêcher, simplement parce qu'elle en redoutait l'issue. Quand il contourna la table pour la prendre dans ses bras, elle le serra fort contre elle, s'efforçant ainsi de lui communiquer à quel point elle avait besoin de lui. Ce n'était pas le moment de le faire craquer, elle le savait... Elle n'avait pas le droit de l'influencer. En aucune manière.

Sans prononcer un mot, il la lâcha et se dirigea vers la porte. Elle s'agrippa au dossier de sa chaise, en le suivant du regard, déterminée à ne pas lui courir après. Peu importait que ce soit très dur, elle devait lui faire confiance, si elle voulait en finir avec l'incertitude.

Elle ferma les paupières et fit un vœu pour que tout se termine bien. Après tout, c'était Noël, il ne pouvait arriver que de bonnes choses à cette époque de l'année. Mais elle eut beau s'accrocher à cette pensée, elle ne put se débarrasser de cette peur qui la glaçait. Si jamais Sean ne parvenait pas à tourner la page, cela pouvait signifier la fin de leur aventure.

Le soir, lorsqu'elle entra aux urgences, il n'y était pas. Elle avait passé le reste de l'après-midi à espérer un appel, en vain. Elle n'avait aucune raison de penser qu'il avait changé d'idée et renoncé à sa décision, mais ce retard lui faisait craindre le pire. Quand il apparut enfin, un quart d'heure trop tard sur son horaire, son visage était gris, et il semblait exténué.

A ce moment-là, elle subissait l'historique d'une dame d'un

certain âge, qui s'était évanouie pendant le dîner : ses deux filles, qui l'avaient accompagnée, se coupaient sans cesse la parole pour raconter l'incident par le menu. Elle ne pouvait faire autrement que de se taire et de les écouter. Cela, hélas, ne l'empêchait pas d'avoir conscience que Sean évitait de se tourner dans sa direction, lorsqu'il sortait de la salle d'attente avec un patient.

Elle finit par parvenir à résoudre l'histoire et laissa la malade et ses filles dans un box, pour se mettre en quête de Stephanie. A son sens, il s'agissait d'une simple indigestion, mais ce n'était pas son rôle de poser des diagnostics, et la décision finale revenait à l'interne.

Sean était assis devant l'ordinateur, en train de remplir un dossier, et il la regarda à peine. Tant pis, elle ne pouvait pas attendre plus longtemps. Elle prit une longue inspiration.

— Alors, tu as fait ce que tu voulais ? Tu as parlé aux parents de Claire ?

— Oui.

Elle cilla. Un ton sec, pas vraiment encourageant...

— Et comment ont-ils pris la nouvelle ?

— Pardon, Molly !

Elle se retourna pour voir la tête de Jason passer dans l'embrasure.

— J'aurais besoin d'aide, j'ai un blessé récalcitrant : il a été mordu par un chien, mais refuse à toute force le sérum antitétanique.

— J'arrive tout de suite.

Elle alla d'abord exposer à Stephanie le cas de sa malade, puis réussit à convaincre le patient de Jason que cette injection était essentielle. Lorsqu'elle revint dans le bureau des ordinateurs, Sean venait de s'engouffrer dans la salle de réa pour traiter un infarctus. Et, quand il en sortit, elle recousait une femme qui s'était entaillé la main avec un ciseau de sculpteur. Cela se poursuivit ainsi un long moment : chaque fois que Sean était libre, elle était occupée, et inversement. Impossible d'avoir une conversation avec lui ; d'ailleurs, il ne manifestait aucun désir de lui parler. C'était à l'évidence la dernière chose dont il avait envie, et elle pouvait en tirer les conclusions qui s'imposaient : quelque chose s'était produit, qui avait altéré sa décision, et plus vite elle accepterait l'idée que tout était fini entre eux, moins longtemps elle souffrirait.

Sean savait que Molly mourait d'impatience de lui parler, mais il avait besoin de temps pour remettre de l'ordre dans ses pensées. La bombe qu'il avait reçue dans l'après-midi avait fait s'écrouler son monde. Ce fut seulement quand il constata son extrême nervosité, au petit matin, qu'il se força à lui adresser la parole. Surtout, qu'elle n'aille pas s'imaginer qu'il avait changé d'avis !

Il s'approcha d'elle.

— Tu as une minute à m'accorder ?

— Si tu le souhaites...

Elle plongea les yeux dans les siens, et son cœur se serra devant son expression hagarde.

— Oui, j'en ai envie.

Il la prit par le bras, sans souci des regards curieux que provoquait cette preuve de leur intimité. Que le reste de l'équipe pense ce qu'elle voulait, il s'en moquait bien. La seule chose importante était de rassurer Molly, en l'assurant de la profondeur de son amour. Rien ne pouvait changer cela, en dépit de la nouvelle qui venait de lui tomber dessus.

Cela le soulagea un peu du choc qu'il avait reçu lors de sa conversation avec ses parents, d'abord, puis avec ceux de Claire.

Il accompagna Molly jusqu'à sa voiture et, après l'avoir aidée, à monter la regarda droit dans les yeux.

— Il faut que je te dise avant tout que ce qui s'est produit aujourd'hui n'altère en rien mon amour pour toi. Je t'aime, Molly, et je ne rêve que de partager ta vie.

— Mais ?

Elle eut un petit rire rauque.

— Car il y a un « mais », n'est-ce pas ?

— Non.

Il se pencha sur elle et déposa un baiser à la commissure de ses lèvres.

— Je t'aime, et il n'y a pas de « mais » après cette affirmation.

— Alors pourquoi m'avoir évitée toute la nuit ? Ne me fais pas croire que c'est parce que nous étions occupés, tu sais bien que nous aurions pu trouver le temps. Tu as fait ton possible pour ne pas me parler. Je me trompe ?

— Tu as raison, et je t'en demande pardon.

Il ferma la portière et contourna le véhicule pour prendre place au volant, mais ne démarra pas tout de suite.

— Moi qui pensais devoir avouer une faute, j'ai appris quelque chose qui m'a proprement sonné. Si j'avais pu me douter...

Il se tourna vers elle et lui jeta un long regard.

— J'avais besoin de me ressaisir et de m'éclaircir les idées, avant de te le raconter.

Elle fronça les sourcils.

— Que t'ont-ils dit de si dramatique, Sean ?

— Que... que Claire avait une aventure avec l'un de ses collègues de travail ; et que, par conséquent, le bébé qu'elle attendait n'était peut-être pas de moi.

— Quoi ?

Elle ouvrit des yeux ronds, et il fit la grimace.

— Je sais, je n'en croyais pas mes oreilles, et je n'ai pas encore intégré pleinement tout ce que ça implique. Pour l'instant, ce qui me saute aux yeux, c'est que je ne me suis pas douté une seconde qu'elle pouvait avoir quelqu'un d'autre dans sa vie. C'est fou, n'est-ce pas ?

Il quitta le parking, toujours hébété. Comment avait-il pu ne s'apercevoir de rien, alors que Claire et lui se disputaient sans cesse ? Il secoua la tête. Facile de peindre le tableau autrement, maintenant qu'il connaissait la vérité ! Quoi qu'il en soit, il n'avait jamais soupçonné qu'elle avait une liaison… Parce qu'il était bien trop absorbé par sa carrière, pour être attentif à leur relation. Il jeta un coup d'œil à Molly, et son cœur se gonfla d'amour. Une erreur qu'il ne commettrait plus…

Molly ne répliqua pas, aussi assommée que lui par ce qu'il venait de lui raconter. Elle fut soulagée qu'il n'insiste pas et conduise en silence : elle avait besoin de temps pour digérer la nouvelle. Quelle affreuse expérience d'apprendre que la femme qu'il avait tant aimée lui était infidèle…

Lorsqu'il eut arrêté la voiture, elle en sortit sans mot dire et, entrant la première, fila au salon où elle s'affala sur le canapé, cherchant des mots de consolation.

— Je… je suis navrée, Sean. Je suppose que le choc a été terrible.

Il se laissa tomber dans un fauteuil et la regarda sans répondre.

— Ce que je n'arrive pas à comprendre, reprit-elle, c'est la raison pour laquelle ni tes parents ni ceux de Claire ne t'ont mis au courant plus tôt. Ils le savaient depuis toujours, n'est-ce pas ? Pourquoi ont-ils gardé ce secret ?

Il soupira.

— Au début, j'étais déjà tellement démoli qu'ils redoutaient de me faire souffrir davantage. Juste après la mort de Claire, ils ont décidé, d'un commun accord, d'attendre que je sois un peu remis pour me dire la vérité. Et, bien sûr, plus le temps passait, plus il devenait délicat de me l'avouer…

Il secoua la tête.

— Bizarrement, je trouve ça logique de leur part, mais, quand même, qu'ils aient laissé courir les choses si longtemps…

Il se tut. Elle l'observa. A l'évidence les mots lui manquaient, il devait traverser un moment affreux. Elle posa une main sur la sienne, pour l'assurer de son soutien.

— Et qu'éprouves-tu, maintenant que tu le sais ?

— Franchement, c'est difficile à expliquer. Je suis choqué, je suppose. Sidéré de n'avoir rien perçu. Et triste, aussi, que Claire n'ait pas eu le courage de me mettre au courant plus tôt.

— Encore une fois, je suis navrée.

— Merci, c'est assez désagréable. C'était certainement cela qu'elle voulait d'urgence me dire, le soir de sa mort…

Molly le regarda sans répondre, attendant qu'il poursuive.

— Et vois-tu, si je l'avais appris il y a deux ans, par exemple, cela aurait achevé de me détruire. Mais bien que je sois assez perdu, parce que cette histoire change totalement mon regard sur le passé, le peu de temps que j'ai eu pour y réfléchir m'a permis d'ouvrir les yeux : si j'avais épousé Claire, j'aurais couru à la catastrophe.

— Tu crois ?

— Oui.

Il lui prit la main et la porta à ses lèvres, la couvrant de petits baisers…

— Même si je n'envisageais pas de passer ma vie sans elle, à l'époque, je me rends compte que je ne l'aimais pas. Nous avions grandi ensemble, mais il n'y avait pas d'amour entre nous, je le comprends maintenant. Elle a dû s'en apercevoir bien avant moi et avait sans doute rencontré quelqu'un dont elle était tombée amoureuse.

— Tu en es sûr ?

Elle s'éclaircit la gorge, mal à l'aise.

— Tu viens de recevoir un choc énorme, Sean, reprit-elle doucement. Comment peux-tu savoir si cela n'a pas altéré ton approche des événements ?

— C'est très simple.

Il lui sourit, et son visage exprimait tant d'amour qu'elle en frissonna.

— Il me suffit de comparer mes sentiments pour Claire, à ceux que j'éprouve pour toi, ma chérie. Cela n'a rien à voir. Je suis amoureux de toi, corps et âme, et jamais je n'ai rien ressenti de tel dans ma vie.

Il se leva et l'aida à se lever, l'enveloppant de ses bras et la tenant si serrée qu'elle sentait leurs deux cœurs battre à l'unisson.

— C'est un tel soulagement de connaître enfin la vérité ! Envolé, le secret qui me rongeait de l'intérieur. Je peux tirer un trait sur le passé et me tourner vers un avenir où j'aimerais tant que tu occupes la première place ! Serais-tu d'accord, Molly ? Me donnerais-tu ma chance, me permettrais-tu de m'occuper de toi pour toujours ?

— Pour si longtemps que ça ? demanda-t-elle, taquine.

— Que dirais-tu de... l'éternité ?

Il grimaça :

— Désolé, c'est la plus horrible banalité qu'on puisse proférer !

— Pas du tout !

Elle se blottit contre lui, le cœur débordant de bonheur.

— A moi, cela paraît parfait.

Elle leva le visage vers lui et l'embrassa. Elle avait peut-être cessé de croire aux contes de fées, mais elle reconnaissait, qu'elle avait eu tort. Elle vivait sa « fin heureuse », qui était avant tout un commencement, celui d'une vie nouvelle et merveilleuse, partagée avec Sean.

— Je t'aime, murmura-t-elle.

— Moi aussi, je t'aime, plus que tu ne pourras jamais l'imaginer.

Épilogue

Noël, un an plus tard...

— Allons, ma chérie, nous y sommes presque ! Pousse encore une fois, et ce sera fini.

— Tu n'as qu'à essayer, toi ! lâcha Molly à grand-peine.

Et elle grimaça sous l'effet d'une nouvelle contraction.

Elle agrippa la main de Sean en poussant au maximum, et son cœur se gonfla d'allégresse lorsqu'elle entendit le cri du bébé.

— Alors, qu'est-ce que c'est ? demanda-t-elle, haletante.

— Un garçon. Un magnifique petit bonhomme, parfait.

Elle sourit, très émue. Sean avait des larmes dans la voix. Il se pencha pour l'embrasser sur la joue.

— Mille mercis, mon amour. Je n'aurais jamais imaginé pouvoir être aussi heureux depuis notre mariage, mais je me suis trompé. Vous avoir, toi et lui, comble tous mes vœux, réalise tous mes rêves.

— Les miens aussi, répondit-elle.

Epuisée, et envahie par l'émotion, elle sentit les larmes lui monter aux yeux. Ils s'étaient mariés au printemps, peu après que Molly eut découvert qu'elle était enceinte. Sean, qui s'était révélé très vieux jeu à ce sujet, avait souhaité que leur enfant naisse au sein d'une famille traditionnelle. Tout le monde avait été enchanté, et ses parents, qui n'étaient pas présents, avaient envoyé une carte de félicitations pour la cérémonie. Il semblait que tous aient tourné la page avec l'arrivée d'un bébé à fêter, et l'avenir était plus souriant que jamais.

— Comment allons-nous l'appeler ?

Il lui tendit le nouveau-né, s'assit sur le bord du lit pour mieux examiner les doigts et les orteils miniatures de son fils, et soupira.

— Nous avons changé d'avis tant de fois que je ne me rappelle plus ce que nous avions finalement décidé.

Elle éclata de rire, entre ses larmes.

— C'était Sam pour un garçon, mais ça t'ennuierait si on en choisissait un autre ?

— Quoi ? s'exclama-t-il, en levant les yeux au ciel. Qu'as-tu encore inventé ?

— Joseph. Tu comprends, ça correspond mieux à l'époque de l'année.

— A cause de la Nativité, tu veux dire ? Voyons voir... Oui, ça me plaît. Joseph Fitzgerald, ce n'est pas mal du tout !

Il prit la main minuscule du bébé et la serra cérémonieusement.

— Bienvenue dans la famille, petit Joseph. Je suis sûr que tu seras très heureux, parce que tu as la maman la plus fantastique de tout l'univers.

— Et aussi le papa le plus merveilleux, ajouta-t-elle en déposant un tendre baiser sur le crâne duveteux de leur fils.

ANNE FRASER

Seconde chance pour un amour

Traduction française de
CÉCILE LOMBARD

BLANCHE

HARLEQUIN

Titre original :
THE WIFE HE NEVER FORGOT

Ce roman a déjà été publié en 2021.

Prologue

Adossé à la paroi du Sangar, leur abri provisoire, Nick, concentré, vérifiait son fusil lorsque l'enfer se déchaîna.

Tandis que la partie de la troupe restée en arrière plongeait dans l'action, il ôta son casque Kevlar et jeta un coup d'œil au-dessus du mur de sacs de sable.

— Baissez la tête, major ! cria l'un des hommes en le dépassant, pour se mettre en position de tir juste devant lui.

Il obéit à temps : une balle siffla au-dessus de sa tête, pénétrant la paroi derrière lui dans une explosion de poussière.

Nick prit une longue inspiration. En principe, c'était une patrouille de routine où son peloton devait rejoindre les Américains pour décider jusqu'où ils pousseraient vers le nord avant d'établir une base...

— Un homme touché ! hurla une voix angoissée dans la radio.

Il regarda autour de lui : ils n'étaient là que depuis une demi-heure, et avaient à peine eu le temps d'installer un coin d'accueil exigu sur le surplomb du rocher qu'ils utilisaient comme base d'opération provisoire.

Il sentit soudain l'adrénaline monter dans ses veines. Il n'avait pas été entraîné à ça. S'il voulait être efficace, il devait oublier ce qui se passait en bas.

Bon Dieu, si jamais il fallait effectuer une évacuation d'urgence, ce serait difficile ! Mais il s'en soucierait plus tard. Pour l'instant, il devait se concentrer sur les blessés.

Le premier qu'on amena jusqu'à la relative sécurité du Sangar était le secouriste. Par chance, il n'avait qu'une éraflure de balle sur le bras, et on lui avait déjà fait un pansement provisoire.

— Il faut que j'y retourne, monsieur ! affirma-t-il d'une voix forte. Ce n'est qu'une égratignure !

— Peut-être, il n'empêche que vous allez devoir vous tenir à l'écart des combats pendant quelques jours.

Nick examina rapidement la blessure. La balle avait creusé un sillon dans la chair. Il n'y pouvait pas grand-chose, hormis refaire un pansement propre. Quand ils seraient rentrés au camp, il ferait du meilleur travail. Peut-être, avec un peu de chance, cet homme serait-il le seul blessé à déplorer.

Mais cet espoir fut rapidement déçu. Le crépitement des mitrailleuses s'intensifia, ainsi que le crachotement de la radio.

— Cinq hommes coincés, dont des Américains ! annonça le capitaine Forsythe. Terrés dans l'une des habitations. Mes hommes ne peuvent pas les atteindre.

— Des blessés ?

Le capitaine secoua la tête.

— Au moins un. Je n'en sais pas plus.

Nick risqua un second coup d'œil par-dessus la fortification de fortune. Sous lui, à environ cinquante mètres, s'étalait le village déserté que les soldats avaient fouillé.

Il ramassa son sac et se dirigea vers le mur.

— Où allez-vous, bon Dieu ?

— Il y a un homme là-bas, qui, s'il n'est pas mort, est grièvement blessé. Je suis à la fois médecin et soldat. Où croyez-vous que j'aille ?

Finalement escorté de plusieurs hommes, Nick descendit en zigzaguant vers le village, son fusil en bandoulière. En patrouille, il était obligé de porter une arme, mais seulement pour se défendre. Il ne s'était même pas posé la question de savoir s'il l'utiliserait en cas d'attaque...

Sous les balles qui frappaient le sol, il ne pensait qu'à une chose : rejoindre le blessé en espérant qu'il soit entier.

Il sauta un muret et pénétra dans une maison, conscient que deux soldats le suivaient de près, alors que les autres, allongés au sol, continuaient à le couvrir.

Il s'agissait d'un Américain. Mais cela ne revêtait pas d'importance particulière à ses yeux, car son métier consistait à soigner tout le monde, y compris les ennemis.

Il s'approcha du blessé. Le jeune homme était conscient, mais souffrait d'une vilaine blessure à l'épaule qui saignait beaucoup. Tout en posant une perfusion, Nick demanda à l'un des hommes d'appeler l'hélicoptère pour une évacuation d'urgence.

— Ça m'étonnerait qu'ils y arrivent, major, répondit le soldat Johnston en grimaçant. Je doute que l'hélico puisse atterrir au milieu de ce chaos.

— Prévenez-les qu'on va avoir besoin d'eux dès que ce sera possible. Et tenez cette perfusion pour moi pendant que je fais le pansement.

Soudain, une ombre obscurcit l'entrée et un second Américain surgit sur le seuil.

— Vous vous occupez de Brad ? Il va bien ?

— Bon sang, couchez-vous ! Vous êtes fou ?

Aussitôt après, une déflagration coupa le souffle de Nick, qui fut projeté sur le dos, poussé par un poids qui s'abattit sur lui. Il cracha de la poussière.

— Johnston !

— Je suis là, major. Tout va bien.

— Notre patient ?

— Aussi, mais je crois qu'on ne peut pas en dire autant de son copain.

Nick, couvert de sang, comprit que la chose qui l'écrasait était le jeune Américain apparu quelques secondes plus tôt à la porte. Son corps avait dû leur faire un rempart à tous… Ce malheureux n'avait pas eu une chance de s'en tirer.

— Johnston, vite, venez m'aider !

Pour se dégager, il fit rouler le corps doucement au sol et, en s'asseyant, constata que le blessé était conscient.

— Ma jambe !

La fumée emplissait la pièce, et Nick dut utiliser une torche pour l'examiner. Le sang jaillissait de son aine sans discontinuer.

— Votre nom ?

— Luke.

— D'accord, Luke. Ne bougez pas, je regarde.

Aucun doute : vu la force de l'hémorragie, l'éclat de shrapnel lui avait sectionné l'artère fémorale, et le garçon, car il était encore très jeune, saignait à mort.

— C'est grave ?

Il secoua la tête. Il aurait fallu le transporter à l'hôpital. Il lui restait probablement vingt minutes à vivre, au mieux. Perdu d'avance, donc.

Bon Dieu !

Une autre explosion déchira l'air, et le bruit des mitrailleuses sembla se rapprocher.

— Il faut qu'on se tire d'ici ! dit Johnston, le souffle court.

Nick enfonça le poing dans le trou qui creusait la jambe du jeune soldat.

— Impossible de le déplacer.

— Fichez le camp ! articula le blessé avec peine. Laissez-moi, je ne m'en sortirai pas.

Nick le regarda, désolé. Pas question de l'abandonner ici, même s'il n'y avait pratiquement aucune chance de le sauver. Il serait certainement mort quand ils atteindraient leur refuge.

— Johnston, allez chercher deux hommes pour transporter le premier blessé jusqu'au Sangar. Dites-leur de faire savoir au capitaine Forsythe que j'ai besoin d'un hélico, tout de suite.

— Je reste.

— Non. Tirez-vous d'ici. Nous nous débrouillons tous les deux.

— Mais monsieur !

— Bon Dieu, Johnston, c'est un ordre !

— D'accord, je reviens dès que je peux.

Nick, qui ne quittait pas des yeux le blessé, s'aperçut à peine que les deux soldats sortaient en portant Brad.

— Sauvez votre peau, monsieur ! dit encore Luke. Je ne veux pas que quelqu'un meure à cause de moi.

— Je ne vais nulle part, fiston.

Il coupa son pantalon et le lui arracha dans le but d'examiner la blessure. Il fit de même pour son blouson et sa chemise, pour s'assurer qu'il ne saignait pas ailleurs. « Ne vous limitez jamais à l'évidence » était le mantra des médecins urgentistes. Ce qui tuait, c'était souvent ce qu'on avait ignoré, qui était passé inaperçu...

Il remarqua que Luke avait un aigle tatoué sur le biceps droit. Rien d'extraordinaire, les soldats avaient presque tous des tatouages, mais il avait également une cicatrice qui traversait son torse en diagonale, et qui n'était pas une séquelle d'intervention chirurgicale.

Quoi qu'il en soit, ce n'était pas le moment de s'inquiéter des blessures anciennes. Dès que Nick eut enfoncé le Venflon dans une veine, Luke perdit connaissance, ce qui était un soulagement. A présent, il pouvait lui injecter des fluides, mais il devait à tout prix stopper l'hémorragie, et presser ne servait à rien : il allait falloir trouver l'artère et la clamper. Une procédure déjà difficile dans le luxe d'une salle d'opération bien équipée et avec l'assistance d'une équipe bien entraînée. Alors, ici ? Pratiquement aucune chance.

Il n'empêche, il devait la tenter. Même si Luke en réchappait, il était probable qu'il perdrait sa jambe, mais mieux valait un membre que la vie...

L'impact du shrapnel avait enfoncé des bouts de tissu de son pantalon dans la blessure, empêchant Nick de voir le fond. Il tira un clamp de sa trousse d'urgence, prit une profonde inspiration et se mit à chercher, dans la quasi-obscurité de la pièce, la source de l'hémorragie.

Travaillant surtout à l'instinct, il pinça l'endroit qu'il supposa être le bon et, à son grand soulagement, le sang cessa de jaillir. Il s'assit sur ses talons, essuyant la sueur de son visage d'un revers de manche.

Il avait réussi, mais s'il voulait sauver la vie de Luke il fallait maintenant le transporter à l'hôpital du camp.

Il lui sembla que les coups de feu étaient devenus plus sporadiques et, dans le lointain, il entendait le bruit puissant des pales d'un Chinook qui approchait.

Peut-être avait-il une chance.

1

Un an plus tard.

Tiggy soupira. Il faisait chaud. Quarante-cinq degrés, et il était à peine 5 heures du matin. La poussière tourbillonnait autour d'elle, tel du talc gris qui se collait à sa bouche et sur toutes les parties exposées de sa peau.

Elle avala une gorgée d'eau de sa bouteille, déjà tiède, avant d'écarter une mèche humide de son front. Elle émit un nouveau soupir. Pourquoi avait-elle pris une douche dix minutes plus tôt ? C'était peine perdue.

Elle pencha la tête pour se protéger d'une bourrasque soudaine. Tout était de la même couleur : les tentes, son uniforme, les Jeep, et même les chars stationnés le long des hauts murs qui entouraient la base. Ces engins, qui auraient dû la rassurer, l'effrayaient plus qu'autre chose.

Elle était folle d'être venue. Bien qu'avant son départ du Royaume-Uni on lui ait bien expliqué qu'elle se retrouverait dans les mêmes conditions qu'aux urgences, avec cette fois des soldats pour blessés, rien ne l'avait vraiment préparée à la réalité d'une zone de guerre, ni à la terreur pure qu'elle éprouvait depuis son arrivée.

Avant l'atterrissage, hier soir, dans les Hercule, le pilote avait éteint les lumières, pour, d'après lui, « ne pas fournir de cible aux tirs ennemis » ; elle n'était alors pas passée loin de la crise de nerfs.

Les tirs ennemis ? Mais elle n'avait pas signé pour ça ! Elle s'était engagée à venir s'occuper des soldats à des kilomètres de la ligne de feu, dans un camp protégé par des militaires !

Elle avait fermé les yeux, et n'avait pas bougé en sentant que quelqu'un s'asseyait à côté d'elle, un homme manifestement, dont émanait un léger effluve de citron...

— Vous pouvez regarder autour de vous, vous savez !

Sa voix moqueuse l'avait aussitôt piquée au vif.

Elle avait entrouvert les paupières, mais dans la faible lumière de la cabine n'avait aperçu qu'une silhouette puissante en uniforme, ainsi que l'éclat de dents blanches et régulières.

Elle avait secoué la tête, agacée. Visiblement, l'inconnu l'avait observée.

— Je faisais un petit somme, c'est tout, avait-elle marmonné entre ses dents.

— Je n'ai jamais vu quelqu'un faire la sieste en se cramponnant si fortement à son siège ! !

Elle s'était sentie rougir. Décidément, rien ne lui échappait ! Autant cesser de feindre.

— Et s'il l'avion est atteint ? Je suis morte de peur.

— Hé ! Détendez-vous ! Tout ira bien. Les pilotes sont passés des milliers de fois, et personne ne les a encore descendus. Ils disent ça pour fiche la trouille aux bleus... Pardon, madame, je voulais dire, pour les effrayer.

Tout en se demandant si elle devait le croire, elle s'était sentie rassurée.

— Nous atterrissons dans combien de temps ?

— Une vingtaine de minutes. Pourquoi ne pas me dire qui vous êtes ? Cela vous distraira.

Il lui avait tendu la main.

— Je m'appelle Nick, et je suis l'un des majors. Et vous ?

— Tiggy. Infirmière d'urgence.

— Alors nous allons travailler ensemble, avait-il dit avec un sourire en coin. Célibataire ? Mariée ? Fiancée ?

Tiggy n'avait pas eu particulièrement envie d'aborder ce sujet. Les hommes ne faisaient pas la queue à sa porte. Peut-être parce que ses frères semblaient penser, d'une façon pour le moins rétrograde, qu'il était de leur devoir de garder son honneur, ou alors, et c'était le plus probable, parce qu'elle n'était ni très jolie ni très vive...

— Non. Et vous ?

— Mon Dieu, non !

Il avait ri.

Un ricanement leur était parvenu du siège situé derrière eux, et un soldat s'était penché vers eux.

— Le major Casey, marié ? Vous plaisantez, il ne reste jamais assez longtemps avec une femme pour...

— Ça suffit, caporal.

Il avait parlé d'un ton calme, mais le soldat s'était arrêté net.

Tiggy lui avait jeté un bref coup d'œil. « Assez longtemps pour quoi ? » L'avion avait alors penché à droite et elle avait hurlé.

— Vous avez de la poigne, pour une si petite chose !

Confuse, elle s'était aperçue qu'elle lui avait agrippé la main, mais quand elle avait voulu la retirer, il avait entrelacé ses doigts aux siens.

Après tout, c'était plus facile de la laisser où elle était. Et plus rassurant. Ou alors, c'était à cause du frisson qui la parcourait étrangement en cet instant. L'adrénaline, sans doute.

— Alors dites-moi, Tiggy, qu'est-ce qui vous amène ici ?

Elle avait levé les yeux au ciel. Il avait employé le même ton badin que s'ils étaient en route pour une excursion au bord de la mer...

— Mes frères. L'un est ingénieur, et l'autre pilote d'Apache. J'ai pensé que j'avais intérêt à venir les surveiller un peu.

— Ça m'étonne qu'ils vous aient laissée faire le voyage.

— « Laissée » ? Vous voulez dire que j'aurais dû leur demander la permission ?

En fait, s'ils avaient su qu'elle projetait de venir leur rendre visite, elle ne doutait pas qu'ils auraient tout fait pour l'en empêcher.

Bien qu'ils soient tous trois adultes, ses deux frères continuaient à la protéger comme ils l'avaient fait toute leur enfance. Et cet amour inconditionnel, pour gratifiant qu'il fût, présentait certains inconvénients.

— Si j'avais une sœur, je ne lui permettrais jamais de venir. Les femmes n'ont pas leur place dans la guerre.

Elle eut un petit soupir. C'était exactement ce que pensait sa famille, mais elle ne laisserait pas passer.

— Oh ! Je vous en prie ! On est au XXIe siècle !

— Peu importe. Elles devraient rester à l'abri.

— Pieds nus, enceintes et dans la cuisine ? Pas question !

A ce moment-là, l'avion avait penché de nouveau, lui arrachant un autre cri.

Il lui avait lancé un tel regard de triomphe qu'elle avait décidé que même si l'avion descendait en vrille, elle préférait mourir plutôt que de lui faire le plaisir de l'entendre encore crier.

Mourir ? Oh ! Non, elle ne pouvait pas penser des choses pareilles !

Elle avait pris une profonde inspiration, redressé le menton et l'avait regardé dans les yeux.

— Juste parce que j'ai un peu peur en avion, ça ne signifie pas que je n'aurais pas dû venir. Une fois à terre, j'irai très bien.

Elle s'était rengorgée, satisfaite de sa voix assurée.

Il avait répondu en riant.

— Tant mieux. Bon, et si vous me racontiez l'histoire de vos frères ?

Quand l'appareil avait touché le sol avec un petit rebond, elle en avait été surprise. En dépit de sa terreur, la fin du vol était passée en un éclair. Elle avait tout dit à Nick de sa famille, des différents postes occupés par son père, et même de leur chien, Hannibal.

Bizarre, en y repensant. Elle avait tellement bavardé qu'il savait presque tout de sa vie, alors qu'elle n'avait rien appris sur lui. Sans doute parce qu'elle ne lui avait pas laissé le temps de parler...

Il lui avait rendu sa main, restée agréablement enlacée à la sienne, s'était levé de son siège, puis avait touché le bord de son képi pour la saluer d'un sourire railleur.

— A un de ces jours, lieutenant.

Epuisée et désorientée, elle n'avait qu'un vague souvenir d'avoir été accueillie par une infirmière en uniforme de l'armée, qui l'avait conduite jusqu'à sa tente en bâillant avant de s'excuser d'un « A demain matin. »

Le lit était confortable, mais même sur un matelas de plume, elle n'aurait pas fermé l'œil. L'adrénaline accélérait toujours les battements de son cœur, et la chaleur était intolérable. De plus, elle était sûre d'avoir été piquée au pied par un horrible insecte.

Comment allait-elle supporter de rester ici six semaines ? Il le faudrait bien, car elle doutait que l'armée britannique affrète un avion spécial pour la ramener...

Elle arrangea le col de son uniforme, et soupira une fois de plus.

Allez. Un peu de courage. Elle allait y arriver.

A l'heure du petit déjeuner, la tente du mess était une ruche bourdonnante d'activité et de bruits de conversations. Tiggy regarda autour d'elle, peu au fait du protocole. Elle ne tenait pas à se rendre encore plus ridicule que dans l'avion. Se sentant seule, si loin de tout ce qu'elle connaissait, elle inspira lentement, tentant d'évacuer le nœud qui lui serrait la gorge.

L'arôme du café flottait dans l'air, et elle en fut un peu revigorée. Elle n'aurait jamais pu avaler quoi que ce soit de solide, mais elle mourait d'envie d'une bonne tasse de café.

Encore ce verbe… Sa tension se relâcha un peu, alors que le rire montait en elle.

Elle sursauta en sentant une main se poser sur son épaule.

— Tu as l'air perdue !

C'était l'infirmière d'hier soir.

— Et absolument terrifiée, poursuivit Sue. Ne t'en fais pas, on est tous passés par là, mais, dans un jour ou deux, tout ça te paraîtra aussi familier que ce bon vieux Service de Santé.

Tiggy esquissa un sourire.

— J'en doute !

Sue lui tendit un mug de café.

— Si, si, je t'assure ! Bois ça, ça te fera du bien.

Elle eut un mouvement de tête en direction du comptoir.

— Si tu veux des œufs brouillés, va te servir. Mieux vaut t'avertir, ce sont des œufs en poudre.

— Merci, je n'ai pas faim, de toute façon.

— Je comprends, mais tu t'habitueras aussi à la nourriture. Finis ton café, et ensuite je te ferai les honneurs de l'hôpital. Il nous reste un quart d'heure avant la visite.

Tiggy prit une gorgée de café, et faillit le recracher. Il était imbuvable. Elle se secoua. Où était son optimisme habituel ? Autant en profiter pour se mettre au régime, ce qu'elle remettait toujours à plus tard. Et en buvant le café bouillant, on ne sentait pas le goût.

Son enthousiasme réapparut quand elle vit l'hôpital. Divisé en deux sections, il possédait deux salles d'opération, une salle de réanimation, deux salles communes et trois lits de soins intensifs. Elle se sentit rassurée au point d'oublier momentanément qu'elle se trouvait au milieu du désert à la limite d'une zone de combats, jusqu'à ce que le sourd grondement d'une explosion fasse trembler le bâtiment. Personne ne broncha, et elle s'efforça de se concentrer sur ce que lui disait Sue.

— Tu as fait un stage avant de venir, mais une fois ici c'est différent. Je suis infirmière militaire et c'est mon troisième séjour. Nous sommes totalement en sécurité dans le camp.

L'hôpital n'a jamais été attaqué, et si jamais il l'était, nous sommes protégés. Nous partageons nos services entre la réa, les soins intensifs et les salles. Tu es spécialiste en trauma, c'est bien ça ?

— J'ai passé huit ans dans un service d'urgence du centre-ville. J'ai vu de tout.

Sue eut un sourire amer.

— Je crains que ce que tu verras ici ne soit pire. Nous n'avons pas que des soldats, mais aussi des civils. Nous nous contentons de les stabiliser, après quoi les militaires partent pour un hôpital britannique, allemand ou américain, et les civils sont transférés localement.

Tiggy hocha lentement la tête, saisie de vertige : s'en sortirait-elle ? Et si jamais on amenait un de ses frères ? Après tout, elle était là pour ça. Et même si, grâce à Dieu, cela ne se produisait pas, elle pourrait aider le frère de quelqu'un d'autre.

Sue s'arrêta devant une porte ouverte donnant sur une pièce où des hommes et des femmes étaient assis, plaisantant et buvant du café ou du thé.

— Voici l'équipe, un mélange de professionnels et de volontaires.

Le regard de Tiggy fut aussitôt attiré par un homme assis au centre du groupe. Nick. Il rit d'une plaisanterie, puis leva les yeux et la vit. Il émit un sifflement silencieux, et la toisa avant de lui adresser un clin d'œil. Aussitôt, elle sentit en elle une intense chaleur : dans la faible lumière de la cabine de l'avion, hier soir, elle n'avait pas remarqué qu'il était aussi beau, avec ses yeux noisette, son visage buriné, ses dents blanches régulières et ses pommettes hautes.

Quelque chose, cependant, lui soufflait de rester sur ses gardes. Il irradiait le danger et l'excitation autant que l'assurance, comme s'il était habitué à avoir toutes les femmes à ses genoux.

Elle détourna le regard. Elle n'était pas à la hauteur et, de toute façon, il n'était pas son genre. Quand elle tomberait amoureuse, ce serait d'un homme correct, stable, et cent pour cent monogame. Bien qu'à la réflexion elle n'en ait encore jamais rencontré...

Sue lui tapota le bras et se pencha pour lui parler à l'oreille.

— Le major Nick Casey, notre médecin play-boy privé. Les femmes comme toi, il les avale au petit déjeuner. Si tu veux survivre, tiens-toi à bonne distance. Crois-moi. Je le connais depuis assez longtemps, et j'ai déjà recueilli pas mal de cœurs brisés. Par chance, comme je suis mariée, je suis moi-même immunisée contre ses charmes.

Nick se leva, tira une chaise et fit signe à Tiggy de s'asseoir. Elle s'exécuta, consciente de son regard sur elle.

— Voici notre dernière infirmière volontaire, le lieutenant Tiggy Williams, annonça sa collègue.

Tiggy sut qu'elle ne s'habituerait pas plus à être appelée « lieutenant » qu'au revolver qu'on lui avait remis. Elle n'avait aucune idée de ce qu'elle pourrait bien en faire, à part se tirer une balle dans le pied à l'occasion...

— Content de vous avoir avec nous, énonça Nick avec un large sourire et un accent irlandais bizarrement mâtiné d'écossais.

Le cœur de Tiggy bondit dans sa poitrine. Elle réussit à lui rendre un sourire froid — à moins que ce ne fût qu'une grimace —, avant de se tourner pour écouter Sue qui lui présentait ses nouveaux collègues. Ils étaient chirurgiens, infirmières, radiologues, physiothérapeutes et autres professionnels, réunis ici pour offrir les meilleurs soins aux blessés. Les noms étaient trop nombreux pour qu'elle s'en souvienne, mais elle fut réconfortée par leur chaleureux accueil.

Nick s'écarta du bureau contre lequel il s'appuyait, et s'avança vers elle. Personne, apparemment, ne remarqua qu'il l'approchait d'aussi près.

— Alors, remise de votre voyage en enfer ? lui murmura-t-il.

Son souffle chaud lui donna la chair de poule, et son cœur déjà survolté s'emballa. Mais pourquoi lui faisait-il un tel effet ?

Il lui ébouriffa les cheveux d'un geste paternel.

— Venez, suivez-moi.

Elle n'en revenait pas : avait-il vraiment fait ça ? Comme si elle était sa petite sœur ?

Elle porta la main à ses boucles pour tenter d'y remettre de l'ordre. Elle s'était fait couper les cheveux à la garçonne en espérant qu'ils soient plus faciles à coiffer, mais la chaleur humide du désert d'Asie centrale ne l'aidait pas, et elle savait que sa frange frisait abondamment, comme le reste de sa chevelure.

Elle fit la moue. Pourquoi ce soudain intérêt pour sa propre apparence ? Parce qu'elle allait travailler avec un séducteur, qui de toute façon pensait que toutes les femmes étaient à ses pieds et tentait sans doute sa chance avec chaque nouvelle venue ? Après tout, pourquoi s'en faire ? Il devait être plus attiré par les grandes blondes à la silhouette de sylphe, que par les courbes généreuses et les taches de rousseur.

Pourtant, quand il s'écarta d'elle, elle n'en éprouva aucun soulagement.

Il y avait quatre patients en tout, dans les deux salles. Dans la première, trois soldats qui, expliqua Sue, étaient en observation et en réhydratation après une vilaine attaque de gastro-entérite.

— Nous ne gardons pas les blessés longtemps. Nous les préparons pour leur transfert au « Queen Elizabeth » de Birmingham, dès qu'ils seront stables. Tu verras, le travail ici est un mélange d'activité frénétique et d'ennui.

Sa collègue la présenta ensuite aux patients, tandis que Nick consultait leur dossier. Après avoir demandé de nouvelles analyses, il bavarda et plaisanta un instant avec eux, puis ils passèrent dans l'autre salle.

Son seul occupant était une petite Afghane aux épaisses boucles brunes, aux yeux noirs ronds comme des billes et à la mine effrayée. Son corps, du front à la taille, était couvert de zébrures enflammées, et son bras droit était bandé.

— Voici Hadiya. Elle s'est cognée au poêle à paraffine chez elle il y a quelques jours et a été brûlée au visage, au cou, à la poitrine et au bras. Nous avons réussi à sauver son bras, mais elle va avoir besoin d'une chirurgie reconstructrice lourde si elle veut en recouvrer l'usage.

Nick lui dit quelque chose en pachto, et la petite fille rit. La peur quitta ses yeux, et elle lui jeta un regard d'adoration.

— Les chirurgiens ont dû ôter une bonne partie des tissus de sa main et de son bras, et elle a besoin de greffes.

— Le problème, intervint Nick, c'est que nous n'avons pas le droit de nous en charger. Maintenant qu'elle est stabilisée, elle doit partir pour l'hôpital local où il est hautement improbable qu'elle subisse l'intervention nécessaire.

— Pourquoi est-il impossible de le faire ici ?

— C'est un hôpital militaire, et si nous faisions une exception pour un seul civil, que dirions-nous aux autres ? Nos ressources seraient vite épuisées.

— Mais ce n'est pas juste !

— Que proposez-vous ? demanda-t-il abruptement.

— Je ne sais pas…

Il lui lança un regard songeur.

— Je n'ai pas encore renoncé, si c'est ce que vous croyez. Venez, nous avons d'autres patients à voir.

2

Tiggy haletait sous l'effort, effarée : comment pouvait-on exiger qu'elle fasse le tour du camp en courant sous cette chaleur, avec un sac à dos qui devait peser plus que son propre poids ? De toute façon, elle ne partirait jamais en patrouille, c'était réservé aux médecins militaires et aux secouristes !

Il était à peine 6 heures, mais le soleil tapait dur sur sa peau qui la brûlait déjà. Elle tenta de reprendre son souffle. Si on ne la laissait pas s'arrêter bientôt, elle allait faire une crise cardiaque.

— Au sol, et faites-moi vingt pompes ! hurla le sergent.

Elle le regarda, ahurie. C'était probablement un sadique.

Vingt pompes ? Elle se sentait à peine capable d'en faire cinq. Et encore...

Elle tomba à genoux. Elle finissait la quatrième, écroulée face contre terre, quand elle se sentit saisie par la ceinture de son pantalon et soulevée à cinquante centimètres du sol.

— Je crois qu'il vous en reste quelques-unes, lui souffla une voix familière.

Elle se mordit la lèvre. Elle n'avait pas besoin de tourner la tête pour savoir que c'était Nick.

Elle tenta de se dégager, sans succès. Sa prise était si ferme qu'elle ne pouvait même pas se retourner pour voir son visage.

— Lâchez-moi ! s'exclama-t-elle d'un ton sec.

— Le sergent, lui, ne vous lâchera pas avant que vous ayez terminé.

Tout en se sentant reposée à terre, puis soulevée de nouveau, elle regarda de côté. Bien entendu, tous les autres avaient fait leur série, y compris Sue, la traîtresse, assise sur ses talons, et tous buvaient de grandes lampées d'eau de leur bouteille en profitant du spectacle.

— Seize, dix-sept ! cria Nick.

Et au grand dam de Tiggy d'autres voix se joignirent à la sienne.

— Dix-huit !

Elle serra les dents, exaspérée. Ce cauchemar allait-il se terminer ? Pour tenter de se calmer, elle se mit à penser à ce qu'elle ferait à ce goujat dès qu'elle en aurait l'occasion. Des diurétiques dans son café ? Non, quelque chose de pire. Oh oui ! On allait voir ce qu'on allait voir...

— Dix-neuf, vingt !

Il la lâcha si brusquement qu'elle s'étala lamentablement dans la poussière ; elle se remit aussitôt sur ses pieds, furieuse, et s'épousseta.

Nick lui tendit sa bouteille d'eau.

— Tenez, vous devez avoir soif.

Elle se redressa de toute sa hauteur, avant de repousser la bouteille. Elle ne lui ferait certainement pas ce plaisir.

— Si jamais... Si jamais vous me refaites un coup pareil, je...

Il croisa les bras et haussa un sourcil.

— Vous quoi ?

— Essayez, et vous verrez !

Elle se sentit stupidement rougir. Bon sang... Etait-ce la seule riposte dont elle était capable ?

Consciente de tous les regards braqués sur elle, elle s'éloigna avec toute la dignité qui lui restait.

Plus tard, après avoir rincé le sable de ses cheveux sous le filet d'eau qui faisait office de douche, elle alla au rapport, en s'arrêtant sur le chemin pour prendre une banane au mess.

Elle était furieuse contre Nick. Ce n'était pas parce qu'elle lui avait raconté sa vie — ou du moins la première partie —, dans l'avion, qu'il avait le droit de la traiter comme une petite sœur casse-pieds. Elle avait vingt-six ans, bon sang !

Soudain, il lui vint à l'esprit que si elle n'était pas mieux lotie que ses autres admiratrices, elle avait un atout dans la manche : elle n'était pas dupe de son numéro. Son frère Charlie, qui était exactement du même genre, pensait aussi que toutes les femmes lui couraient après, et avait eu une longue succession de conquêtes jusqu'à ce qu'il épouse Alice. Quant à Alan, il cherchait toujours l'âme sœur.

A son grand désespoir, quand elle arriva à la tente principale, Nick se tenait devant l'entrée, une tasse de café à la main, comme s'il l'attendait.

— Alors, vous avez récupéré ?

— Très amusant. Maintenant que vous vous êtes bien moqué de moi, pourquoi ne pas aller soulever quelques poids, un truc de ce genre ?

Ses yeux noisette l'étudièrent et un petit sourire joua sur ses lèvres.

— Ne vous fâchez pas.

— Je ne me fâche jamais, je me venge.

Elle se morigéna intérieurement. Décidément, son sens de la repartie laissait à désirer. Mais, en fin de compte, mieux valait encore cela que de rougir.

— Ecoutez, je sais que vous êtes major et que je ne suis que lieutenant, mais je ne supporterai pas qu'on se paie ma tête.

Ah, c'était mieux ! Enfin, elle montrait son courage.

Il en perdit son sourire, même si une petite étincelle de raillerie subsistait dans son regard. La main au képi, il lui fit un salut moqueur.

— Je vous demande pardon. Sans réserve.

Elle consulta sa montre pour se donner une contenance. Il était 7 h 30.

— Vous n'avez rien à faire ?

Il versa le fond de sa tasse dans le sable.

— En fait, non, j'ai terminé mes visites, et tout est calme. Je suppose que vous ne jouez pas au poker ?

— Il se trouve que si. En revanche, moi, j'ai du travail.

Elle lui passa devant, consciente qu'il la suivait.

— Et demain ? Quand vous aurez terminé ? Venez au bar, le NCO's, il s'appelle. L'ambiance y est plus détendue qu'ici.

Elle s'immobilisa. Pourquoi s'intéressait-il tant à ce qu'elle faisait pendant son temps libre ? Ne pouvait-il pas la laisser tranquille ? S'il avait besoin de distractions, il y avait des dizaines d'autres filles qui seraient heureuses qu'il les drague. Pourtant, un plan se dessinait dans sa tête. Elle se retourna et sourit.

— D'accord, pourquoi pas ? Disons 18 heures ?

Le lendemain, avant le petit déjeuner, Tiggy faisait le tour du camp en courant. Elle serra les dents et persista, malgré les centaines d'hommes qui sifflaient ou criaient des encouragements sur son passage. Tout plutôt que de réitérer ce qu'elle avait subi la veille. Refusant de se donner en spectacle, elle avait décidé de s'entraîner tous les matins.

Mais, une fois de plus, Nick surgit derrière elle tel un diable de sa boîte, et raccourcit ses foulées pour courir à sa hauteur.

— Salut, petite ! Vous avez tourné une page, on dirait ?

— Si vous m'appelez encore une fois « petite », je ne réponds plus de mes actes.

Avec un sourire en coin, il leva ses mains, et croisa les doigts.

— Je promets de ne plus le faire. Et, si ça m'arrivait, je promets aussi de vous donner toutes mes allumettes de poker.

Elle réprima un sourire. Jamais elle n'aurait cru pouvoir courir et sourire à la fois. Il se retourna et se mit à courir à reculons. Il était torse nu, et son pantalon de treillis était si bas sur ses hanches que son regard fut attiré par la peau de son ventre. Elle détourna les yeux pour les fixer sur une Jeep qui passait.

— Combien de tours ?

— C'est mon dernier.

Elle n'avouerait pas que c'était également le premier. Un seul était une torture suffisante, et elle n'aspirait plus qu'à se retrouver dans l'intimité de sa chambre pour s'effondrer.

Les coins de ses yeux noisette se plissèrent.

— Je suis impressionné.

— Vous n'auriez pas des vies à sauver, un truc comme ça ?

— Pas pour l'instant.

Même en courant à reculons, il parvint à la toiser.

— Quand je vous ai vue sortir, j'ai pensé que je pourrais bien avoir à sauver la vôtre. J'ai l'impression que vous n'avez pas fait beaucoup d'exercice ces derniers temps.

Elle lui lança un regard noir. Qu'insinuait-il par là ? Qu'elle ressemblait à un légume ?

— Bien que je reconnaisse que vous faites tout pour être en forme.

Elle sentit aussitôt le rouge lui monter aux joues. Bon sang ! En dépit de la raillerie, son regard admiratif faisait battre son cœur plus vite. Mais que lui arrivait-il ? ! Il fallait qu'elle se reprenne. Cet homme n'était pas pour elle et, de toute façon, il n'était même pas son genre.

Pourtant, elle poursuivit malgré elle.

— Vous me surveillez, hein ?

Elle souffla péniblement. Elle commençait à avoir un point de côté, et son dernier mot ressemblait plutôt à un halètement angoissé. Encore un kilomètre ! Le bout du monde...

Elle chercha de nouveau sa respiration, s'efforçant d'ignorer la douleur de plus en plus vive.

Il lui jeta un regard inquiet.

— Quelque chose qui ne va pas ?

— Je vais très bien, et j'irais encore mieux si vous me laissiez tranquille.

Elle parcourut encore quelques mètres, mais dut s'arrêter. Elle se pencha en avant, les mains sur les genoux, tandis qu'une onde de douleur la traversait. Bon Dieu, était-ce un infarctus ?

Avant qu'elle ait pu s'en apercevoir, il l'avait soulevée et prise tel un paquet par-dessus son épaule.

— Laissez-moi descendre ! hurla-t-elle dans son dos.

— Dès que je trouve un endroit à l'ombre. Vous êtes folle de courir par cette chaleur alors que vous n'êtes pas habituée à l'exercice physique ! Vous auriez dû partir plus tôt ! Et je vous signale qu'il y a un gymnase climatisé dans le camp.

Elle en oublia brusquement sa douleur. Ah ? Et personne ne le lui avait dit ? Mais aussi, pourquoi n'avait-elle pas posé la question ?

Il la porta dans sa tente et l'allongea sur le lit. Sue se précipita, le front soucieux.

— Que se passe-t-il ? Elle va bien ? Tiggy, parle-moi !

— Pas de problème. J'ai soif, surtout.

Elle but avidement à la bouteille que lui tendait sa collègue.

— Qu'as-tu encore fait à cette pauvre fille, Nick ?

— Hé ! Ce n'est pas ma faute, je passais par là... Je ne suis qu'un badaud innocent.

— Fermez-la ! Vous n'êtes ni innocent ni badaud !

Il rit, et se tourna vers Sue :

— Essaie de la calmer avant qu'elle prenne son service.

Il se pencha pour lui ébouriffer les cheveux.

— Allez plutôt au gymnase, à l'avenir.

Plus tard dans l'après-midi, elle réprima un sourire, en étudiant les cartes qu'elle avait en main. Malgré ses courbatures, son moral remontait.

Elle posa une allumette sur le tas déjà sur la table.

— Dix de plus.

Nick haussa un sourcil. Il compta des allumettes et les ajouta aux siennes.

Il n'y avait pas eu un seul blessé aujourd'hui, et elle avait passé tout son temps avec Hadiya, à refaire ses pansements et à apprendre quelques mots de pachto avec la fillette et sa mère. Ensuite, à la suggestion de Nick, ils s'étaient assis à une table de poker improvisée dans un box vide. Quelques autres membres du personnel s'étaient joints à eux, mais au bout de deux heures, ils étaient les deux seuls à continuer à jouer. Certains les regardaient, d'autres feuilletaient des magazines ou répondaient aux rares appels des patients.

Tiggy s'efforçait de conserver une expression impénétrable, malgré sa bonne humeur retrouvée. Nick ne pouvait pas savoir qu'elle pratiquait le poker presque tous les soirs avec son père et ses frères quand ils étaient à la maison.

— Vingt pour voir.

Avec un sourire de triomphe, il abattit ses cartes.

— Quinte flush !

Elle prit cette fois un air désespéré, étudiant son jeu comme si elle ne pouvait croire à sa malchance, puis le découvrit enfin avec une esquisse de sourire.

— Carré d'as. Je vous bats.

Il rit de nouveau.

— Battu par une fille ! Qui l'eût cru ! Vous êtes une redoutable bluffeuse, petite.

Elle le fixa, mais, avant qu'elle ait pu rétorquer quoi que ce soit, il se corrigea.

— Pardon, pas « petite ». Tiggy.

Elle rougit aussitôt, et se maudit intérieurement. Si seulement elle savait bluffer aussi bien dans la vie qu'au poker...

A ce moment-là, la sirène retentit et la radio crachota.

— Deux hommes blessés, et probablement des civils aussi, à quarante bornes. Une équipe d'urgence pour les ramener !

Nick était déjà debout et enfilait son gilet pare-balles.

— Il me faut un infirmier. Un volontaire ?

— Moi ! s'exclama Tiggy.

— Pas question. Quelqu'un d'autre ?

Aussi soulagée qu'irritée, elle le regarda droit dans les yeux, mais il sembla ne pas la remarquer.

Des mains se levèrent, et il choisit un homme d'âge mûr.

— O.K., Scotty. Tu m'accompagnes. Les autres, préparez-vous à recevoir les blessés. Je vous dirai à quoi vous attendre dès que je les aurai examinés. Ceux qui n'ont rien à faire ou qui n'ont pas participé récemment, je vous prie de donner votre sang au cas où. Sue, fais sortir de la salle tous ceux qui n'ont pas absolument besoin d'y rester.

Sur ces mots, il prit son casque et quitta la pièce.

Aussitôt, tout le monde se mit en mouvement. Sue emmena Tiggy en salle de réa.

— Il faut nous assurer que tout est prêt. Pour l'instant, nous n'avons aucune idée de l'état des blessés, ni de leur groupe sanguin. Quel est le tien ?

— O positif.

— Parfait. Un secouriste va venir te prélever du sang.

— Je ne peux pas aider à la préparation ?

— Euh... Nous avons surtout besoin de ton sang. Ne t'en fais pas, ton tour viendra. Commence par observer et par écouter.

Tiggy acquiesça, s'efforçant de masquer sa contrariété, et, prenant place sur une chaise, tendit son bras.

Après être partie pour faire son travail, l'infirmière revint voir comment elle allait et regarda la poche de sang.

— Encore dix minutes.

Pendant ce temps, Tiggy avait pensé à la petite Afghane, espérant que Nick ne l'ait pas fait déménager de la salle.

— Et Hadiya ? Nous n'allons pas la mettre dehors ?

— Non, Nick veut la garder encore un peu.

— Mais nous ne l'opérerons pas ?

— Non.

— Nick ne peut pas faire une exception ?

— Crois-moi, si c'était possible, il le ferait. Et je n'ai pas perdu espoir. Si quelqu'un peut réaliser un miracle, c'est lui. Bon, j'y retourne. Détends-toi.

Quand ce fut terminé, Sue l'obligea à rester allongée. Elle dut donc se contenter de regarder les autres s'agiter autour d'elle. La radio crachota de nouveau, et tout le monde s'arrêta pour écouter.

— Deux soldats blessés par éclats de shrapnel. Un au bras gauche, l'autre à l'abdomen. Arrivée prévue dans cinq minutes.

La voix de Nick, calme, couvrait le bruit des moteurs de l'hélico.

Tiggy se souleva de son brancard, et attrapa un biscuit d'un paquet posé sur la table. Non qu'elle ait faim, mais elle devait manger quelque chose. Elle n'avait pas l'intention de rester inactive, et ça n'arrangerait personne si elle s'évanouissait. Elle se glissa ensuite dans le vestiaire et passa une tenue de bloc. Elle avait la gorge sèche, ce qui n'était pas dû à la poussière, cette fois.

Avant qu'elle puisse trouver Sue, les portes s'ouvrirent brusquement et Nick entra, agenouillé sur un chariot que poussaient des soldats, en train de pratiquer un massage cardiaque.

— Il a cessé de respirer durant le transport, mais on lui a fait des compressions thoraciques tout le temps. Il a déjà eu plusieurs transfusions en route. Il faut l'emmener tout de suite en salle d'op !

Des volontaires s'avancèrent aussitôt pour faire rouler le chariot jusqu'en salle de réa. Un instant plus tard, les soldats faisaient irruption dans la salle avec le second blessé.

— Blessures au bras ! cria Scotty. J'ai fait un pansement provisoire et posé une perfusion. Constantes stables.

Après être restée un instant pétrifiée, au vu de l'état de la main du soldat, Tiggy s'activa très vite : son côté professionnel reprenait le dessus. Elle saisit une paire de ciseaux et se mit à découper l'uniforme, sans se soucier du reste de l'équipe agglutiné autour de l'autre blessé.

Sue approcha la radio portable de son patient, et tous les

autres partirent quand le premier blessé fut transféré en salle d'opération.

Nick la rejoignit en se débarrassant de ses gants souillés. Tiggy lui en tendit aussitôt des neufs. Les constantes du soldat étaient de moins en moins stables : la tension baissait et son pouls faiblissait.

— Il faut l'amputer, c'est le seul moyen de stopper l'hémorragie, dit le chirurgien orthopédiste en examinant la blessure.

— Et si nous essayions de stopper l'hémorragie d'abord ? suggéra Nick. On ne peut sans doute pas sauver la main, mais au moins le bras.

— Je vous donne cinq minutes. Après, il part pour le bloc.

Ils s'efforcèrent d'épargner le bras du blessé, firent plusieurs transfusions, mais lorsque Nick vit les radios, il poussa un soupir en se tournant vers son confrère.

— Tu as raison, Simon, il y a trop de dégâts. Il faut l'amputer.

Malgré elle, Tiggy émit un petit cri.

— Vous êtes sûrs qu'il n'y a rien d'autre à tenter ?

— Oui, sinon nous le tenterions, répliqua Nick sèchement.

Elle sentit sa gorge se serrer. Ce soldat était si jeune ! Mais les radios étaient éloquentes, et Nick avait déjà fait le maximum pour lui éviter l'amputation.

Quand il la regarda, elle lut une telle angoisse dans ses yeux que tous ses doutes s'évanouirent.

— J'ai promis à ces garçons qu'ils seraient bientôt rentrés chez eux, et je vais respecter ma promesse. Je viens, Simon !

Un instant plus tard, la salle de réa était vide. Beaucoup plus tard, quand Dave, qui venait d'être amputé, fut installé dans la salle, elle sortit en s'efforçant de contrôler les tremblements de son corps.

— Vous allez bien ?

— Ah, Nick ! Non… Enfin oui, ça ira. Il est si jeune pour perdre un bras…

— Il apprendra à vivre sans.

Elle se retourna d'un coup.

— Comment pouvez-vous dire ça ? Vous n'avez pas la moindre idée de l'épreuve que ce sera pour lui !

— Vous avez raison. S'il me manquait un bras ou une jambe, j'ignore comment je réagirais. Mais au moins, il est vivant. Il ne rentrera pas chez lui dans un linceul. Au contraire de son collègue.

Ils n'avaient en effet pas pu sauver l'autre blessé, et tous ressentaient la même peine que s'ils avaient perdu un frère ou un mari. Lorsque Nick l'annonça, le visage imperturbable, elle se demanda si elle ne s'était pas trompée en percevant de l'angoisse dans son regard.

— Comment faites-vous pour être si... si peu affecté ? ne put-elle s'empêcher de demander.

— L'équipe a besoin que je reste professionnel. Que nous restions tous professionnels.

Elle s'affala contre le mur, et se passa la main sur le front. Bien entendu, il avait encore raison. S'il avait pu éviter l'amputation, il l'aurait fait. Penser le contraire n'aiderait personne, et surtout pas Dave.

Elle songea à ses frères, priant très fort pour qu'ils ne subissent pas le même sort. Elle refusait d'envisager la réaction de sa mère, qui couvait ses enfants avec une férocité de tigresse. Soudain, les larmes jaillirent, et elle cligna des yeux. Elle ne pouvait pas s'empêcher de pleurer. C'était trop affreux.

— Hé, Tiggy ! Pas de ça. Dave se remettra.

Elle leva timidement la tête. C'était la première fois qu'elle le voyait sérieux.

— Nous faisons notre boulot, et bien, la plupart du temps. Bon sang, vous ne croyez pas que j'aurais préféré le renvoyer chez lui entier ?

— Ce n'est pas qu'à cause de ces deux là... Mais ils sont tous si jeunes ! Et mes frères sont là-bas, aussi.

— Une autre équipe s'occupera d'eux s'ils ont besoin d'aide.

Elle se tamponna les yeux.

— Je ne peux pas supporter l'idée qu'ils soient blessés.

Il lui posa une main sur l'épaule.

— La plupart des soldats rentrent chez eux, Tiggy. Il faut que vous vous accrochiez à ça.

Elle hocha lentement la tête, incapable de parler.

Il la prit par le bras et la guida pour traverser la bande de terre qui entourait l'hôpital.

— Venez, marchons un peu.

— Je ne suis pas sûre d'en avoir la force.

Pourtant, elle se laissa conduire de l'autre côté du camp. Une douce brise soulevait la poussière, rafraîchissant l'air lourd de la nuit. Au-dessus d'eux, des milliers d'étoiles parsemaient le ciel clair. Comment être malheureux dans un endroit aussi beau ? Quand ils atteignirent un surplomb rocheux, Nick lui proposa de s'asseoir d'un signe de tête. Ils restèrent un moment silencieux. Enfin, il se tourna vers elle en souriant.

— Donc, nous en étions restés à quand vous aviez treize ans. Pourquoi ne pas me raconter la suite ?

Plus tard dans la semaine, elle était assise devant sa tente et buvait un café avec Sue. De l'autre côté du camp, des hommes, la plupart en pantalon de treillis, jouaient au football ou travaillaient leur musculation. Heureusement, il n'y avait plus eu de blessures graves à traiter. Et Dave avait été transféré à Birmingham.

Un soldat, torse nu, passa près d'elles. Sue eut un sourire espiègle.

— Tu vois ? On n'est pas si mal, ici. Où aurions-nous autant d'occasions de lorgner de beaux hommes ?

— Tu n'as pas tort.

Tiggy observa Nick, qui s'exerçait, accroché à une barre tendue entre deux murs. Il était aussi torse nu et les muscles de son dos se tendaient à chaque effort. D'autres soldats, assis en cercle, comptaient pour lui.

Sue suivit son regard.

— Je te le répète, n'y pense plus. C'est peut-être un héros, mais pour nous, c'est le cauchemar. Dès qu'il a obtenu ce qu'il voulait, il perd tout intérêt pour toi. La plupart des femmes qui sont ici y sont passées.

— Ne t'en fais pas. C'est un bon médecin, mais il n'est pas du tout mon genre.

Sue fit la moue ;

— Ne lui dis jamais ça ! S'il voit qu'il ne t'intéresse pas, ce sera encore pire.

— Je pense que je ne suis pas son genre non plus, tu peux être tranquille.

— Je ne suis pas de ton avis.

Elle la regarda, étonnée. Soudain, un mot que Sue avait prononcé plus tôt lui revint à l'esprit.

— Au fait, pourquoi as-tu dis que c'était un héros ?

— Eh bien... Je suppose que je ferais mieux de t'expliquer, d'ailleurs je suis surprise que tu n'aies pas déjà entendu l'histoire. C'était l'année dernière. Il était en patrouille avec des hommes pour s'assurer qu'un village abandonné ne servait pas de base aux insurgés. C'était une opération commune avec des Américains.

Elle lança un regard à Nick.

— Bref, quand ils sont arrivés là-bas, ils ont monté un refuge provisoire, ils appellent ça un « Sangar », avec l'intention de s'y installer pour la quinzaine de jours que durerait leur mission, et ils ont été attaqués. Pour faire court, Nick est sorti de l'abri sous le feu ennemi, et a couru porter secours à un blessé qu'on avait traîné dans l'une des maisons.

— Mon Dieu !

Tiggy observa Nick avec un respect nouveau. Ainsi, ce n'était pas un simple play-boy ?

— Attends, ce n'est pas fini ! Pendant qu'il soignait l'Américain, un autre qui le cherchait est entré et a pris un éclat de shrapnel dans la cuisse, en plein dans l'artère fémorale.

— Je vois. Donc, il n'avait aucune chance.

— Voilà. Et Nick l'a sauvé. Il s'est débrouillé, alors que l'ennemi était pratiquement à la porte, pour clamper l'artère. Heureusement, il avait fait appeler l'hélico, et je me demande comment ils ont pu atterrir assez près pour les ramasser tous les deux, et aussi, comment Nick a fait pour le maintenir en vie jusqu'à leur arrivée au camp. Au final, non seulement il a sauvé l'Américain, mais il a réussi à lui éviter l'amputation. Depuis, il est devenu parmi les hommes une sorte de héros, de talisman. On dirait presque qu'ils l'ont investi de pouvoirs surnaturels.

Tiggy acquiesça, songeuse. Une façon d'expliquer son arrogance, peut-être.

— Je n'imaginais pas...

— Il ne s'en vante pas.

Sue consulta sa montre.

— Au lit ! Tu sais, Tiggy, c'est peut-être un héros pour les hommes, mais à mon avis cette réputation est aussi un fardeau pour lui. Ce n'est pas un faiseur de miracles. Il est humain, et parfois je me demande s'il n'a pas commencé à croire en sa propre légende.

— C'est-à-dire ?

— A se persuader, comme les autres le disent, qu'il est infaillible, et qu'aussi longtemps qu'il sera là, il pourra sauver tout le monde.

Tiggy regarda Nick une fois de plus. Il avait fini de se donner en spectacle, et s'essuyait le front avec une serviette-éponge. Quels abdos, ne put-elle s'empêcher de penser, et à ce moment précis, s'apercevant qu'elle le regardait, il lui fit un clin d'œil.

Elle rougit.

— Oh, mon Dieu ! dit Sue en ramassant son mug vide. Ne me dis pas que je ne t'ai pas prévenue. Je vais me coucher. A demain matin, 6 heures !

3

Neuf ans plus tard

Le cœur battant, Tiggy se rua dans le couloir de l'hôpital. Une femme qui poussait un fauteuil roulant se rangea vivement contre le mur pour lui laisser le passage tandis qu'un médecin, qui parlait au téléphone, la regardait avec compassion.

Jamais un couloir ne lui avait paru si long. Arriverait-elle à temps ? Et si l'état de Nick s'était aggravé pendant qu'elle tentait de le rejoindre ? Et s'il mourait sans qu'elle puisse le voir ? Elle laissa échapper un sanglot.

Elle s'arrêta devant le comptoir de triage, fort encombré, en se demandant si elle pouvait oser entrer en salle de réanimation sans y être invitée, quand un médecin la remarqua et s'approcha.

— Madame Casey ? Je suis Luke Blackman. C'est moi qui vous ai appelée.

Elle l'avait deviné, ayant reconnu sa voix et son accent américain.

La journée avait débuté comme un jour normal, et elle n'était pas de service lorsque le téléphone avait sonné. L'accent, justement, l'avait surprise, puis, quand son interlocuteur s'était présenté comme un médecin du Royal London Hospital, elle avait senti la panique la gagner, craignant qu'il ne soit arrivé quelque chose à son frère Alan, qui était toujours pilote d'Apache en Afghanistan. Mais il s'agissait de Nick, qui avait été amené avec un traumatisme crânien, et la réclamait.

Sans écouter davantage, elle avait raccroché et s'était précipitée dans sa voiture.

Elle scruta le visage du médecin, à la recherche d'indices, mais son expression était indéchiffrable.

— Venez, allons dans le salon des parents, nous y serons plus tranquilles.

Elle sentit monter la nausée. Ce genre d'invitation était en général faite aux gens à qui on allait annoncer une mauvaise nouvelle.

— Dites-moi. Il est mort ?

— Mort ?

Le visage du Dr Blackman s'éclaira d'un gentil sourire.

— Non, le lieutenant-colonel Casey est bien vivant. Il a eu des périodes d'inconscience, mais il va se remettre.

Elle ressentit un intense soulagement. Mais elle devait voir Nick tout de suite.

— Amenez-moi jusqu'à lui.

— Je préférerais vous parler d'abord.

Tiggy secoua la tête.

— S'il vous plaît, docteur, il faut que je le voie. Tout de suite.

— Très bien, alors suivez-moi.

Nick était allongé dans son lit, aussi pâle et immobile qu'un mort. Sa tête était bandée, et il avait un hématome sur la pommette gauche, dissimulé en partie sous sa barbe de quelques jours.

Elle essuya ses larmes du revers de la main. Mais c'était lui. Son mari, qu'elle n'avait pas vu depuis six ans.

La tête de Nick était pleine d'images et de bruit. Des bombes explosaient, des pales d'hélico tournaient en faisant tourbillonner la poussière. Il y avait du sang, beaucoup de sang, et des soldats et des civils qui couraient, affolés. Puis quelqu'un enfonçait quelque chose dans son bras.

Peu à peu les scènes de cauchemar s'évanouirent, et une étrange sensation de calme l'envahit lorsque le visage de Tiggy apparut devant lui ; ses yeux bleus étaient grands ouverts, ses cheveux cuivrés formant un étonnant contraste avec la pâleur de son visage. La vision changea, il la tenait à présent dans ses bras et l'embrassait, elle était dans son lit, riant à une plaisanterie qu'il venait de faire.

Il aimait rêver d'elle...

— Je suis là, Nick ! l'entendit-il dire.

Il essaya, mais en vain, d'ouvrir les yeux. Elle avait cette voix calme et décidée qu'il adorait. Elle était là. Tout allait bien se passer.

Même dans ses rêves, le souvenir de cette voix le rassurait. C'était quand il était éveillé que ce souvenir le torturait. Car Tiggy était perdue pour lui.

— Nick, tu m'entends ? Ouvre les yeux.

Encore elle... Il préférait cette voix à celle de l'Américain. Mais il ne s'éveillerait pas, non ! Son rêve était si beau...

— Nick, s'il te plaît, dis quelque chose !

Il remua un peu, s'efforçant péniblement de faire bouger ses membres. Bon sang, tout lui faisait mal, comme s'il était passé sous un Humvee. L'avait-on transféré en Angleterre ? Des bribes de souvenirs lui revenaient. Il marchait dans une rue... il ne se rappelait pas laquelle. Un homme était à terre, à qui on assenait des coups de pied. Il avait tenté de stopper la bagarre, pris un coup à l'estomac, qu'il avait rendu à l'un des voyous. Et après ? Plus rien. Juste cette violente douleur à la tête.

Avec toute la volonté dont il était capable, il se força à soulever une paupière. Et cette fois, y parvint.

Il rêvait encore... Tiggy était penchée au-dessus de lui, ses beaux yeux emplis de larmes. Impossible, après ce qu'il lui avait fait. Il referma sa paupière, essaya de retrouver son rêve, où elle riait dans ses bras. Il n'aimait pas la voir triste.

Mais non, il était éveillé. Il ouvrit encore un œil, et l'image de Tiggy était toujours là. Ce n'était pas une hallucination. C'était elle, en chair et en os.

— Qu'est-ce que tu fais ici ? articula-t-il avec raideur.

Elle eut l'impression qu'il l'avait giflée. Mais à quoi s'attendait-elle ? A ce qu'il soit heureux de la voir ? Vu la façon dont ils s'étaient séparés, la chose eût été surprenante. Pourtant, elle avait cru lire dans son unique œil ouvert le désir et le plaisir. Elle s'était trompée, manifestement.

Elle inspira doucement. Au moins, il était vivant. Et bien vivant, le Dr Blackman avait raison.

Elle se tourna vers le médecin.

— Nick, c'est votre femme. Vous l'avez demandée, j'ai trouvé ses coordonnées dans votre dossier et je l'ai appelée.

— Impossible. Je ne suis pas marié.

La gorge de Tiggy se serra. Maintenant qu'elle savait qu'il était entier, elle sentit son ancienne colère remonter à la surface.

— Docteur, il faut que je vous dise que nous sommes séparés depuis six ans.

Six longues années, qui n'avaient pas été faciles à vivre, surtout au début. Et juste quand elle pensait qu'il était sorti de son esprit et de son cœur, il était là, avec ses joues mal rasées et son bleu à la pommette. Et son cœur battait plus vite.

Nick sortit une main de sous le drap, pour saisir le bras du médecin.

— Qui vous a donné le droit de prévenir mon ex-femme ?

Elle faillit répliquer qu'elle n'était pas son ex-femme, puisqu'elle n'avait jamais signé les papiers du divorce, pas plus que lui, mais se retint pour écouter le Dr Blackman.

— Vous la réclamiez quand on vous a amené. Et dans votre dossier, c'est la personne à prévenir en cas d'accident. Il est normal que je l'aie contactée.

— Peu importe. Faites-la sortir d'ici.

Tiggy sentit les larmes lui monter aux yeux.

— Ne t'en fais pas, Nick, je m'en vais !

Elle tourna les talons et quitta la chambre. Le médecin lui emboîta le pas après avoir assuré à Nick qu'il reviendrait.

— Madame Casey, ne prenez pas sa réaction trop à cœur. C'est très certainement dû à sa blessure à la tête, qui le rend confus et irritable. A votre place, je n'attacherais pas une importance démesurée à ses paroles.

Elle eut un sourire amer.

— Croyez-moi, il est très conscient. Je n'aurais pas dû venir, c'est tout.

— Ecoutez, je vous vois bouleversée... Venez dans la salle du personnel, nous pourrons parler un peu.

— Vraiment, je ne pense pas que ce soit une bonne idée. Je suis certaine que Nick a une autre femme dans sa vie, pourquoi ne la cherchez-vous pas ? Vous pouvez le lui demander...

— S'il vous plaît, madame Casey, ce ne sera pas long.

Après une hésitation, elle accepta. Mieux valait qu'elle s'assure que Nick était hors de danger.

A cette pensée, elle faillit éclater d'un rire nerveux. Pendant des années, elle avait été terrifiée de ce qui pouvait lui arriver en Afghanistan, et à présent qu'il était rentré en Angleterre, ses craintes se vérifiaient...

— Que s'est-il passé ?

— On l'a amené aux urgences il y a quelques heures. Après une... une rixe. Pour l'instant, je suis surtout inquiet pour son crâne. J'ai demandé une IRM, nous en saurons davantage quand nous aurons tous les résultats d'analyse.

— Que faisait-il dans cette bagarre ?

Elle secoua la tête. Il avait toujours été impulsif, et à la fin de leur mariage, il était devenu assez irascible ; de là à se battre dans la rue... Cela ne correspondait pas au Nick qu'elle connaissait. Avait-il bu ? Par le passé, il touchait à peine à l'alcool. Mais il pouvait avoir changé en six ans... Elle en voulait pour preuve le spectaculaire changement qui s'était effectué du début à la fin de leurs trois ans de mariage.

Le Dr Blackman sourit.

— D'après ce que j'ai compris, il tentait d'intervenir. Des voyous étaient en train de frapper un homme à terre, et il s'est interposé. Il a toujours été un héros.

— Vous le connaissez, docteur Blackman ?

— Appelez-moi Luke. Je l'ai rencontré il y a dix ans, quand j'étais dans l'armée. Je m'en souviendrai toute ma vie.

Elle eut un demi-sourire. Nick n'était pas quelqu'un qu'on pouvait oublier facilement.

Le bipeur de Luke sonna, et il consulta l'écran.

— Désolé, je dois y aller. Je vous recontacterai quand nous aurons les résultats de l'IRM.

Elle se leva en même temps que lui, et s'efforça de reprendre son calme.

— Merci de m'avoir prévenue, docteur. Prenez bien soin de lui.

Nick serra les dents et, comme on le lui demandait, pressa la main du Dr Blackman de toutes ses forces.

Cet imbécile de médecin avait contacté Tiggy ! Mais comment l'en blâmer, puisqu'il avait omis de changer le nom de la personne à prévenir dans ses papiers. Le problème, c'est qu'il n'avait personne d'autre. Mais était-ce bien la seule raison ? Où n'était-ce pas plutôt parce qu'il n'était pas parvenu à se détacher d'elle, même en sachant que c'était la seule chose à faire ? Et pourquoi était-elle venue ? Elle aurait pu refuser. Le sens du devoir, sans doute. Mais il n'avait nul besoin de sa compassion.

Le médecin sortit son ophtalmoscope.

— Je vais examiner vos yeux. Vous ne me reconnaissez pas, n'est-ce pas ?

— Je devrais ?

— Nous avons fait connaissance il y a dix ans, en Afghanistan. J'étais dans l'armée américaine, à l'époque. Vous m'avez sauvé la vie.

Aussitôt, Nick revit le sang qui jaillissait de l'artère fémorale. Ce gars lui disait quelque chose, pourtant il n'aurait jamais imaginé que ce soit Luke.

— Bon Dieu ! Que faites-vous ici ?

Luke se redressa, et consulta le dossier en souriant.

— Vous n'auriez pas pensé que je finirais médecin ? Eh bien, moi non plus. C'est à vous que je le dois. Je suis entré à la fac de médecine en sortant de l'armée.

— Comment va votre jambe ?

— Bien. Je boite un peu quand je suis fatigué, mais sinon...

Il étudia Nick attentivement.

— Je suis sûr que vous êtes conscient de la faiblesse de votre côté gauche. Je vois que vous avez été blessé à la colonne vertébrale il y a quelques années, et que les médecins ont préféré ne pas toucher à certains éclats de shrapnel. Nous allons faire une IRM.

Nick retint un soupir. Cette déficience se remarquait à peine et ne le gênait en rien dans son métier. Mais si on commençait à fouiner, qui sait ce qui pourrait arriver ?

— Je ne crois pas, non !

Luke croisa les bras et le regarda dans les yeux.

— Mon colonel, je veux vous remercier d'avoir sauvé ma vie et ma jambe. J'ai toujours regretté de ne pas avoir pu le faire sur le moment. Maintenant, j'en ai le moyen, et je vais m'occuper de vous du mieux possible.

Nick se souleva sur les coudes.

— Si vous voulez me remercier, Luke, faites-moi sortir d'ici au plus vite.

4

Cette nuit-là, Tiggy dormit très peu. Quel choc de revoir Nick après six ans dans un lit d'hôpital, si faible… Il avait toujours été plein d'énergie. Comment avait-il pu risquer sa vie bêtement ? En fait, cela lui ressemblait bien. Il avait la vocation de sauver des vies, sans souci des conséquences. Et c'était aussi une des raisons pour lesquelles elle était tombée amoureuse de lui…

A cette époque-là, après l'épisode des deux soldats grièvement blessés dont l'un était mort, il y avait eu une sorte de trêve, et le temps s'était écoulé paisiblement. Dans les semaines qui avaient suivi, ils n'avaient soigné pratiquement que des civils qui se présentaient avec le genre de blessures qu'elle avait déjà rencontré aux urgences de l'hôpital, brûlures, fractures, accidents de voiture, et le lot habituel d'infections et de virus. Ils avaient donc beaucoup de temps libre.

A sa grande surprise, Nick n'avait cessé de la poursuivre de ses assiduités, bien qu'elle ait tout fait pour l'éviter. Puis, un jour, l'équipe avait été appelée pour un sauvetage.

Nick était déjà en train de passer son gilet pare-balles quand elle était arrivée dans le service, un peu en avance.

— Ah, Tiggy ! Où est Sue ?

— Encore sous la douche, pourquoi ?

— Bon sang ! L'équipe de nuit est au bloc et j'ai besoin d'une infirmière pour une évacuation d'urgence. Il y a eu de la casse dans l'un des villages. Il y a pas mal de blessés.

— Je t'accompagne.

— Pas question, tu es volontaire.

— Je suis infirmière. Le personnel de nuit va partir se reposer, celui de jour n'est pas encore de service, et je suis là.

— Ce genre de mission n'est pas dans ton contrat. Je n'ai pas le temps de me disputer avec toi, Tiggy.

— Alors ne le fais pas.

Elle avait attrapé son sac d'infirmière et son gilet pare-balles.

Il avait froncé les sourcils et regardé autour de lui, comme s'il pouvait faire surgir une infirmière par miracle.

— D'accord. Mais n'envisage même pas de sortir de l'hélico, O.K. ?

— Compris, major, avait-elle répliqué en lui faisant le salut militaire.

Mais une fois confrontée à la réalité — voler dans un hélicoptère au-dessus d'une zone de combats —, son excitation s'était muée en panique et elle avait senti monter la nausée. Par chance, avant que la terreur ne la paralyse complètement, elle s'était retrouvée dans le Chinook à côté de Nick. Il avait pris une paire d'écouteurs et les lui avait placés sur les oreilles.

— Nous allons communiquer comme ça. Ne parle que si tu as quelque chose à dire.

Elle était déjà montée dans un appareil semblable lors de son entraînement, et savait qu'il comportait une mini-salle de soin équipée pour pouvoir maintenir un homme en vie pendant son transport. Mais lors de l'entraînement, il n'y avait pas de soldats armés de pistolets-mitrailleurs aux portes. Elle en avait tremblé.

Au moment du décollage, le nez de l'hélico avait plongé en avant, et elle avait craint qu'il ne s'écrase au sol. Elle avait fermé les yeux

— Ça va ? avait demandé la voix désincarnée de Nick dans ses écouteurs.

Elle avait réussi à hocher la tête.

— Pourquoi t'es-tu portée volontaire ? Avec la peur que tu as de l'avion…

— Je dois la surmonter, avait-elle murmuré.

Il lui avait fait un salut moqueur, et couvert le micro de sa main avant de se pencher vers elle.

— Tu es spéciale, tu le sais ? Tu n'as pas froid aux yeux.

— Je suis terrifiée ! avait-elle répliqué d'une voix angoissée.

— Tu sais que faire quelque chose quand on a peur, c'est la vraie définition du courage ?

Il avait raison, personne ne l'avait obligée à venir. Cette pensée l'avait calmée et elle avait commencé à s'habituer au vol. Dix minutes plus tard, ils atterrissaient.

— Ne bouge pas de là ! avait ordonné Nick avant de sauter à terre.

Il avait suivi les soldats, qui se dirigeaient en position accroupie vers les restes d'une maison maintenant en ruine.

Après ce qui lui avait semblé une éternité, les hommes étaient revenus avec le blessé. Dès que le brancard avait été à bord, Nick avait sauté à l'intérieur et l'hélico s'était élevé à la verticale avant de reprendre la direction du camp.

Le blessé n'était pas un soldat, mais un jeune Afghan, qui saignait d'une plaie à la tête.

Elle l'avait relié au moniteur, avant de regarder Nick.

— Echelle de Glasgow, sept. Ce n'est pas bon.

— Où allons-nous, major ? avait demandé le pilote. L'hôpital local ?

— Non, à la base.

— Est-ce un ordre, monsieur ? Vous êtes conscient que c'est contre les instructions ?

Tiggy n'ignorait plus que les civils devaient être dirigés sur l'hôpital du lieu, sous-équipé et manquant de personnel. Ce garçon avait besoin de soins et d'un équipement qu'ils ne possédaient qu'au camp.

— Je connais le règlement, avait rétorqué Nick sèchement.

Ce gars va mourir si nous ne le prenons pas en charge. Tant que je suis à bord, c'est moi qui prends la décision.

Tiggy avait retenu son souffle. Il pouvait avoir de graves ennuis s'il contrevenait aux ordres.

En levant la tête, il avait croisé son regard et, à sa grande surprise, lui avait fait un clin d'œil.

— Je n'ai pas l'habitude de respecter le règlement à tout prix. Et maintenant, infirmière, faisons notre possible pour garder ce gars en vie.

Et ce fut à ce moment précis qu'elle avait su : elle était en train de tomber amoureuse du major Nick Casey.

5

Tiggy poussa un soupir, inquiète après sa visite à Nick. Par chance, les urgences pédiatriques étaient calmes, à peine occupées par quelques rhumes et le lot habituel de jambes et de bras cassés. Pour une fois, elle travailla en automate, et parvint à terminer son service. Elle allait partir quand l'une des infirmières lui tendit le téléphone.

— C'est pour toi. Un certain Dr Blackman, du Royal London.

Tiggy sentit aussitôt son sang se glacer. Nick allait-il plus mal ? Avec un trauma crânien, on n'était jamais sûr de rien. Ses mains tremblaient tant, qu'elle avait de la peine à tenir le combiné.

— Ne vous inquiétez pas, madame Casey, il n'y a pas danger immédiat, mais je pense que nous devrions en discuter. Il réclamerait probablement ma tête s'il savait que je vous en ai parlé, mais à mon avis, il va avoir besoin de toute l'aide possible.

Elle ferma les yeux, décidée à envoyer promener le Dr Blackman en lui conseillant d'emmener Nick avec lui. Mais elle parvint à se ressaisir à temps. Comment aurait-elle pu faire une chose pareille…

— J'arrive.

Une demi-heure plus tard, elle était assise en face de Luke et l'écoutait avec attention. Il était question d'une intervention chirurgicale…

— Mais Nick va bien ?

— Oui et non. Il a été transféré en chirurgie quand nous avons découvert les traces d'une blessure ancienne à l'IRM.

— De quel genre ?

— Il y a deux ans, dans un convoi, un engin explosif improvisé a explosé sous le camion qui les précédait, lui et ses hommes. Ils ont pu sortir du leur, et Nick se dirigeait vers les blessés quand les insurgés, qui guettaient dans un fossé au bord de la route, ont ouvert le feu.

Tiggy écoutait, le regard sombre, la bouche sèche et la langue collée au palais. Nick était-il déterminé à perdre la vie d'une façon ou d'une autre ?

— Et que lui est-il arrivé ?

— Il a été atteint par des éclats de shrapnel. S'il n'avait pas porté son gilet pare-balles, il y serait resté.

Elle sentit son cœur battre la chamade à l'idée qu'elle n'avait même pas été mise au courant...

— Il est resté deux semaines aux soins intensifs. Mais il est solide, et en apparence, il s'est totalement remis.

— Pourquoi dites-vous « en apparence » ?

— Un morceau de métal a pénétré très près de la colonne vertébrale et, mes médecins n'ont pas voulu prendre le risque de l'ôter, de peur de le laisser paralysé si cela se passait mal.

— Mais alors, pourquoi suis-je ici ? Je pense que Nick a clairement exprimé son refus de me voir mêlée à son traitement !

— Malheureusement, l'éclat a bougé. J'ai fait procéder à la batterie habituelle d'examens neurologiques, et, bien qu'il l'ait caché, il a une déficience du côté gauche. Après une légère pression verbale... — je l'ai menacé de prévenir le Conseil de l'Ordre s'il ne le faisait pas —, il a admis qu'il avait des migraines et se ressentait de cette faiblesse depuis au moins deux mois. Malgré sa réticence, il a fini par accepter de passer cette IRM.

Elle faillit sourire. Rien de changé. Nick avait toujours été rebelle.

— Vous vous demandez si vous devez l'opérer ?

— Je le recommande, mais il ne m'écoutera pas.

Il soupira.

— Je pensais que vous pourriez le convaincre. Je sais que ça ne vous plaît pas, mais je lui dois beaucoup. Il m'a sauvé la vie, vous savez.

— Racontez-moi.

— Il y a dix ans, j'étais dans l'armée américaine et nous étions en manœuvre avec les Britanniques. L'un de mes copains, blessé, s'était réfugié dans une maison vide, et je suis allé le chercher, pour découvrir que le major Casey était déjà avec lui.

Toute l'histoire revint aussitôt à la mémoire de Tiggy.

— Et vous avez eu l'artère fémorale sectionnée.

— Ah, vous êtes au courant ?

— Oui, mais ce n'est pas Nick qui me l'a raconté. Et tout cela ne me dit pas comment je peux vous aider. Il ne m'a jamais écoutée par le passé, je doute qu'il commence maintenant. Il ne m'a pas contactée une seule fois depuis six ans.

Luke se pencha en avant, les coudes sur les genoux.

— Je l'ai entendu vous appeler alors qu'il était à peine conscient, et je vous assure que ce n'était pas un nom lancé au hasard. Vous devez au moins essayer. Si jamais l'éclat touchait la colonne vertébrale, il serait totalement paralysé. Au pire, il pourrait même y laisser sa peau.

Tiggy se leva et se mit à arpenter la salle.

— Sait-il que vous m'avez recontactée ?

— Non. En fait, il m'a menacé de me faire virer de l'hôpital si je le faisais. Un truc dans ce genre.

— Alors je ne vois pas ce que je peux faire.

— Je vous en prie, madame Casey, essayez une dernière fois.

Elle laissa échapper un soupir. Luke avait raison, elle ne pouvait rester sans rien tenter.

Elle le regarda.

— Eh bien, qu'attendons-nous ?

Elle le repéra immédiatement : il jouait aux cartes avec un groupe d'hommes au milieu de la salle. Bien qu'assis, il dépassait les autres d'une bonne tête. Une partie de poker ? Elle ne put s'empêcher de sourire. Dans ce cas, il trichait sûrement. Comme s'il avait senti sa présence, il leva les yeux. On lui avait ôté son pansement à la tête, et elle put l'observer mieux.

Ses cheveux étaient plus longs que par le passé, et il avait davantage de rides. Deux lignes profondes en arc de cercle entouraient sa bouche.

Elle sentit l'angoisse l'étreindre quand il la regarda : ses yeux étaient vides, dépourvus de toute émotion. Luke avait beau dire, Nick n'éprouvait plus rien pour elle. Son cœur se glaça.

Il murmura quelques mots à l'un de ses compagnons de jeu, puis s'avança vers elle. En dépit de ses efforts, il ne parvenait pas à dissimuler sa claudication.

— Encore toi ?

Elle secoua légèrement la tête, s'efforçant de maîtriser l'émotion qui montait en elle. D'accord, elle ne s'était pas trompée hier. Il ne voulait vraiment pas la voir.

Elle s'enjoignit intérieurement à la patience, et réussit à résister à l'impulsion de tourner les talons.

— Bonjour, Nick, dit-elle d'une voix calme.

Il se tourna vers Luke.

— C'est toi qui l'as contactée ? Il me semblait te l'avoir interdit. Je pourrais te traîner devant le Conseil de l'Ordre pour ça !

— Je vois que ce coup sur la tête ne t'a pas changé, intervint Tiggy d'une voix douce.

— Je te demande de t'en aller. Au cas où tu l'aurais oublié, nous ne sommes plus mariés.

— En fait, Nick, au cas où tu l'aurais oublié, nous sommes toujours mariés, et je suis la personne à prévenir sur ton dossier.

Il pinça la bouche, l'air têtu. Elle esquissa un sourire. Elle connaissait si bien cette expression !

— Peu importe ce qui est écrit sur un bout de papier. Je prends mes décisions tout seul.

— Pourquoi ne pas nous asseoir ? proposa Luke.

L'air furieux, Nick se dirigea vers son lit, et lorsque Tiggy voulut l'aider à s'installer, il la repoussa.

— Mon colonel, je crains que nous ne soyons pas convaincus que vous puissiez prendre les bonnes décisions. Sinon, vous accepteriez d'être opéré.

Nick lui jeta un regard irrité.

— J'aimerais dire un mot en privé à « ma femme », dit-il sur un ton sarcastique en accentuant les deux derniers mots.

Luke les regarda alternativement, puis hocha la tête.

— D'accord. J'ai d'autres patients à voir, je repasserai dans un moment.

Dès qu'il se fut éloigné, Nick la regarda.

— Je t'ai dit que je ne voulais pas que tu reviennes ! Ma santé ne te concerne pas.

Elle croisa les bras.

— Je ne partirai pas. Pourquoi ne m'as-tu pas prévenue que tu avais été grièvement blessé ?

— Qu'est-ce que ça aurait changé ? Nous étions séparés, et nous le sommes toujours.

— Ne t'en fais pas, je ne l'oublie pas. Mais puisque je suis là, pourrions-nous au moins nous montrer courtois l'un envers l'autre ?

Elle ne détourna pas le regard. Soudain elle vit la ligne dure de sa bouche s'adoucir, et son sourire lui rappela le Nick d'autrefois. Elle se sentit aussitôt fondre.

— Désolé. Bien sûr. Je te demande pardon.

Il se tourna pour prendre quelque chose dans son placard, et elle l'observa. Il était toujours beau à couper le souffle. Elle se souvenait de chaque parcelle de son corps, de ses abdominaux durs, de ses longues jambes et de ses cuisses puissantes, du contact de ses doigts sur sa peau... Elle ferma les yeux.

Son pouls battait toujours aussi fort après tant d'années... Un coup d'œil avait suffi pour savoir qu'elle ne se délivrerait jamais de lui. Que faisait-elle ici ? Mon Dieu ! Elle ferait mieux de s'éloigner au plus vite, de s'enfuir en courant, même.

— D'accord, alors merci pour la visite.

Elle croisa son regard. Il changea de position. Sa jambe le gênait, et il devait souffrir atrocement d'être diminué…

— Ça a commencé, n'est-ce pas ? La paralysie dont parlait Luke. Oh ! Nick !

— Ma jambe est un peu raide, c'est tout. Je suppose que c'est parce que je me suis battu.

— Certainement. D'ailleurs, qu'est-ce qui t'a pris ? Tu aurais pu te faire poignarder. Tu aurais mieux fait d'appeler la police.

— Et d'attendre dix minutes qu'ils arrivent ? Ces salauds étaient en train de battre ce pauvre type à mort. Je ne pouvais pas faire autrement.

— Toujours un héros, à ce que je vois ?

Elle fut parcourue d'un petit frisson. N'était-ce pas aussi ce qui le rendait si attirant ? Elle se remémora le jour où elle avait compris qu'elle l'aimait, et qu'il éprouvait aussi un sentiment pour elle…

Son séjour au camp avait passé rapidement. Elle jouait au poker avec lui pendant son temps libre sur un lit de la salle de réa qui faisait office de table. Le soir, l'équipe qui n'était pas de service allait au « pub » du camp, un bar où l'on ne servait pas d'alcool. Parfois, ils avaient droit à une pièce de théâtre ou à un concert. Un groupe de musique formé de secouristes avait apporté ses instruments, et souvent, ils les écoutaient jouer.

Nick était toujours présent. Il en savait plus que tout le monde sur elle, et donnait l'impression de l'avoir adoptée comme sa petite sœur. Il lui arrivait de le surprendre en train de la regarder intensément, et dans ces moments-là son cœur s'emballait. Elle en avait même la respiration coupée. En dépit de tout ce qu'elle s'était promis, ses réactions n'étaient pas celles d'une petite sœur…

S'il avait été réprimandé pour avoir désobéi aux ordres le jour de l'évacuation d'urgence, elle ne l'avait jamais su. Leur jeune patient afghan, âgé de dix-sept ans, s'était totalement remis, ce qui ne se serait sans doute pas produit s'il avait été transféré à l'hôpital local.

Peu après, elle avait découvert que Nick avait réussi à faire transférer Hadiya au Royaume-Uni, avec ses parents, pour y être soignée.

Et tout ce qu'elle apprenait la rendait chaque fois un peu plus amoureuse...

Après une soirée passée à écouter le groupe, elle avait levé les yeux et l'avait trouvé debout derrière elle. Il lui avait tendu la main.

— Viens avec moi, Tiggy.

Une violente émotion s'était emparée d'elle. Comme en transe, elle avait pris sa main et il l'avait guidée dans l'obscurité.

— Où allons-nous ?

— Loin des curieux.

Le cœur battant à se rompre, elle l'avait suivi jusqu'à un endroit tranquille. Puis, soudain, il l'avait attirée à lui, et l'avait embrassée.

Ce baiser avait été pour elle encore plus extraordinaire qu'elle n'en avait rêvé. Mais sa bouche dure et experte lui avait rappelé tout à coup qu'il avait dû embrasser des centaines de femmes avant elle...

Il avait posé une main sur ses hanches pour l'attirer plus près tandis que l'autre errait dans ses cheveux. La sensation de son corps mince et musclé contre elle était aussi agréable qu'elle l'avait espéré, et elle avait fondu jusqu'aux os.

Quand il l'avait lâchée, elle était haletante.

— Tu sais que j'en ai envie depuis la première fois que je t'ai vue ?

— Ah ?

Il avait rivé son regard au sien.

— Je me demande comment j'ai réussi à ne pas te toucher avant.

Mais au moment où il s'était penché pour l'embrasser de nouveau, elle avait enfin repris ses esprits. Il ne se contenterait pas de baisers, et elle ne deviendrait pas son jouet. Elle l'avait repoussé des deux mains plaquées contre son torse.

— S'il te plaît, Nick.

— Pourquoi ? Je sais que ça t'a plu !

Elle avait fait deux pas en arrière.

— Je refuse de figurer dans la liste de tes conquêtes. J'ai ma fierté.

Il avait éclaté de rire.

— Si tu représentais ça pour moi, crois-tu que j'aurais attendu si longtemps ? Si je ne l'ai pas fait, c'est parce que j'étais mort de trouille à l'idée de t'effrayer.

Elle l'avait regardé, émue. Ainsi, il avait pensé à elle comme elle pensait à lui ? Elle avait senti la chaleur envahir son ventre. Et si tout le monde se trompait à son sujet, même Sue ?

Elle avait soupiré. Non. Son amie ne l'aurait pas prévenue si elle n'avait pas été sûre de ce qu'elle avançait.

— Ne me prends pas pour une idiote. Je n'aime pas ce genre de jeu.

Son sourire avait disparu.

— Qu'est-ce que tu racontes ? Tu n'as aucune idée de l'effet que tu me fais. Je me suis tenu loin aussi à cause de ça. Personne ne m'avait encore jamais mis dans cet état.

Elle aurait tant aimé le croire... Mais elle n'était pas naïve à ce point.

— Dans ce cas, il va te falloir faire des efforts pour me convaincre que tu ne mens pas. En attendant, je vais me coucher. Bonne nuit, Nick.

— Vos médicaments, Nick !

L'infirmière qui entrait ramena Tiggy à la réalité.

Il tendit la main pour saisir le gobelet en plastique, et fourra les comprimés dans sa bouche.

L'infirmière les regarda l'un après l'autre.

— Je vois que vous avez de la visite, émit-elle sur un ton plein de sous-entendus.

— Voici Tiggy. Elle s'en allait, justement.

Elle ignora la remarque, bien que chaque cellule de son corps lui enjoigne de lui obéir. Elle ne partirait pas tant qu'il n'aurait pas promis de réfléchir à cette intervention. Après, ils reprendraient chacun leur vie, et se comporteraient en étrangers.

Elle se tourna vers l'infirmière en souriant.

— J'espère que le Dr Casey n'a pas été trop pénible. Il peut être grognon quand il veut.

— Non, pas du tout..., répondit l'infirmière en rougissant.

Tiggy sentit l'aiguillon de la jalousie la piquer. Avec combien de femmes avait-il couché depuis leur séparation ? Plusieurs, sans doute, mais cela ne la concernait plus.

Soudain, elle en eut assez. Son crâne allait exploser, il fallait qu'elle quitte cette salle. Elle se pencha vers Nick, lui reprit le gobelet des mains, songea à l'embrasser sur la joue, mais y renonça : il ressentirait ça comme un signe de possession.

— Je reviendrai ce soir, nous discuterons un peu plus longuement.

Dès que l'infirmière fut sortie, il la regarda en secouant la tête.

— Ne reviens pas, Tiggy. Tu ne peux pas te mettre ça dans la tête ? Nous ne sommes plus rien l'un pour l'autre, depuis des années. En fait, j'ai l'intention d'appeler mon avocat demain pour demander le divorce.

Elle soupira.

— Très bien, vas-y. Mais en attendant, tant que je suis la première sur la liste, j'ai décidé de revenir ce soir. Tu peux m'ignorer si tu veux, quoi qu'il en soit, je serai là.

Il la suivit du regard.

Elle était toujours aussi belle. Un peu plus mince, peut-être, et ses cheveux étaient plus longs, mais il éprouvait toujours le même trouble en la voyant.

Il serra les dents. Il se détestait de l'avoir fait souffrir. Pourquoi l'avait-il épousée, d'ailleurs ? Il aurait dû savoir que le dénouement serait forcément tragique…

Mais, bon Dieu, il l'aimait. Tellement qu'il avait cru que ça pourrait marcher, qu'elle était la seule à pouvoir sauver son âme.

Eh bien, il s'était trompé, c'était impossible. Il s'était efforcé de la rendre heureuse et, la première année, il avait même eu l'impression d'y parvenir. Il aurait souffert d'être loin d'elle, mais ensuite… c'était de rester avec elle qui l'avait déchiré. Alors, même s'il l'avait fait trop tard, il s'était résolu à la séparation. Mieux valait la laisser libre de découvrir un homme digne d'elle. Et elle avait poursuivi sa vie sans chercher à le revoir.

Si elle insistait tant à présent, c'était peut-être par pitié… Et il n'en voulait pas. Il voulait qu'elle le regarde comme autrefois.

Pourquoi ? Il savait que c'était pour elle comme pour lui le retour en enfer. Il fallait qu'il parvienne à la convaincre de l'oublier une bonne fois pour toutes.

Une infirmière s'arrêta devant son lit et tira les rideaux.

— L'heure de votre sieste, Nick.

Il eut un soupir exaspéré. Quoi ? Celle-ci aussi le traitait comme un enfant ? Bon sang, il devait sortir d'ici à tout prix.

6

Une fois chez elle, Tiggy passa ses vêtements de jogging et, malgré la pluie qui trempait le sol, décida d'aller courir une quinzaine de kilomètres. Elle avait besoin de se dépenser pour ne plus penser à Nick.

Une fois de plus, elle se demanda ce qui se serait passé si elle avait écouté les conseils de Sue. Bien entendu, tout aurait été différent…

Après leur premier baiser, il avait continué à la poursuivre de ses assiduités. Et, bien que tous les matins elle décide de couper court, elle lui cédait. Tout le camp était au courant.

Un soir, alors qu'elle s'apprêtait à se coucher, Sue était venue s'asseoir sur le bord de son lit.

— Tu sais où tu vas, Tiggy ?

Comme le soleil et la poussière abîmaient sa peau claire, et aussi parce qu'elle n'avait pas envie de cette discussion, elle avait fini d'appliquer sa crème hydratante avant de se décider à répondre.

— C'est-à-dire ?

— Allons. Je vois bien comment vous vous regardez, Nick et toi. Je ne l'ai jamais vu aussi mordu, mais rien n'assure que ça va durer. Ton tour viendra, hélas. Bientôt, tu rentreras chez toi et il restera ici.

Elle lui avait pris la main.

— Je ne veux pas que tu souffres. Nick te trompera forcément. Peut-être pas tout de suite, mais un jour… Il est comme ça.

Tiggy s'était assise près de son amie.

— Je ne peux pas m'en empêcher, Sue. Je sais que je devrais me tenir loin, mais c'est impossible. Je l'aime, et je ne pourrai jamais cesser de l'aimer.

— Oh ! Je ne dis pas qu'il ne t'aime pas, mais simplement qu'avec lui, ça ne dure jamais. J'aimerais tant pouvoir croire qu'avec toi ce sera différent…

— Tu te trompes peut-être, cette fois.

— Peut-être, oui. Je l'espère pour toi. Il faut bien qu'il se calme un jour ou l'autre, alors pourquoi pas avec toi ? Mais, je t'assure, préserve-toi, Tiggy.

Elle avait acquiescé, le regard sombre. Elle savait que Sue avait raison. Nick se lasserait d'elle tôt ou tard, c'était inévitable. Si elle l'attirait autant, c'était parce qu'elle n'avait pas cédé immédiatement, et qu'il était conscient qu'elle n'était pas là pour longtemps. Dès qu'elle partirait, il en trouverait une autre qui l'intéresserait. Elle avait donc décidé d'en finir le soir même. Elle lui avait envoyé un message le prévenant qu'elle n'irait pas à leur rendez-vous, et n'avait pas été vraiment surprise lorsqu'il était venu la chercher jusque sous sa tente.

— Que se passe-t-il, Tiggy ? Tu n'es pas bien ?

Il lui avait posé une main sur le front et, de l'autre, pris le pouls. Elle en avait souri. Typique : si elle ne venait pas le voir, c'était qu'elle était malade. Et, en un sens, elle l'était, de savoir que c'était la dernière fois qu'il la touchait.

Elle avait sauté sur ses pieds et s'était éloignée de lui. Facile de se dire qu'elle pouvait vivre sans lui quand il n'était pas près d'elle…

Elle avait gardé le dos tourné, sachant que si elle croisait son regard elle était perdue.

— C'est fini, Nick.

Il avait eu un rire incrédule, et était venu lui enlacer la taille par-derrière.

— Comment, fini ? Tu plaisantes ?

— Je n'ai jamais été aussi sérieuse.

Il l'avait obligée à se retourner, et du pouce avait caressé la courbe de sa bouche. Frissonnante, elle avait fermé les yeux.

— Navrée, Nick, mais je ne peux pas faire semblant.

— De quoi ?

— De me moquer du fait que notre temps est compté. Tu sais que je vais partir bientôt. Et ne me fais pas croire que tu resteras célibataire quand je ne serai plus là.

Il l'avait observée un long moment.

— Je ne comprends pas.

— Eh bien, c'est fini. Il faut que chacun de nous poursuivre sa route.

— Tiggy, que veux-tu de moi ?

Elle avait levé les yeux vers lui.

— Pas grand-chose : tout. Que tu m'aimes autant que je t'aime, et pour toujours. Je n'accepterai aucun compromis.

Et, au lieu de la regarder avec horreur, il lui avait souri.

— C'est tout toi, ça : ne jamais tourner autour du pot. Je crois que c'est pour ça que je t'aime.

Il avait soudain eu une expression étonnée.

— Hein ? Qu'est-ce que je viens de dire ? Que je t'aimais ? Bon sang !

Son sourire s'était alors élargi.

— Je ne sais pas comment tu fais, il se trouve que je ne pense qu'à toi. J'en suis le premier surpris, mais je t'aime, bien que tu sois la femme la plus horripilante que j'aie jamais connue.

— Tu te crois mieux ? Moi, je n'ai jamais rencontré quelqu'un d'aussi arrogant, imbu de lui-même, qui pense que tout le monde doit être à ses pieds, que l'univers tourne autour de lui et que toutes les femmes doivent lui tomber dans les bras. Je dois être complètement idiote de m'être laissée avoir.

Ils s'étaient regardés un moment, puis elle lui était tombée dans les bras.

A18 heures, elle était de nouveau à l'hôpital. Elle s'arrêta sur le seuil de la salle. Nick avait repris son jeu de cartes, et quand il la vit, elle crut voir passer une lueur de plaisir dans ses yeux noisette, comme une ébauche de sourire sur ses lèvres pleines. Mais presque aussitôt son expression se durcit et elle sut qu'elle s'était trompée.

Il jeta ses cartes sur la table et se leva pour s'approcher. Elle comprit qu'il faisait encore des efforts pour ne pas boiter.

— Je croyais t'avoir dit de ne pas revenir !

— Et moi, je t'ai dit que je reviendrai quand même. Vois-tu, même si tu étais en position de me donner des ordres, et ce n'est pas le cas, je ne suis pas plus douée que toi pour obéir.

— D'accord, si tu es si décidée à jouer le rôle de mon épouse fidèle, je vais dire à cette harpie d'infirmière que je rentre à la maison avec toi.

A la maison... Elle sentit son cœur se briser. Il n'y avait plus remis les pieds depuis six ans. Elle aurait dû mettre la demeure en vente, mais n'avait pu s'y résoudre, même quand elle avait compris qu'il ne reviendrait jamais.

Ce qui ne signifiait pas qu'elle avait envie qu'il y revienne. Il plaisantait, certainement. Ce n'était pas parce qu'elle venait lui rendre visite à l'hôpital qu'il devait s'installer chez elle. Non, il en était hors de question.

— Je ne vois pas pourquoi je suis ici, poursuivit-il. Même si je décide de me faire opérer, rien ne m'oblige à rester à l'hôpital jusqu'à l'intervention. Et entre-temps, ils ne me laisseront pas sortir, si je n'ai nulle part où aller et personne pour m'accueillir. Je cite : « quelqu'un qui soit désireux et capable de s'occuper de vous et de s'assurer que vous ne ferez rien de contraire à ce qui est souhaitable pour votre santé ».

Elle hocha doucement la tête. Ainsi, elle avait vu juste en arrivant : il y avait bien eu une lueur d'espoir dans ses yeux...

— Tu ne cesses de me rappeler que nous sommes toujours mariés ; par conséquent, la maison est aussi encore à nos deux noms.

Bien entendu, mais il avait depuis longtemps renoncé au droit d'y vivre…

Il baissa la voix.

— En réalité, je n'irai pas chez toi, évidemment, mais j'ai besoin que tu leur dises que j'y vais.

— Tu me demandes de mentir ?

— Ne m'oblige pas à te supplier, Tiggy. Mais si je ne sors pas d'ici très vite, je ne réponds plus de mes actes. Tu sais que j'ai horreur d'être traité comme un gamin.

Elle poussa un soupir. Elle ne doutait pas qu'il sortirait de l'hôpital, avec ou sans son aide.

— J'irai à l'hôtel, et je te promets même de faire attention à moi. Dis-leur que tu me ramènes chez nous.

Elle passa une main sur son front. La migraine menaçait. Elle ne le voulait pas chez elle, elle voulait qu'il disparaisse de sa vie… Mais savait-elle seulement ce qu'elle voulait ? Elle avait envie de le battre, de le laisser dans cet hôpital où elle espérait qu'il serait très malheureux.

— Je ne mentirai pas. Si je leur affirme que je te ramène à la maison, il faut que tu viennes.

Il la regarda, perplexe.

— Et ton compagnon ? Qu'en pensera-t-il ?

— Qu'est-ce que tu racontes ?

— Je t'ai vue, avec deux petites filles. Tu les faisais sortir de la voiture.

Elle se figea.

— Tu étais à Londres ?

— J'étais venu pour te rendre visite, mais après avoir assisté à cette scène…

— Ah ? Et pourquoi voulais-tu me voir ?

— Pour m'assurer que tout allait bien. Mais j'ai supposé que le père de tes filles ne serait pas ravi, alors je suis reparti.

— Le père de mes filles ?

Elle éclata de rire. S'il savait qu'elle était restée seule tout ce temps…

— Nick, il s'agissait de mes nièces, Chrissie et Melody, les jumelles d'Alice et de Charlie. Je les garde de temps en temps.

— Les filles de ton frère ?

Elle observa sa réaction. Une lueur passa dans ses yeux avant que son regard ne reprenne cette expression blasée qu'elle connaissait bien.

— J'ai cru que c'étaient les tiennes. Je sais que tu as toujours voulu des enfants.

Elle secoua lentement la tête, envahie par un sentiment de tristesse. Oui, c'était vrai… Mais il n'avait jamais compris qu'elle voulait des enfants de lui, et de personne d'autre.

La première fois qu'elle avait abordé le sujet, ils étaient mariés depuis un an. Ils étaient allongés, jambes mêlées, dans leur lit après l'amour. Elle avait la tête posée sur son torse, tandis qu'il lui caressait les cheveux. Il devait repartir le lendemain matin pour l'Afghanistan, et cette pensée la déchirait.

— Nick… je crois que je vais arrêter de prendre la pilule.

Sa main s'était brusquement immobilisée.

— Pourquoi se précipiter ? Nous avons tout le temps…

Elle s'était retournée pour voir son visage.

— Je ne suis pas pressée, Nick, mais je pense à l'avenir. Mieux vaut que je me prépare à la grossesse. Arrêter la pilule six mois à l'avance, prendre de l'acide folique, tout ça.

Il avait rejeté la couverture et s'était levé. Même après toutes ces années, elle se souvenait de ce qu'elle avait pensé, ou plutôt éprouvé : un désir intense de le sentir de nouveau à côté d'elle. Elle ne s'attendait pas à ce qui avait suivi.

— Tiggy… Je ne veux pas d'enfants.

Il lui tournait le dos, et elle avait perçu le tremblement de son propre rire.

— Je ne parle pas pour tout de suite…

Il s'était tourné vers elle en souriant.

— Alors, c'est parfait.

— Mais j'en voudrais un jour ou l'autre, Nick. Nous n'en avons jamais parlé, seulement je pensais que tu en voulais aussi.

Elle l'avait regardé dans les yeux. Il s'était rassis sur le lit et l'avait entourée de ses bras, enfouissant son visage dans ses cheveux.

— Je ne veux que toi, Tiggy.

A genoux, elle lui avait pris le visage entre ses mains. Elle ne se lassait pas d'admirer ses traits. Elle ne se lassait pas de lui. C'était pourquoi elle désirait un enfant : pour que leur amour soit complet.

— Toi aussi, tu es tout ce que je veux. Mais un bébé, c'est autre chose, un lien supplémentaire, un accomplissement de notre couple...

Il l'avait embrassée, et elle l'avait désiré aussitôt.

— Tu n'as pas déjà arrêté la pilule, n'est-ce pas ?

— Bien sûr que non !

— Alors, attends que je sois rentré, et nous en reparlerons. Nous n'avons plus qu'un petit moment avant mon départ, et je sais comment j'ai envie de le passer.

Il avait enfoui son visage dans ses cheveux, elle avait soupiré en fermant les yeux, et le sujet avait été oublié. Si elle avait pu comprendre alors...

Elle chassa ces souvenirs. Nick la regardait intensément, attendant sa réaction.

— Je te le redis, ce jour-là, tu t'es trompé. Je n'ai pas d'enfants.

Elle laissa échapper un soupir.

— Tu pourras t'installer dans la chambre d'amis. Il faudra que j'ôte les affaires des jumelles, et que j'en fasse sortir les chats. Ils ne seront pas contents, mais ça ne sera pas pour longtemps.

— Tu as des chats ?

— Deux.

— Et pas d'homme dans ta vie ?

— Non. Du moins, pas qui vive avec moi.

Elle baissa les yeux. Inutile de lui dévoiler l'ampleur de sa solitude affective...

Une fois de plus, elle vit passer une lueur fugace dans ses yeux.

— Ne t'en fais pas, Tiggy. Je te débarrasserai le plancher dans une semaine maximum.

Il eut un bref sourire qui lui donna aussitôt le frisson.

— Bon, maintenant que c'est décidé, tu peux aller prévenir les infirmières pendant que je m'habille ?

7

— Ça a changé ! s'exclama-t-il en jetant un regard circulaire dans le salon.

— Normal, depuis six ans. J'ai refait la décoration. Et sans tes affaires au milieu...

Elle s'interrompit. Inutile de terminer sa phrase.

— Assieds-toi !

Cela allait être plus difficile que prévu, de le traiter comme un étranger dans la maison dans laquelle ils avaient vécu ensemble.

Elle fronça les sourcils en voyant son minuscule sac de voyage. Il ne se chargeait jamais, mais tout de même...

— Où est le reste de tes affaires ?

— Au garde-meubles. Je n'ai pas besoin de grand-chose.

— Mais où habites-tu, en principe ?

— Je loue un appartement près de l'hôpital de Birmingham. J'ai pensé à acheter quelque chose, mais...

Il haussa les épaules.

Elle n'était pas surprise. Il n'avait jamais pu s'installer nulle part. Sa réticence à avoir des enfants était le signe qu'il ne pouvait se résoudre à une vie de famille sédentaire, du moins pas avec elle.

— Je porte ton sac dans la chambre d'amis, et je prépare à manger. Poulet grillé, ça te va ?

— Super ! Je vais t'aider.

Elle faillit sourire. Il était vraiment incapable de cuisiner, mais ça ne l'avait jamais empêché de venir lui tourner autour dans la cuisine, de lui mordiller l'oreille, de la distraire… Elle se revit en train de remuer une sauce, avec lui derrière elle, les mains posées sur ses hanches, et l'embrassant dans la nuque. Elle se retournait immanquablement pour lui rendre son baiser, et ce qui était sur le feu brûlait sans qu'ils s'en soucient. Il l'asseyait sur le comptoir, après avoir balayé d'un revers de la main tous les objets faisant obstacle, soulevait sa jupe, posait les mains sous ses fesses, les pouces sur ses cuisses… Pas étonnant que la plupart des repas qu'elle préparait n'aient jamais été mangés.

Le sexe n'avait jamais été un problème entre eux. Chaque fois qu'il venait en permission, ils arrivaient rarement jusqu'à la chambre, du moins pas à son arrivée. Dès l'entrée, il jetait son sac, lui ôtait son T-shirt, et la collant contre le mur, l'embrassait d'une bouche avide, qui descendait de ses lèvres à sa poitrine, puis, plus lentement, jusqu'à son ventre.

Et toujours, elle était en harmonie avec lui, glissant les mains sur son torse, débouclant sa ceinture, les doigts tremblants de désir. Elle ne se serait jamais crue capable d'être aussi sauvage, mais il la mettait dans un état incroyable…

Elle secoua la tête pour s'éclaircir les idées. Bon sang, qu'il faisait chaud dans cette cuisine ! Avec de tels souvenirs, comment allait-elle traverser l'épreuve de ces quelques jours avec lui ?

Il le faudrait bien. Elle s'efforça de chasser les images qui lui revenaient en rafale. Elle devait se concentrer sur leur rupture, sur les mésententes qui avaient fini par les séparer.

— M'aider à cuisiner ? Pas question ! Ne bouge pas, je m'en occupe.

Sa bouche se pinça.

— Je t'en prie, Tiggy, je ne suis pas un invalide. Je suis tout à fait capable de te donner un coup de main.

— Je ne parlais pas de ta santé, Nick. Je voulais simplement te rappeler que tu n'es vraiment pas doué pour la cuisine. Tu n'as jamais réussi à faire griller un toast.

Il eut un sourire nonchalant, et elle se sentit fondre.

— Si tu te souviens bien, je peux quand même faire une méchante dissection sur un poulet ou une carotte.

Elle se mordit la lèvre pour ne pas éclater de rire. Mon Dieu, que cela allait être difficile de lui résister ! Plus vite il sortirait de sa vie, mieux elle se porterait.

Si ses souvenirs étaient plutôt chauds, le dîner fut étrange, un rien guindé, évoquant davantage la fin de leur mariage que le début.

— Nick... Parle-moi de cette opération qu'ils te proposent. Selon Luke, tu n'as pas vraiment le choix.

Il se rencogna dans son siège, et rabattit les jambes dessous comme il l'avait toujours fait.

— J'ai reçu des éclats de shrapnel il y a deux ans.

— Oui, Luke m'a raconté.

— Bon. Le morceau logé près de mon cou, qu'ils ne m'ont pas retiré, a bougé, et ils préféreraient l'enlever.

— Et toi ? Qu'en penses-tu ? C'est risqué ?

— Eh bien, malheureusement, ils vont devoir sectionner des tissus qui ont poussé autour du corps étranger, et il est difficile de prévoir ce qui se produira à ce moment-là. Il est probable que l'éclat soit très proche des nerfs émergeant de la colonne vertébrale, et qu'ils les lèsent en tentant de l'ôter. D'autre part, si on n'opère pas, l'éclat peut ne plus se déplacer pendant des années. De toute façon, il va sans doute falloir que je quitte l'armée.

Elle le regarda, peinée. Il semblait désespéré. L'armée était tout pour lui.

Même s'il l'avait fait souffrir d'une façon intolérable, elle eut envie de le consoler. Elle se redressa aussitôt. Mieux valait changer de sujet.

— Luke m'a dit que tu lui avais sauvé la vie ?

Il secoua la tête.

— C'est mon métier, Tiggy. On dirait que tu ne le comprendras jamais.

— Parce que tu as cessé d'en parler.

Le silence s'installa. Il se pencha en avant et posa les coudes sur la table.

— Bon, assez parlé de moi. Et toi, que deviens-tu ? Tu es heureuse ?

Elle se mit à débarrasser les assiettes. Elle menait une vie agréable, bien remplie, et elle en était assez contente… Mais il existait malgré tout un vide obscur et persistant que rien ne pouvait combler.

— Ne parlons pas de ça, Nick.

— Tu allais mieux avant de me connaître, murmura-t-il.

Elle se retourna.

— Tu sais très bien que tu m'as quittée bien avant de passer la porte de cette maison.

— Oh ? Je crois me souvenir que c'est toi qui m'as quitté.

— Parce que je ne savais pas comment agir pour te faire…

— Me faire quoi ?

— Je suis revenue dès le lendemain matin, et tu étais parti. C'est toi qui as abandonné la partie.

— C'était la meilleure solution, Tiggy.

— Tu n'avais pas à en décider tout seul.

Sentant l'émotion l'envahir, elle tenta de maîtriser sa respiration.

— De toute façon, pourquoi remuer tout ça ? Mon existence est agréable, je suis surveillante aux urgences, j'ai des amis, ma famille, mes nièces…

— Et tes chats.

Il prit Spike dans ses bras, et lui caressa la tête.

— Je vois que tu as la vie que tu souhaitais.

Elle serra les dents. C'était archifaux, et il le savait. Elle avait envie de hurler, de lui jeter les assiettes à la figure. Mais à quoi bon ?

— Tu veux un dessert ?

Le lendemain matin, il était déjà assis à la table quand elle entra dans la cuisine.

— Café ? dit-il en lui tendant le pot.

Elle s'installa en face de lui et remarqua qu'ils avaient chacun retrouvé d'instinct leurs anciennes places. Pourtant, ils n'étaient plus les mêmes. C'était ce genre de détails du quotidien qui menaçait de la démolir…

— Tu ne vas pas courir ?

Elle regretta aussitôt ces paroles.

Une lueur d'amusement passa dans ses yeux.

— Sauf si j'ai envie de faire rire les voisins en leur donnant le spectacle d'un boiteux qui se déhanche.

— Navrée, Nick. Ce n'était pas malin de ma part.

— Malgré tout, j'ai bien l'intention d'aller me promener.

— Veux-tu que je t'accompagne ? Juste au cas où…

Il eut un sourire sardonique.

— Où tu doives me ramasser ? Combien de fois faut-il que je te répète que j'ai horreur d'être materné ?

Elle se raidit. Il n'aurait pu choisir pire expression.

La seconde fois qu'elle avait parlé d'enfant, au restaurant, il avait été encore plus clair.

— Je ne crois pas avoir la fibre paternelle.

— Pourquoi ? Tu es aimant, gentil, patient… Tu ferais un père merveilleux.

Ils fêtaient l'un de ses retours et leur anniversaire de mariage, et il était là pour trois longues semaines.

Il avait attendu que le serveur leur ait versé du vin pour lui prendre la main.

— Tu ne peux vraiment pas te contenter de ce que nous avons, Tiggy ?

— Je suis heureuse, mais si j'avais un bébé, ce serait parfait.

Et son regard s'était voilé. Elle avait remarqué que chaque fois qu'il rentrait d'Afghanistan, il lui fallait de plus en plus de temps pour recouvrer sa bonne humeur.

— Je ne veux pas que mon enfant grandisse sans son père.

Elle avait accusé le coup. Ces mots l'avaient glacée jusqu'au sang. Ces derniers temps, il refusait de raconter ce qui se passait là-bas, arguant qu'il voulait oublier quand il était en permission, et elle le comprenait. Mais elle savait par les nouvelles que les combats s'intensifiaient, ce qui la terrifiait.

— Comme toi, c'est ça ?

Il lui avait raconté que son père était mort quand il avait dix ans, mais quand elle avait demandé des détails, il l'avait embrassée, à l'évidence, pour ne pas avoir à répondre. Elle avait posé plusieurs fois des questions sur sa famille, et avait eu droit au même silence.

— Ça n'a rien à voir avec mon enfance.

— Alors, pourquoi ? Explique-moi, Nick, s'il te plaît.

Si elle arrivait à le faire au moins un peu parler de lui, elle était sûre que les choses iraient mieux entre eux.

— Qu'est-ce qui se passe en ce moment ?

— Rien dont je veuille parler. Crois-moi, mieux vaut que tu ne saches pas.

— Ne me traite pas comme une enfant. Je lis les journaux et je regarde la télévision. J'ai besoin de savoir.

Il avait souri tristement.

— Je ne risque rien, puisque je ne pars plus en patrouille.

Elle avait soupiré. Parce que, d'après lui, on ne voulait plus qu'il mette sa vie en danger, étant donné qu'il était le médecin le plus expérimenté du camp. Et il avait protesté qu'il devait accompagner ses hommes, en vain. Impossible de passer outre. C'était après ça qu'elle avait remarqué qu'il ne lui racontait plus rien.

— Tu vas bientôt quitter l'armée, et tous les services d'urgence du pays seront contents que tu travailles pour eux.

Il avait effectué deux séjours au Royal London pour communiquer son expérience aux médecins urgentistes. Les meilleurs moments de sa vie de femme mariée, mais elle avait perçu son impatience à rejoindre son régiment... Et même si elle tentait d'en comprendre les raisons, elle en avait souffert.

— Quand tu seras revenu, nous pourrons avoir un bébé ? Il, ou elle, te ressemblera...

Il avait froncé les sourcils.

— Ne pourrions-nous pas en reparler plus tard ?

— Mais quand ? Il y a près de trois ans que nous sommes mariés. A moins que tu ne veuilles pas d'enfant du tout...

Il avait soupiré et regardé dans le vague.

— Un jour, peut-être. Allons, Tiggy, ne nous disputons pas, s'il te plaît. Pas ce soir.

Il avait passé le pouce à l'intérieur de son bras, et elle l'avait désiré aussitôt. Même après trois ans, un seul regard, le contact de ses doigts sur elle suffisait. Elle avait acquiescé. Une fois de plus. Ils en reparleraient quand il reviendrait définitivement.

— D'accord. Et si on rentrait ? avait-elle dit en souriant.

Tandis que Nick tapotait sur son clavier, elle donna à manger aux chats, débarrassa la table du petit déjeuner, lava le sol de la cuisine et mit du linge à laver. Mais cette activité frénétique ne la distrayait pas pour autant de ses sombres pensées. Elle ne pouvait s'en prendre qu'à elle-même. Elle aurait mieux fait de le laisser moisir à l'hôpital. Elle était sur le point de l'oublier, et maintenant elle avait accepté qu'il revienne dans sa vie. Pleine, satisfaisante, et... grise et ennuyeuse à mourir.

Avec lui, l'existence avait été excitante... Pourtant, elle en avait tant souffert ! Il lui avait fallu six longues années pour se remettre. Et après tout ce temps, elle s'apercevait qu'elle le désirait toujours... Elle donna un coup sur le lave-linge pour le mettre en route en songeant qu'il fallait vraiment qu'elle appelle le réparateur, puis monta dans sa chambre.

Avec Nick, elle se sentait toujours adolescente. Elle troqua son pyjama contre un jean et un T-shirt à manches longues, et attacha ses cheveux rebelles en queue de cheval. A présent, elle se sentait davantage capable de l'affronter.

Au moins, ainsi vêtue, elle ressemblait plus à une adulte mûre et responsable. Elle ajouta encore une touche de rouge à lèvres et un peu de fond de teint pour faire bonne mesure, et redescendit.

Un peu après le déjeuner, Nick sortit se promener. Incapable de s'installer devant son ordinateur, elle fit encore un peu de ménage et se décida finalement à réparer seule le lave-linge. Ne le voyant pas revenir à la nuit, elle commença à s'inquiéter. Il avait pu avoir des convulsions, ou faire une chute...

Le rôti qui était au four menaçait d'être trop sec, et elle sentait son angoisse s'accroître de minute en minute. Et puis, zut ! Elle préférait risquer sa colère, et partir à sa recherche que de rester assise à se ronger les sangs. Au moment où elle passait sa veste, elle entendit frapper.

Son cœur fit un bond dans sa poitrine. Quelqu'un qui venait la prévenir qu'elle devait se rendre à l'hôpital ? Mais quand elle alla ouvrir, elle trouva Nick, un bouquet de fleurs à la main, lui adressant un sourire piteux.

— Je n'ai pas la clé. Je t'ai acheté ces tulipes pour me faire pardonner. Ce sont tes fleurs préférées, n'est-ce pas ? J'ai mis un moment pour en dénicher.

Elle le regarda, et son sourire la fit fondre. C'était le problème avec lui, elle ne pouvait jamais rester fâchée très longtemps. Pourtant, ce n'était qu'un égocentrique, qui lui avait brisé le cœur.

Elle lui prit le bouquet des mains, s'effaça pour le laisser passer, et lorsqu'il la frôla elle sentit son haleine chargée d'alcool.

— Tu as bu !

— Oui, et je me sens beaucoup mieux !

— Tu es devenu fou ?

— Peut-être.

Il fit quelques pas en avant, en boitant, et s'affala dans un fauteuil.

Elle posa les fleurs dans un vase et se tourna vers lui.

— Tu pense que c'est intelligent de boire, dans ton état ?

— Je suis certain que ça ne l'est pas, mais je n'ai jamais suivi la voix de la raison.

— Tu ferais mieux d'aller t'allonger.

Il sourit de nouveau.

— Super idée !

Il se leva avec peine et tangua. Elle se précipita aussitôt pour l'empêcher de tomber. Il passa le bras autour de ses épaules, tandis qu'elle s'efforçait de ne pas le lâcher. C'était un géant, et bien bâti...

— Alors, tu viens ?

Sans crier gare, il retomba dans le fauteuil en l'entraînant avec lui. Elle atterrit sur ses genoux, et il lui enlaça la taille.

— Bon Dieu, tu es si belle ! Et ça fait si longtemps...

Une brève seconde, elle eut la tentation de se laisser aller. Elle se sentait si bien dans ses bras...

Mais elle reprit bien vite ses esprits et, le repoussant, bondit sur ses pieds.

— Si tu as envie d'une femme, je suis sûre qu'il y en des tonnes qui seront ravies de te faire plaisir. Et si jamais tu me refais ça, je te ramène à l'hôpital !

— Tu refuserais de satisfaire la dernière volonté d'un mourant ?

Il tendit les bras vers elle, mais elle l'évita, et, les mains sur les hanches, se mit à hurler :

— Tu n'as pas trouvé mieux ? Tu essaies de me faire de la peine ? Eh bien, ça ne marche pas, si tu veux le savoir !

Elle ramassa un plaid sur le canapé et le lui lança.
— Va te coucher, Nick. A demain matin.
Et sans lui laisser une chance de répliquer, elle éteignit les lumières du salon, avant de monter dans sa chambre.

8

Le lendemain matin au petit déjeuner, elle le trouva la mine désolée, assis à la table la tête dans les mains, une tasse de café vide devant lui.

— Bon Dieu, je me souviens maintenant de la raison pour laquelle je ne bois jamais !

Sans le regarder, elle tira les persiennes et le soleil entra à flots dans la cuisine.

Il ouvrit un œil, puis le referma.

— Tu es obligée de me braquer une torche dans les yeux ? Tu n'as donc aucune pitié ?

— Pas trop, non.

Elle prépara un mug de café et s'assit à l'autre bout de la table.

— Tu as bu beaucoup ?

— Je ne sais pas, j'ai arrêté de compter après la troisième... ou la quatrième pinte.

Elle servit un verre de jus d'orange et prit quelques comprimés d'analgésique qu'elle posa sur la table.

Il sursauta.

— Tu ne pourrais pas avoir des gestes plus doux ?

Il avala les médicaments avec le jus d'orange, puis ouvrit les yeux.

— Je ne me suis pas bien comporté, hein ?

— Tu t'es conduit comme un imbécile, mais je pense qu'on ne peut pas reprocher ça à un mourant !

Il broncha de nouveau.

— J'ai vraiment dit ça ? Pourrais-tu l'oublier ? Comme je me suis réveillé sur cette chaise, je devine que ça ne m'a pas valu une place dans ton lit ?

Elle ne put s'empêcher de rire.

— Tu n'étais pas dans un soir de grande forme, non.

— Et quel a été le meilleur soir, Tiggy ? Tu te souviens ?

— Trop bien, hélas.

Il la dévisagea d'un air songeur.

— Ce n'était pas une bonne idée, de venir ici. Je vais chercher un hôtel.

Elle déglutit. Impossible de le mettre dehors, même si c'était difficile de le garder.

— Tu n'es pas obligé. Tout ça, c'est du passé. Tu peux rester, à condition de me promettre que tu ne boiras plus.

Les coins de ses lèvres se relevèrent et son visage s'éclaira.

— Je te le promets. Et maintenant, si j'essayais de préparer des œufs brouillés ?

Le reste de la journée se passa comme s'ils étaient un vieux couple, même si elle le surprenait souvent en train de l'observer d'un air perplexe. Il lut les journaux pendant qu'elle finissait un rapport pour son travail...

Ne voulant pas rompre cette harmonie précaire, elle attendit d'avoir terminé le dîner pour lui reparler de son opération.

— Tu as pris une décision ?

— Oh ! Oui.

— Et tu ne veux pas m'en faire part ?

— Si... Je vais me faire opérer, bien sûr. C'est la seule solution logique. Si je ne fais rien, l'éclat risque de continuer à se déplacer. Au moins, je n'aurai plus cette épée de Damoclès au-dessus de la tête.

Elle le regarda, soudain découragée. Comment pouvait-il rester si calme, comme s'il parlait d'un étranger ? Mais avait-elle déjà oublié ? C'était lui, exactement lui, du moins la dernière année de leur mariage : fermé, refusant de discuter de quoi que ce soit, même quand il était devenu évident que leur mariage était un échec. Malgré tous ses efforts pour sauver leur amour, elle n'avait pas réussi à l'atteindre.

Après leur dîner d'anniversaire, tout était allé de mal en pis. A chaque permission, il avait tourné dans la maison comme un lion en cage ou couru avec elle des heures durant. Puis il s'était mis à sortir seul des journées entières. Pour faire de l'escalade, soi-disant…

Elle avait tout essayé, invité des amis à dîner, cessé de les inviter, réservé des week-ends romantiques à la campagne, organisé des marches, des fêtes, tout pour rendre leur vie plus intéressante, en espérant qu'il oublie un peu l'Afghanistan.

Mais tout avait échoué. Elle avait même eu l'impression que plus elle se démenait, plus il avait envie de repartir. A la fin elle avait renoncé, espérant le retrouver une fois qu'il aurait quitté l'armée, et que tout pourrait redevenir comme au début.

En le voyant de plus en plus fermé et tendu, elle avait fini par se demander s'il avait une liaison. Cela aurait pu expliquer son silence, son peu d'envie de s'engager avec elle, ou encore son refus d'avoir des enfants.

Pourtant, elle ne le croyait pas capable de la tromper. Il était impatient, difficile, mais pas hypocrite. Jamais. Elle aurait parié sur sa vie qu'il était loyal. L'aimait-il encore ? Elle en était convaincue quelquefois, et à d'autres moments, quand elle se retrouvait seule dans son lit trop grand, elle se demandait s'il ne restait pas avec elle par devoir.

Ils faisaient encore l'amour. Leur mutuel désir n'avait pas disparu, mais sa part d'ombre lui échappait de plus en plus.

S'il ne l'aimait plus, elle ne s'accrocherait pas. Elle préférait cent fois le perdre plutôt que de maintenir cette situation pour de mauvaises raisons, même si cette idée lui déchirait le cœur. Elle devait savoir s'il l'aimait encore. Impossible de continuer comme ça.

Quand elle était allée le chercher à l'aéroport ce jour-là, il l'avait prise dans ses bras et l'avait serrée à l'étouffer.

— Bon sang, que c'est bon de te voir ! lui avait-il murmuré à l'oreille. Parfois, je pense que si je te perdais…

Il n'avait pas terminé sa phrase et, sur le trajet du retour, elle l'avait senti préoccupé et distrait.

Toutefois, elle s'y était habituée, s'était efforcée au calme. Peut-être que, quand il aurait quitté l'armée pour de bon, il lui reviendrait, qu'il lui suffisait d'être patiente ?

C'était l'hiver, et la nuit tombait tôt. Il avait allumé un feu dans la cheminée après avoir fait l'amour, et ils étaient allongés, enlacés, à regarder danser les flammes qui envoyaient des ombres au plafond.

— Alors, comment c'était, là-bas ?

— Comme d'habitude.

Elle s'était assise entourant ses genoux de ses bras.

— Allons, Nick, raconte-moi.

— Triste. C'est ce que tu veux entendre ? Nous avons deux hommes de moins, et une demi-douzaine ont perdu un membre.

Elle avait eu soudain le souffle court.

— Oui, j'ai entendu les informations. C'est affreux. Mais tu as bien dû en sauver quelques-uns ?

— Ça ne suffit pas, de les sauver.

— Tu n'es pas Dieu, Nick. Heureusement que tu quitteras tout ça bientôt.

Il avait regardé dans le vague.

— Il faut que je t'avoue quelque chose tout de suite. J'ai signé un nouveau contrat.

— Pardon ?

— Je sais que j'avais dit que je m'arrêtais à la fin de celui-ci, Tiggy, et je te promets qu'après celui que je viens de signer je reviendrai. J'irai partout avec toi, je ferai tout ce que tu voudras. Nous pourrons même avoir les enfants que tu désires.

— Quoi ? On dirait que tu me fais une faveur, que c'est une sorte de compensation pour n'avoir pas tenu ta promesse.

— Tiggy…

Il avait tendu la main vers elle, mais elle s'était brusquement reculée. Il avait existé un temps où tout s'arrangeait quand ils faisaient l'amour, mais plus maintenant. Ne voyait-il pas que leur mariage courait à la catastrophe ?

— Les hommes ont besoin de moi, avait-il murmuré.

— N'essaie pas de me culpabiliser parce que je veux que mon mari rentre à la maison. Il y a longtemps que tu es parti, Nick. Je suis ta femme, et je ne sais même pas pourquoi tu m'as épousée.

— Parce que je t'aime. Mais je n'aurais jamais cru que ce soit si dur.

— Dur de vivre avec moi ? Oh ! Nick !

Le cœur serré, elle était montée dans la chambre pour s'habiller, avait fourré quelques vêtements dans une valise… Quand elle était redescendue, il fixait le feu, ignorant ostensiblement qu'elle tenait un bagage à la main.

— Nick, je vais dormir chez ma mère. Pendant mon absence, j'aimerais que tu réfléchisses à ce que tu veux : l'armée ou moi. A toi de choisir.

Elle n'avait même pas pleuré. S'il l'avait prise dans ses bras, s'il avait tenté quelque chose pour la convaincre, elle serait restée. Mais il n'avait pas bougé.

— Bonsoir.

Et elle était sortie dans l'air froid de la nuit… Ensuite, elle ne l'avait pas revu jusqu'au jour où Luke Blackman l'avait appelée de l'hôpital.

Elle s'arracha à ses souvenirs moroses. Il la regardait fixement, et elle s'aperçut qu'il attendait une réponse.

— Je pense que tu as pris la bonne décision.

— J'en suis content.

Il se tourna vers son écran.

Elle faillit lui demander s'il avait peur, mais à quoi bon,

puisqu'elle connaissait déjà la réponse. Elle soupira. La seule chose qui l'effrayait dans la vie, c'était l'engagement, l'idée d'être attaché…

Il la regarda de nouveau.

— Tiggy… Si jamais je meurs, en tant qu'épouse, tu hérites de tout.

Elle leva les yeux au ciel. Mais pour qui la prenait-il ?

— Je n'ai besoin de rien. Je me suis très bien débrouillée ces six dernières années.

— Si tu n'en veux pas, je mettrai tout sur un compte d'épargne. L'argent sera là quand tu le voudras.

Elle serra les dents.

— Je n'ai pas l'intention d'utiliser ton argent, Nick. Et de toute façon, tout va bien se passer. Tu ne vas pas mourir. C'est la dernière fois que nous en parlons, d'accord ? Maintenant, je vais me coucher.

Le lendemain matin, Nick se prépara du café, encore plus mal à l'aise que la veille. Que faisait-il ici ? Il avait à peine fermé l'œil, revoyant en boucle le regard douloureux de Tiggy lors de leur conversation. Etait-il possible qu'elle l'aime encore ? Dans ce cas, le fait de revenir habiter la maison qu'ils avaient partagée autrefois était de la folie.

Lui-même était trop perturbé par sa présence. Même après toutes ces années, elle lui faisait toujours de l'effet. Pourquoi n'avait-il pas signé les papiers du divorce ? Elle méritait d'être heureuse avec un autre homme que lui, qui était incapable de lui donner ce qu'elle attendait.

La stabilité, une famille, un avenir.

Il n'aurait jamais dû l'épouser, mais il n'avait pu s'en empêcher. Il était tombé amoureux très vite, et avait cru de bonne foi qu'elle remplirait le vide de son cœur, qu'elle sauverait son âme.

Plus tard, il s'était aperçu qu'il n'y avait malheureusement rien à sauver chez lui.

Où était-elle en ce moment ? Le temps de leur bref mariage, elle se levait très tôt et venait courir avec lui. Au fil des mois, elle avait pris sa revanche et parvenait presque à rester à sa hauteur. Il aimait par-dessus tout sa détermination, autant que sa gentillesse.

L'un des chats — ce devait être Spike — sauta sur ses genoux et se mit à ronronner, étirant les pattes, en extase. Il n'aurait jamais cru qu'elle vive toujours ici, entourée de chats.

La porte s'ouvrit, et il entendit sa respiration haletante. Quand il la vit entrer dans la cuisine, il se troubla : elle était splendide dans ce petit haut qui exposait son ventre plat et un short minuscule qui mettait en valeur ses longues jambes minces.

— Il y a du café ?

— Je t'en sers un ?

Elle fit un signe de dénégation, et se versa un verre de jus d'orange. Puis elle le regarda d'un air interrogateur, la bouteille à la main, et sur son signe de tête remplit un grand verre pour lui.

— Tu cours toujours ?

Il vit un petit sourire jouer sur ses lèvres, puis disparaître aussitôt.

— Quelle question idiote... On ne tond pas la pelouse dans cette tenue, bien sûr !

Elle regarda Spike tout en s'asseyant à la table.

— S'il t'ennuie, tu peux le poser par terre.

— Non, pas du tout. Je n'aurais jamais cru que tu aimes les chats.

— En fait, nous ne nous connaissions pas bien... Pardon, je me suis juré de ne plus parler du passé.

— Je ne t'en voudrai pas.

Il s'agita sur sa chaise. Il fallait qu'il sache.

— Tu n'as jamais rencontré quelqu'un d'autre ?

— Qu'est-ce qui te fait penser ça ? Tu crois que je reste assise tous les soirs avec un chat sur les genoux ?

Même s'il s'était toujours dit qu'il lui souhaitait de rencontrer un autre homme, sa gorge se serra.

— D'ailleurs, je sors ce soir. Je suis certaine que tu peux te débrouiller seul un moment.

Aussitôt, la jalousie lui tordit les entrailles.

— Evidemment.

Que dire d'autre ? Impossible de condamner la porte...

— Maintenant, excuse-moi, j'ai des trucs à faire. Tu sais où sont les choses, tu peux te débrouiller.

Quand elle quitta la pièce, il sut que même si elle ne l'aimait plus, ses sentiments pour elle n'étaient pas éteints. Il poussa un long soupir. Il n'aurait jamais dû remettre les pieds ici, mais il n'avait pu faire autrement que de lui voler un peu de son temps. Il était toujours le sale égoïste d'autrefois. Et ne méritait en rien son amour.

Tiggy secoua la tête, navrée par elle-même. Pourquoi lui avait-elle raconté qu'elle sortait ce soir ? Pour se venger de l'avoir entendu dire qu'elle était restée seule ? Ces dernières années, ses amis avaient tenté de lui faire rencontrer un homme, mais même si le banquier, ou le professeur, ou autre, qui lui faisait face à table était gentil, beau et de bonne compagnie, aucun n'avait pu lui faire oublier Nick une seule seconde.

Elle avait fini par prier ses amis de ne plus lui infliger cette perte de temps.

Mais avec qui pourrait-elle dîner ce soir ? Sally n'était pas à Londres, Lucy venait d'avoir un bébé, et il était trop tard pour appeler les autres. D'ailleurs, quelle serait leur réaction quand ils apprendraient que Nick était chez elle ?

Elle haussa les épaules. Ils lui diraient qu'elle avait perdu l'esprit, et ils auraient raison.

Après s'être douchée, elle essaya de s'installer à son bureau pour travailler. Elle n'avait pas menti en disant qu'elle avait du travail, mais sa conscience aiguë de la présence de Nick, le bruit de ses pas, l'empêchaient de se concentrer.

Au bout d'un moment, il passa la tête dans l'encadrement de la porte.

— Je sors me dégourdir les jambes. Tu veux que je te rapporte quelque chose ?

— Non, merci, je n'ai besoin de rien. Prévois ton dîner de ce soir, en revanche. Souviens-toi que je ne serai pas là.

— Pour le dîner ?

— Oui. Même si ça ne te regarde pas, je suis invitée.

Elle crut voir un éclair passer dans ses yeux, mais son visage resta inexpressif.

— Une bonne chose pour toi.

Elle avait décidément tout bon. Voilà le genre de réponse qu'elle obtenait...

Elle choisit une robe de soie couleur jade qu'elle avait toujours jugée trop courte, mais qu'elle n'était jamais retournée échanger, ébouriffa ses cheveux longs en bouclettes avant de les laisser retomber dans son dos, puis enfila des escarpins à talons hauts.

Elle se maquilla plus que de coutume, passant sur ses paupières une ombre gris métallique dont l'esthéticienne lui avait assuré qu'elle mettrait en valeur la couleur de ses yeux. Elle choisit également un rouge à lèvres très vif qui, loin de jurer avec la couleur de ses cheveux, s'harmonisait plutôt très bien avec son teint, et lui donnait de l'assurance.

Cependant, tout en se préparant, elle se demandait où aller. Pour être convaincante, il faudrait qu'elle reste absente au moins trois heures... Difficile de faire marche-arrière : elle devrait soit admettre qu'elle avait menti, soit prétendre que son rendez-vous avait été annulé à la dernière minute, et aucun des termes de l'alternative ne lui convenait. Elle ne souhaitait ni répondre à des questions sur ses motivations, ni donner l'impression que l'homme qu'elle allait rencontrer s'était dédit. Trop humiliant.

Elle faillit changer d'avis. Après tout, où était le problème ? Nick ne faisait plus partie de sa vie. Après son opération, il se remettrait et repartirait. Elle ne le reverrait plus jamais.

Cette perspective aurait dû l'apaiser. Pourtant, elle n'en ressentait absolument aucun soulagement.

Elle ajouta du mascara, puis passa un bracelet de diamant et de jade. Si elle devait jouer les Mata Hari, autant aller jusqu'au bout !

Elle prit une profonde inspiration, se plaqua un sourire sur le visage et descendit l'escalier en ondulant des hanches.

A son grand dam, Nick dormait à poings fermés sur le canapé. Elle se tint devant lui. Même dans la quasi-obscurité, elle le voyait froncer les sourcils dans son sommeil. Quels démons le tourmentaient ?

Son cœur chavira. Qu'était-il arrivé à l'homme qu'elle aimait ? Où était-il passé ?

Une boucle était tombée sur son front. C'était nouveau pour elle, qui l'avait toujours connu avec les cheveux coupés en brosse. Incapable de résister, elle se pencha et écarta doucement une mèche de son visage.

Il sursauta, ouvrit les yeux brusquement et sa main se referma sur son poignet avec force. La froideur de son regard l'effraya.

— A quoi tu joues, bon sang ?

Sans lui lâcher le poignet, il s'assit.

— Tu n'as rien de mieux à faire que de tripoter un homme endormi ?

— Allons, Nick, dit-elle en tentant de se dégager de sa poigne. Tu ne crois pas que tu en fais un peu trop ?

— Tu ne dirais pas ça si tu passais tes nuits à dormir avec ton fusil à côté de toi, à attendre la prochaine attaque sans savoir ce qui te tombera dessus quand elle se produira.

— Navrée, je n'y avais pas pensé.

Il soupira et la lâcha. Il l'avait serré si fort qu'il lui avait fait mal, et elle frotta distraitement son poignet.

— Je t'ai fait mal ? Laisse-moi voir.

Il lui prit la main et la retourna. On voyait une marque rouge, comme si elle avait été menottée.

— Ce n'est rien, vraiment.

Le contact de ses doigts la brûlait davantage que son étreinte, et son cœur se mit à battre un peu trop vite.

Quand il commença à décrire de petits cercles avec ses pouces sur ses avant-bras, sa tension monta d'un cran. Impossible qu'il ne le sente pas. Elle retira de nouveau sa main et la cacha derrière son dos.

Puis elle prit place sur le canapé à côté de lui.

— Raconte-moi, s'il te plaît. Pour m'aider à comprendre.

Il eut un rire dur.

— Il y a des choses dont il vaut mieux ne pas parler.

Elle hocha la tête, exaspérée. Bien entendu, et c'était tout le problème, déjà avant qu'ils se séparent. Même lorsqu'il criait dans son sommeil, et qu'elle le trouvait en sueur, emmêlé entre les draps, il refusait de lui expliquer de quoi il rêvait. Pourquoi espérer qu'il le ferait maintenant ?

— Dis-moi, je croyais que tu avais rendez-vous ?

Elle avait oublié... Quand elle fut debout, il émit un sifflement admiratif.

— Il a de la chance, ton copain. Mais tu ne crois pas que cette robe est un peu courte ?

— Non. Et de toute façon, tu n'es pas mon père.

— Oh ! Merci. Inutile de me le rappeler.

Elle ramassa son sac.

— J'ai mon portable, si jamais tu as besoin de moi.

Elle regretta aussitôt ces paroles, espérant qu'il n'en ait pas perçu l'ironie.

— Ça m'étonnerait. Je vais regarder le match de rugby et me faire un sandwich, et ensuite j'irai sans doute me coucher.

Elle ravala sa déception. Ainsi, il ne pouvait même pas faire semblant d'être contrarié qu'elle aille dîner au restaurant avec un autre ? Peut-être, justement, feignait-il le contraire…

Un peu angoissée, elle se souvint qu'elle ne savait toujours pas où elle allait se rendre. A la bibliothèque ? Elle fermait à 8 heures. Au café, un restaurant ? Trop triste. Le cinéma, alors. C'était tout ce qu'elle avait comme choix.

Sur un sourire glacial, elle sortit.

Impossible de se concentrer sur le film, elle ne pensait qu'à Nick. Pourquoi était-il revenu dans sa vie maintenant, et de cette façon ? C'était une torture de l'avoir à la maison.

Mais elle s'en arrangerait bien quelques jours de plus… Elle serait à l'hôpital dans la journée, et pourrait sans doute trouver des excuses pour ne pas être là le soir.

Non, elle devenait ridicule. Il lui suffirait d'être polie et distante, de ne pas lui laisser voir à quel point il l'avait fait souffrir.

Elle prit une autre poignée d'un pop-corn insipide qu'elle mâcha, morose. Sur l'écran, le couple s'embrassait, enlacé, les mains de la femme se glissaient autour du cou de l'homme qui semblait vouloir la dévorer… Elle aurait pu mieux choisir son film, mais en existait-il sans histoire d'amour ?

Elle regarda autour d'elle. Tous les autres spectateurs étaient en couple et se tenaient la main en regardant l'écran. Certains avaient amené leurs enfants.

Elle poussa un nouveau soupir. Partout où elle passait, elle était entourée d'enfants…

Elle repensa à Nick. Et si l'opération échouait ? S'il restait paralysé, ou pire, si son cerveau était endommagé… Pour un homme si actif, aussi plein d'énergie, mieux valait la mort. Elle prit son portable, et l'alluma discrètement. S'il avait une crise de convulsions, et qu'il soit allongé par terre, appelant à l'aide ? Et s'il était mort ?

Bien sûr que non. On ne l'aurait jamais laissé quitter l'hôpital si sa vie était menacée. Mais il avait un peu forcé les choses, et on ne l'avait laissé sortir que parce que Luke avait confirmé qu'elle était infirmière d'urgence.

Elle devrait l'appeler, juste pour vérifier qu'il allait bien. S'il répondait, elle pouvait raccrocher sans rien dire, mais au moins elle saurait.

Accroupie, elle se glissa dans la rangée en murmurant des excuses à l'intention des autres spectateurs et atteignit le foyer.

Quand il répondrait, elle ne lui raccrocherait pas au nez, ce serait puéril et lâche. De toute façon, il aurait le numéro et pouvait rappeler, et elle devrait s'expliquer.

Elle ferma les yeux. Pourquoi se comportait-elle en petite fille ? Elle se trouvait ridicule d'être sortie juste pour voir sa réaction.

Ce n'était pas pour autant qu'elle admettrait la vérité, bien trop humiliante. Il n'avait pas besoin de savoir qu'elle n'avait eu aucun homme dans sa vie, ni même dans son lit, depuis leur séparation. Elle lui dirait donc qu'elle lui passait un petit coup de fil pendant que son compagnon était aux toilettes. C'était tout à fait raisonnable.

Comme il ne répondait pas sur le fixe, elle composa le numéro de son portable, le laissant sonner jusqu'à ce que le répondeur se mette en route. Elle renonça alors à laisser un message.

De trois en trois minutes, elle renouvela plusieurs fois son appel, et attendit plusieurs sonneries avant de raccrocher.

La tête pleine d'images de Nick, gisant inconscient sur le sol, elle se décida. Même s'il était en train de regarder son match sans s'apercevoir que le téléphone sonnait, il pouvait être mort dans quelques jours, et elle était assise dans un cinéma à moitié vide, devant un film inintéressant, juste pour rassurer son orgueil ?

Elle se précipita dehors, attendit en sautant d'un pied sur l'autre qu'un taxi veuille bien répondre à son signe.

Enfin, elle réussit à en faire arrêter un, sauta dedans et bouillit d'impatience à chaque feu rouge.

Quand le taxi stoppa enfin devant sa porte, elle jeta l'argent dans la main du chauffeur et se rua dehors. Ses doigts tremblaient tant qu'elle eut du mal à sortir sa clé et à l'enfoncer dans la serrure. Finalement, elle poussa la porte et entra.

Tout était noir. Oh ! Mon Dieu, il lui était arrivé quelque chose ! Le cœur battant, elle ouvrit la porte du salon.

Il était installé sur le canapé, torse nu, ses longues jambes allongées, les pieds sur un tabouret, une bière à la main. Il avait dû se doucher, parce ce que ses cheveux étaient encore humides. Elle détourna le regard de ses pectoraux imposants.

Quand il se tourna et la vit, il manifesta une légère surprise puis son regard revint à l'écran.

— Tu t'es bien amusée ?

Au moins, il s'était aperçu qu'elle était partie… mais pas qu'elle revenait bien tôt pour quelqu'un qui était supposé dîner au restaurant avec un homme.

Et soudain, sans savoir pourquoi, elle se sentit furieuse. Impossible qu'elle ait pu l'imaginer incapable de se relever et appelant à l'aide !

Elle lui arracha sa bière de la main.

— Je pensais que tu avais décidé de ne plus boire.

— C'est de la bière sans alcool. Tu es devenue bien autoritaire ! Tu ne l'étais pas, avant.

Il la regarda. Ses yeux brillèrent.

— Je me souviens que tu savais ce que tu voulais — surtout quand on faisait l'amour — mais pas que tu aies fait preuve d'autorité.

Elle faillit s'étrangler de rage.

— C'était avant. Il y a très longtemps !

Il se leva et éteignit la télévision. Elle le suivit distraitement des yeux. Il avait maigri, son jean lui tombait sur les hanches. Son regard glissa sur la ligne de poils noirs qui soulignait la ceinture de son pantalon, et elle se força à détourner le regard.

Il consulta sa montre.

— Ce n'est pas un peu tôt pour quelqu'un qui est allé dîner au restaurant ? Il t'a laissée tomber ?

— Bien sûr que non ! Je suis rentrée parce que je m'inquiétais pour toi. Tu n'as pas entendu sonner le téléphone ? Pourquoi n'as-tu pas répondu ?

— Je pensais que c'était mieux de ne pas répondre aux appels sur ton fixe.

— J'ai appelé plusieurs fois sur ton portable.

— Tu m'as appelé ? Au beau milieu d'un dîner en amoureux ?

Il tâta ses poches et haussa les épaules.

— Zut, j'ai dû l'oublier dans ma chambre.

Elle se sentit totalement idiote. Il plissa les yeux en comprenant ce que cela signifiait.

— Tu as abandonné le type avec qui tu dînais parce que tu t'inquiétais pour moi ?

— Tu es sous ma responsabilité. Je n'aurais pas dû te laisser seul.

— Je ne suis pas sous ta responsabilité, ni sous celle de personne. Un éclat de shrapnel ne suffit pas pour infantiliser quelqu'un.

Sur ces mots, il tourna les talons et quitta la pièce, avant de revenir avec son téléphone.

— Tu m'as appelé huit fois ? Bon sang, ton copain a une patience d'ange !

Ses yeux brillèrent encore un peu plus, et il sourit.

— Tu lui as dit que tu téléphonais à ton mari ? Que ton mari était chez toi ? Dans la maison où tu vivais avec lui autrefois ?

Elle se mordit la lèvre. C'était le problème avec les mensonges : quand on avait commencé, on s'y emmêlait comme dans une pelote de ficelle.

— C'est un grand garçon. Il sait que c'est terminé depuis des années avec toi.

Son visage prit une expression qu'elle ne parvint pas à

déchiffrer : incrédulité, possessivité, amusement ? Son cœur battait à se rompre. Soudain, son visage s'adoucit.

— Je suis content que tu sois rentrée. Tu m'as manqué.

Il attrapa une mèche de ses cheveux, l'enroulant autour de son doigt.

Elle se troubla. Parlait-il de maintenant, ou de ces six dernières années ? Elle se sentit avancer vers lui malgré elle, lever le visage, paupières closes, attendant le contact de sa bouche sur la sienne.

Mais quand elle ouvrit les yeux, ce fut pour s'apercevoir qu'il s'était détourné.

— Va te coucher, Tiggy, dit-il d'une voix dure, avant que je ne fasse quelque chose que nous regretterions tous les deux.

9

Le lendemain, elle profita de sa pause-déjeuner pour se rendre dans la salle pédiatrique, et aller prendre des nouvelles de Jo Green, une adolescente admise aux urgences quinze jours plus tôt pour une méningococcie. Malheureusement, ses parents n'avaient pas compris la gravité de son état, avant que des plaques rouges n'apparaissent sur ses bras et sur ses jambes. Elle était arrivée à l'hôpital, déjà inconsciente, et son état avait nécessité une perfusion immédiate d'antibiotiques et de fluides, mais on avait réussi à la sauver.

Malgré tout, deux jours plus tard, la gangrène s'était déclarée aux deux jambes, et on avait dû l'amputer au-dessous du genou. Tiggy était déjà allée la voir plusieurs fois. Quand elle entra dans la chambre, M. et Mme Green étaient à son chevet, comme d'habitude. Jo, quant à elle, regardait le plafond, ce qu'elle faisait en permanence, depuis qu'elle avait découvert qu'elle n'avait plus de jambes.

— Comment vas-tu, aujourd'hui, Jo ?

La jeune fille tourna les yeux vers elle.

— Je veux qu'ils partent.

— Qui ?

— Ces deux là, qui se prétendent mes parents, mais qui ont laissé faire cette chose.

Sa mère, Colleen, tiqua. Son visage était pâle et épuisé.

— Nous n'avions pas le choix, ma chérie. Tu ne crois pas que j'aurais donné ma vie pour sauver la tienne ?

— N'importe quoi !

— Ecoute, Jo, dit le père, Jim, qui semblait en meilleure forme que sa femme. Ta maman dit la vérité.

Colleen regarda Tiggy, les yeux emplis d'angoisse.

— Si seulement nous nous en étions aperçus plus tôt...

— Si vous ne les aviez pas autorisés à me couper les jambes ! hurla Jo.

— Ma chérie, tu serais morte, sinon.

— Eh bien, ce serait mieux. Quelle vie vous pensez que je vais avoir maintenant ? Qui voudra sortir avec moi ? A quoi je peux bien servir ? Je ne peux même pas aller aux toilettes sans aide !

— Pourriez-vous lui parler ? murmura Colleen.

Tiggy s'assit sur le lit.

— Jo, je sais que ta situation est horrible, mais je te promets que tu auras une vie normale. Bientôt, tu réapprendras à marcher, et tu pourras faire pratiquement tout ce que tu faisais avant.

— Sur des jambes de bois ? Vous plaisantez !

— Pas de bois, ma chérie. Tu as vu à quoi elles ressembleraient, la dame est venue te les montrer.

— Oh ! Maman ! Tu es tellement...

Elle se mordit la lèvre et cligna des yeux frénétiquement. Tiggy lui prit la main.

— Je reviendrai te voir demain.

— Pas la peine. Comment pourriez-vous savoir ce que je ressens ? Vous n'en avez aucune idée.

Colleen accompagna Tiggy à la porte.

— Qu'allons-nous faire ? Elle ne bouge plus. Le physiothérapeute ne peut lui faire pratiquer que des exercices passifs. Il paraît qu'il faut qu'elle se lève et qu'elle bouge, mais elle ne veut même pas essayer de s'asseoir. Elle refuse de manger. Comme si elle nous détestait.

— C'est normal qu'elle vous en veuille, laissez-lui du temps, Colleen.

— Elle courait bien. Elle avait été sélectionnée dans l'équipe nationale pour les prochains Jeux olympiques. C'était sa vie.

— Eh bien, cette volonté lui servira quand elle aura accepté ce qui lui est arrivé.

— Et je crains que cette même force de caractère ne l'empêche de l'accepter facilement. Je la connais. Rien de ce que nous pourrons dire ne la fera changer d'avis. A moins qu'elle finisse par comprendre qu'elle pourra avoir une vie digne d'être vécue, je ne sais pas du tout ce qu'elle fera.

Quand Tiggy arriva chez elle, elle pensait toujours à l'adolescente.

Nick était dans la cuisine, étudiant un livre de recettes en surveillant un poulet comme s'il allait sauter du comptoir pour l'attaquer. Il tenait son couteau de la même manière qu'il aurait tenu un scalpel.

— Je voulais préparer le dîner, mais j'ai un petit problème. Comment je découpe les filets ?

Elle ne put articuler un mot. Il dut voir que quelque chose n'allait pas, car il posa le couteau et tira une chaise pour elle.

— Assieds-toi.

Elle ouvrit la bouche, mais il secoua la tête pour la faire taire, lui versa un verre de vin et attendit qu'elle en ait bu une gorgée.

— Alors, qu'est-ce qui ne va pas ? J'ai vu assez d'infirmiers et de secouristes choqués dans ma vie. Un cas grave ?

Elle prit une longue inspiration. C'était un tel soulagement d'avoir quelqu'un à qui parler…

— Jo a quinze ans, elle attendait les résultats de son brevet, elle court, a été sélectionnée dans l'équipe nationale pour les Jeux olympiques, bref, elle semblait bien partie dans la vie.

Il resta silencieux, et elle poursuivit.

— Méningite bactérienne. Nous n'avons pas dû attendre

les résultats de sa ponction de moelle pour en être sûrs, elle avait déjà des plaques rouges. Ses parents ont cru qu'elle avait la grippe, et que ses entraînements l'avaient fatiguée. Quand ils ont enfin appelé une ambulance, elle a perdu conscience durant le trajet, et nous avons fait le maximum pour la sauver. Après son transfert aux soins intensifs, je suis allée la voir souvent. J'étais chargée des relations avec ses parents. Tu sais ce que c'est, ils se raccrochent à toi comme si tu étais leur seul lien entre eux et leur épreuve, comme si tu pouvais les aider à combattre.

— Oui, je sais.

— Bref, deux jours plus tard, elle a développé une septicémie. On a été obligé de l'amputer des deux jambes.

Il contourna sa chaise, et posa ses mains sur les épaules. Elle appuya sa tête contre lui.

— On fait des miracles maintenant. Nous avons tant d'expérience avec les amputés !

— Elle n'a que quinze ans, Nick. Elle juge que sa vie est finie, refuse de sortir de son lit et de commencer sa physiothérapie. Elle en veut terriblement à ses parents qui ne savent plus quoi faire. Personne ne parvient à la raisonner.

Il resta si longtemps sans répondre qu'elle se demanda s'il n'était pas reparti en esprit en Afghanistan. Elle se reprocha aussitôt de lui avoir raconté ça. Sans nul doute, cela l'avait replongé dans d'affreux souvenirs...

— J'ai peut-être une solution.

Il se pencha pour prendre son portable sur la table.

— Fais-moi confiance, je m'en occupe.

Il la regarda en souriant.

— En attendant, tu veux voir ce que tu peux faire de ce satané poulet ?

Le lendemain matin, il insista pour l'accompagner, et elle lui trouva l'air particulièrement content de lui-même. En fait, elle ne l'avait pas vu aussi décontracté depuis très longtemps. Il lui rappelait l'homme dont elle était tombée amoureuse…

Elle se reprocha aussitôt l'espoir qu'elle sentait poindre en elle. N'avait-elle pas déjà été assez échaudée ?

— Si tu as la brillante idée d'entrer dans la chambre de Jo pour l'exhorter à être courageuse, oublie.

— Tu me crois bête à ce point ?

— Alors dis-moi ce que tu as l'intention de faire.

— Pas question, tu attendras.

Il lui pinça le nez.

— Tu as toujours été trop curieuse.

— J'ai rêvé, ou tu viens de me pincer ?

Il rit.

— Dieu que tu m'as manqué !

Interdite, elle ne répliqua pas, mais elle ne put arrêter la chaleur qui l'envahit de la tête aux pieds.

Elle se secoua de nouveau intérieurement. Non ! Ne pas céder, surtout ! Dès qu'il serait remis, elle le mettrait à la porte, et retournerait à sa vie.

Il bondit de la voiture dès qu'elle l'eut garée, et laissa errer son regard jusqu'à ce qu'il avise une magnifique blonde debout devant l'entrée. Il eut un large sourire, et Tiggy éprouva une sensation désagréable dans le ventre. Pas de la jalousie, évidemment, juste une sensation désagréable.

La blonde sourit en retour et lui fit signe, puis se précipita en courant vers eux, avant de lui entourer le cou de ses bras.

Tiggy eut envie de les gifler tous les deux.

— Hazel ! Heureux de te voir.

— Moi aussi, patron, depuis si longtemps !

— Hazel, voici Tiggy. Tiggy, le caporal Hazel Gray, l'un des meilleurs médecins militaires avec qui j'aie eu le plaisir de travailler.

Pour Tiggy, cela ne changeait rien, mais elle se força à

sourire et tendit la main, perplexe. Pourquoi Nick lui avait-il donné rendez-vous ici ?

— Comment va ton mari ? demanda-t-il en prenant le coude de Hazel pour s'avancer vers l'entrée.

Le soulagement submergea Tiggy. Elle avait un mari ! Ils marchaient devant elle, et Hazel riait d'une plaisanterie de Nick. Cette fois, elle admit qu'elle était jalouse : ils avaient l'air de si bien s'entendre ! La vie avec lui avait été excitante, amusante, du moins au début, mais quand s'était-elle sentie aussi à l'aise que cette femme ? Jamais.

Se faisant l'effet de l'intruse dans une fête où elle n'était pas invitée, elle leur emboîta le pas. Hazel était grande et mince, mais il lui semblait qu'elle était atteinte d'une légère claudication, presque indiscernable. Elle tanguait légèrement en marchant...

— Où est la chambre de Jo ?

— Nick, je pense qu'il est temps de me dire ce que tu complotes.

Hazel fronça le sourcil.

— Tu ne l'as pas mise au courant ?

— Non. Je voulais voir si elle remarquait quelque chose. Et alors, Tiggy ?

Peu à peu, la lumière se faisait dans son esprit, mais elle n'avait pas envie d'en parler.

— Hazel est amputée des deux jambes.

Quoi ! Elle avait du mal à le croire...

Les yeux de la jeune femme s'assombrirent un instant.

— J'étais secouriste à l'époque, et l'homme qui me précédait a sauté sur un engin explosif. Lui y a laissé sa peau, quant à moi, j'étais au bord de la mort aussi. C'est Nick qui est venu me sauver.

Il protesta de la tête.

— C'est vrai, et tu le sais, dit la jeune femme avec un sourire. Bref, il m'a parlé de cette ado qu'on a amputée des deux jambes.

Il pense que ce serait bien que je lui parle. Je m'occupe de gens comme elle depuis que j'ai quitté l'armée.

Ils s'arrêtèrent.

— Après avoir perdu mes jambes, poursuivit Hazel, j'ai pensé que ma vie était finie. J'étais fiancée à l'époque, mais j'ai refusé de voir Davie. Il était hors de question que je l'épouse, je n'avais envie que d'une chose, de mourir. Quand on m'a transférée à Birmingham, j'étais toujours dans le même état d'esprit, mais les autres patients ont tout fait pour me redonner le moral. Ils m'ont poussée jusqu'à ce que j'aie vraiment envie de montrer que je pouvais remarcher. C'est Nick qui m'a convaincue : il a suggéré que si je ne faisais pas mes adieux à Davie, si je ne me retrouvais pas face à lui, je le regretterai jusqu'à mon dernier jour.

Tiggy sentit une grosse boule se former dans sa gorge. Avait-il aussi pensé qu'ils ne s'étaient jamais dit adieu, tous les deux ? Avait-il regretté la façon dont leur union s'était terminée ?

— J'ai cédé. Et dès que j'ai vu Davie, j'ai su que, s'il me voulait toujours, je ne refuserais pas de l'épouser. Je lui ai dit que ce serait dur, que j'étais incapable de promettre de ne pas me sentir déprimée ou furieuse, mais que, s'il était prêt à affronter les difficultés, je m'efforcerais de le rendre heureux.

Tiggy avait le cœur si serré qu'elle pouvait à peine respirer.

— Et alors ?

— Il a dit qu'il m'aimait, et qu'il m'aimerait toujours, et que la vie sans moi ne valait pas d'être vécue. Ensuite... nous avons pleuré.

Elle sourit.

— Nous avons une petite fille de deux ans, et je m'entraîne pour les Jeux paralympiques. Je rêve quelquefois que j'ai retrouvé mes jambes, mais franchement, je suis très heureuse. Et maintenant, je parcours le pays pour parler aux amputés, surtout aux jeunes.

Tiggy cligna des yeux pour chasser ses larmes. Quel courage ! Elle sourit.

— A mon avis, il n'y a que vous qui puissiez parler à Jo. Venez, trouvons ses parents, je vais vous présenter.

Une demi-heure plus tard, Hazel était assise à côté du lit de Jo, penchée sur elle. La jeune fille regardait toujours le plafond, et pourtant, à sa façon de pencher la tête, Tiggy savait qu'elle écoutait. Elle esquissa un sourire. Il faudrait du temps, mais elle était sûre que Jo était hors de danger.

Ses parents attendaient à la porte avec Nick. Ils tendirent la main à Tiggy.

— Comment vous remercier ?

Tiggy regarda Nick.

— Remerciez plutôt le Dr Casey.

Elle dut les quitter pour se rendre aux urgences et prendre son service, mais avant, elle raccompagna Nick jusqu'à l'entrée principale, et lui tendit ses clés de voiture sans un mot.

Il ignora sa main tendue. Son regard était sombre.

— Merci, je vais marcher.

Elle ne protesta pas et ne posa aucune des questions qu'elle avait envie de poser.

Peu à peu, elle comprenait qu'il était adulte et autorisé à prendre ses propres décisions, même si elle n'était pas d'accord ou si elle ne les comprenait pas.

Elle se contenta de hocher la tête et, avant d'avoir compris ce qu'elle faisait, se mit sur la pointe des pieds et l'embrassa sur la bouche.

10

Plus tard cette nuit-là, elle se retournait dans son lit en se demandant si elle n'était pas en train de devenir folle.

Elle avait passé six ans à tenter de l'oublier, six ans de chagrin, d'efforts. Mais aujourd'hui, il était là, et elle avait envie de lui comme au premier jour. Quelle faiblesse !

Le vent bruissait dans les arbres dehors, et elle frissonna. Elle se leva pour fermer la fenêtre, lorsqu'au même instant, elle entendit… des pleurs, un cri ?

Cela venait de la chambre de Nick.

Elle se précipita et resta tétanisée devant ce qu'elle vit.

Ses membres nus émergeaient du drap entortillé autour de son corps et il se débattait furieusement, la sueur coulant sur son front. Elle avait déjà assisté à ses cauchemars, mais elle n'en avait jamais vu d'aussi violent. Etait-ce un signe que l'éclat de shrapnel se déplaçait ? Et si ses mouvements désordonnés faisaient empirer son état ?

Elle posa une main sur son front et dégagea ses cheveux de ses yeux.

— Chut, Nick. C'est moi, Tiggy. Tout va bien.

Elle tenta de le faire allonger, mais il la repoussa.

— Va-t'en ! Va-t'en !

Elle sentit sa gorge se serrer. C'était insupportable. Elle s'étendit près de lui et l'entoura de ses bras.

— Réveille-toi, Nick, il n'y a pas de danger.

Ses paupières battirent.

— Tiggy ? Tu es là ?

— Oui. Tu as fais un cauchemar.

Quand il ouvrit les yeux, elle vit ses pupilles dilatées ; son regard errait dans le vague. Le cœur de Tiggy cogna contre sa poitrine. N'était-ce vraiment qu'un cauchemar ?

— Nick, parle-moi. Tu vas bien ?

Il la fixa, parut la reconnaître enfin.

— Tiggy ! Ma Tiggy !

Soulagée, elle posa la tête contre son torse. La chaleur de son corps la pénétrait à travers sa fine chemise de nuit, et elle sentait tous ses muscles durs.

— Je rêvais... que tu étais blessée, et que j'essayais de te sauver, mais je n'arrivais pas à t'atteindre.

— Eh bien, je suis là. C'était un cauchemar. Rendors-toi, maintenant.

Il posa les mains sur sa taille, d'abord sans bouger, puis les glissa sur ses hanches comme s'il avait besoin de s'assurer qu'elle était vraie.

Aussitôt, elle fut parcourue de frissons et éprouva un désir si violent qu'elle dut réprimer son impulsion de presser son corps contre le sien.

Il passa timidement une main sous sa chemise et, comme elle ne faisait rien pour l'en empêcher, remonta jusqu'à ses seins. Sous la caresse de ses doigts, ses mamelons durcirent et elle gémit. Ils haletaient tous les deux quand il l'attira à lui.

— Bon Dieu, Tiggy, tu es si belle !

Son corps la trahit : malgré elle, il s'imbriqua, se fondit dans celui de Nick. Elle savait qu'elle aurait dû se lever et sortir de la chambre, mais cela lui était impossible. Chaque fibre de sa chair avait envie de lui, du contact de sa peau contre la sienne... Et plus encore, elle voulait le consoler, le délivrer de son angoisse. Il était possible que d'ici quelques jours il soit paralysé, ou peut-être même qu'il meure...

Elle chassa aussitôt cette pensée. Mais après tout, elle pouvait passer une nuit avec lui, quelle importance ?

— Tu es sûre que tu veux, Tiggy ? Parce que si tu ne m'arrêtes pas tout de suite…

Elle se cambra pour être plus proche encore du corps de Nick, et leva les yeux.

— Oui, je suis sûre.

Elle ferma les yeux. S'il la repoussait maintenant, elle n'était pas certaine de pouvoir le supporter…

Il l'embrassa avec fièvre, et elle lui rendit son baiser, respirant son odeur familière de savon et d'épices, savourant la fermeté de ses lèvres chaudes et exigeantes…

Ses mains glissèrent dans son dos, et il plaqua ses paumes sur ses fesses. Fébrilement, il la débarrassa de son léger shorty, tandis qu'elle se contorsionnait pour l'aider de son mieux.

Il se tourna pour venir sur elle, et elle entrevit l'éclat blanc de ses cicatrices que le clair de lune éclairait. Elle lui posa une main sur le torse.

— Attends, Nick !

Avec un grognement de détresse, il retomba sur le dos et posa un bras sur ses yeux. Elle se pencha sur lui, ôta son bras.

— Nous devons être prudents.

Elle se souleva et s'allongea sur lui.

— Ne bouge pas. Laisse-moi faire.

Et, tandis qu'ils ondulaient ensemble au rythme d'une danse lente, elle reconnut toutes les sensations éblouissantes habituelles et en éprouva même de plus intenses. Chaque fois qu'il tentait de prendre le contrôle, elle l'arrêtait d'un baiser, jusqu'à ce qu'enfin ils crient ensemble leur plaisir. Puis elle se laissa tomber sur lui, et il lui caressa les cheveux jusqu'à ce qu'elle s'endorme.

Le lendemain matin, elle sortit du lit avec précaution pour ne pas l'éveiller. Elle devait l'emmener plus tard à l'hôpital pour ses examens préopératoires, et voulait qu'il se repose le plus possible.

Elle fredonnait en préparant le café, se sentant rougir chaque fois que leur nuit lui revenait à la mémoire... C'était comme s'ils n'avaient jamais été séparés. Ou plutôt, comme les premières fois où ils avaient fait l'amour. Ce désir désespéré, cette compréhension instinctive de tout ce que désirait l'autre... et ce plaisir intense.

Peut-être pourraient-ils oublier le passé et, une fois que Nick serait remis de son opération, recommencer leur vie ensemble ? Cette fois, elle le ferait parler. Peut-être que, dans quelques mois, elle évoquerait le bébé qu'elle voulait avoir.

Elle allait sans doute un peu vite... Rien n'avait changé, sauf une chose : elle l'aimait toujours.

Elle posa deux mugs sur un plateau en attendant que le café passe.

Elle eut un petit soupir. Ce ne serait pas facile. En fait, elle n'avait jamais cessé de l'aimer, même quand elle était furieuse contre lui.

C'était l'homme de sa vie, enfant ou pas, vie menacée ou pas, il était la moitié de son âme. Existait-il un chemin pour qu'ils se retrouvent ?

Elle prit le plateau et se rendit dans la chambre. Le lit était vide. Nick, qui avait passé son jean, se tenait debout, à la fenêtre. Elle éprouva aussitôt un frisson de désir et eut envie de l'embrasser au bas du dos, comme elle l'avait fait cette nuit.

— Zut, je voulais t'apporter le café au lit !

Il se retourna, une expression lointaine sur le visage.

— Que se passe-t-il ? Pourquoi me regardes-tu ainsi ?

— Tiggy... cette nuit, c'était une erreur. Je te demande pardon, j'en ai profité, mais ça ne se reproduira pas.

Elle sentit son pouls battre dans ses tempes, tandis qu'elle posait le plateau sur la table de chevet.

— Tu n'en as pas profité, Nick. J'en avais autant envie que toi.

— Ne dis pas ça. Tu as voulu me consoler.

— Nick ! Comment peux-tu penser une chose pareille ! Tu crois que j'ai fait l'amour avec toi parce que je craignais que tu ne te remettes pas de ton opération ? Tout se passera bien, j'en suis sûre.

— C'est vrai ? Dans ce cas, j'espère que tu n'attends pas que nous revivions ensemble ! Parce qu'il n'y a aucune chance.

Elle accusa le coup. Elle avait l'impression que le monde venait de s'écrouler.

— Pourquoi ? Quand tu seras remis, nous pourrions…

Il eut un rire froid. Ses yeux étaient vides, tels deux puits sans fond.

— Je n'ai pas supporté le mariage il y a six ans, qu'est-ce qui te fait croire que ça a changé ?

Elle tenta de lui dissimuler le tremblement de ses mains.

— Je vois.

— Je t'aime beaucoup, Tiggy, tu le sais. Et tu es toujours la femme la plus sexy que je connaisse, mais c'est comme ça. Je serais un salaud de te laisser espérer quoi que ce soit.

Elle sentit un voile rouge lui tomber sur les yeux. Bien sûr, elle avait été folle de penser qu'il était possible de tout recommencer…

— C'est vrai, tu n'as pas changé. Tu ne penses qu'au sexe, et à l'admiration de tes troupes. Tu es toujours aussi égoïste et égocentrique, tu ne t'intéresses qu'à la satisfaction de tes besoins. Eh bien, moi, j'ai changé. Pour moi, la nuit dernière ne signifie rien. C'était une partie de jambes en l'air, sans plus !

Elle savait qu'elle l'injuriait pour tenter de cacher son chagrin, mais peu importait. Elle chercha autre chose à dire pour le blesser davantage.

Sa gorge était si serrée qu'elle avait de la peine à déglutir.

— Tu n'es pas doué pour les relations, ça n'est pas nouveau ! Ta sympathie et ton amour ne vont qu'à tes hommes. Ce n'est pas leur faute s'il ne reste rien pour d'autres personnes !

Sur ces mots, elle quitta la pièce.

Nick dut s'obliger à ne pas lui courir après. Il l'avait blessée, et elle ne le méritait pas.

Pourquoi avait-il fait l'amour avec elle ? Il n'avait pas réfléchi, voilà tout. Quand il s'était éveillé de ce cauchemar, il l'avait trouvée penchée sur lui, ses boucles soyeuses lui caressant le torse, et il avait senti son effluve de miel et de jasmin… Sa réaction avait été aussi immédiate qu'incontrôlable.

Il avait si souvent rêvé de la tenir dans ses bras qu'il n'avait pas pu la repousser, et avait accepté ce qu'elle lui offrait sans penser aux conséquences.

Mais quand il s'était réveillé seul, le drap encore chaud de sa présence et imprégné de son parfum, son bon sens lui était revenu. Un peu tard, à l'évidence.

Il aurait tout donné pour reprendre leur vie commune, en sachant que ce serait différent d'autrefois, mais c'était impossible. Il n'avait rien à lui offrir. Encore moins qu'avant, puisque, dans quelques jours, il serait peut-être paralysé, sinon mort.

Il se maudit intérieurement. Elle avait raison, il s'était comporté de la pire façon possible. Il n'était qu'un sale égoïste, et pourtant il ne l'était pas assez pour l'attacher à un homme qui pourrait finir dans un fauteuil roulant et dépendre d'elle. Il n'aurait jamais dû accepter de venir chez elle. Eh bien, il pouvait tenter d'arranger au moins ça. Il devait la laisser poursuivre sa route, sans lui.

Même si cette pensée le déchirait.

Tiggy sécha ses pleurs, craignant que ses yeux ne demeurent rouges longtemps. Elle était restée une heure sous la douche, mais chaque fois qu'elle croyait s'être ressaisie, les larmes se remettaient à couler. Presque comme si elle faisait le deuil de Nick…

Elle savait qu'elle avait toujours attendu son retour, et maintenant elle avait la certitude que cela n'arriverait pas.

Elle se tamponna les yeux avec une serviette trempée dans

l'eau froide. Elle n'avait pas l'intention de lui laisser voir à quel point il l'avait blessée, mais elle avait promis de le conduire à l'hôpital, et elle le ferait.

Peu importe ce qu'il avait dit, elle était sa femme et serait à ses côtés jusqu'à la fin de l'opération. Après, en supposant qu'il s'en sorte, il ferait ce qu'il voudrait. Et s'il ne se réveillait pas ? Elle refusait d'y penser pour l'instant.

Elle s'habilla pour aller le prévenir qu'il était l'heure de partir, mais ne le trouva nulle part. Enfin, elle avisa un mot sur la table.

« Chère Tiggy,

« J'ai pris un taxi pour l'hôpital. Je pense qu'il vaut mieux ne plus nous revoir. Je te demande pardon pour cette nuit, et pour toute la peine que je t'ai faite. Si je pouvais changer le passé, ou me changer moi, pour te rendre heureuse, je le ferais. Mais c'est impossible.

« Prends soin de toi.

« Nick »

Le cœur brisé, elle fixa le papier avant de le froisser. Ainsi, il croyait pouvoir lui dicter sa conduite ! Sur un bout de papier !

Elle en avait assez qu'il la traite comme si elle n'était pas capable de prendre ses propres décisions.

Une rage froide la submergea. Pour qui se prenait-il ? Qui lui avait donné le droit d'entrer dans sa vie et d'en sortir à sa guise ?

S'il croyait qu'elle allait accepter ce genre d'adieu, il se trompait, et elle allait le lui signifier.

Mais d'abord, il fallait qu'elle parle à quelqu'un.

11

— Pourquoi ne m'as-tu rien dit ?

Après avoir posé une tasse de thé devant elle, sa mère s'assit à la table. Comme toujours, quand Tiggy avait des ennuis, elle se tournait vers elle pour lui demander conseil.

— Je savais que tu n'approuverais pas, maman. Tu ne le portes pas dans ton cœur.

— Peu importe mes propres sentiments. De toute façon, je te rappelle que, pour briser un mariage, il faut être deux.

Tiggy se redressa, piquée au vif.

— Tu ne peux pas croire que j'y suis pour quelque chose ! C'est lui qui est parti !

Sa mère haussa un sourcil, et elle se sentit rougir.

— Oui, c'est vrai, j'en ai fait autant, mais avec l'intention de rentrer à la maison le lendemain. Et il n'a même pas attendu un jour !

— Tu es quand même partie la première.

Elle se leva d'un bond.

— Assieds-toi, Tiggy. Je ne dis pas que tout est ta faute, mais ce n'est pas uniquement la sienne non plus. Tu es d'un tempérament têtu. Par ailleurs, j'ai toujours pensé que cet homme avait quelque chose à cacher.

— Pourquoi ne m'en as-tu jamais parlé ?

— Ce n'était pas mon rôle. C'était à vous deux de chercher à arranger les choses.

— Qu'entends-tu par « quelque chose à cacher » ? Une liaison ?

Sa mère lui lança un regard incrédule.

— Bien sûr que non ! Il est compliqué, mais je le crois loyal. Il t'adorait.

Tiggy se rassit enfin.

— Il m'adorait ? Vraiment ? Alors comment expliques-tu qu'il ne communique pas avec moi ? Et… qu'il ne soit jamais revenu ? Pourquoi ne s'est-il pas battu pour notre mariage ? Je l'aimais tant…

— Ma chérie, il me semble qu'il n'est pas celui que tu aurais voulu qu'il soit. On ne peut pas changer les gens.

— Je ne voulais pas le changer ! Je l'aimais tel qu'il était.

Elle reprit son souffle. En dépit de ses protestations, une horrible pensée se frayait un chemin dans son esprit. Et si sa mère avait raison ? Et si c'était en partie sa faute ?

— Tu l'aimes encore, Tiggy ?

— Oui. Et je ne cesserai jamais de l'aimer.

— Que vas-tu faire, à présent ?

— Rien. Il ne me veut pas dans sa vie, il me l'a dit ce matin.

Sa mère lui prit la main.

— Tu entends ce qu'il te dit, mais est-ce que ça correspond à ce qu'il ressent ?

— Je n'en sais rien, il ne me parle pas !

— T'a-t-il déjà dit qu'il ne t'aimait plus ? Peut-être est-ce toi qui as renoncé trop vite.

Elle se leva.

— De toute façon, je ne lui permettrai pas de me traiter comme s'il n'éprouvait rien pour moi.

Elle croisa le regard franc de sa mère.

— Et tu ne crois pas qu'il est temps de le lui dire ?

12

Nick leva les yeux : Tiggy était penchée sur lui tel l'ange de la vengeance. A son regard brillant et au pincement de sa bouche, il comprit qu'elle était déterminée. Il grogna. Il aurait dû savoir qu'elle n'en ferait qu'à sa tête !

Il chercha une issue, mais Tiggy s'interposait entre son lit et la porte de la salle. De plus, on lui avait interdit de se lever depuis qu'il avait pris sa prémédication quelques minutes plus tôt, et il se sentait déjà groggy.

— Au moins, je constate que tu n'essaies pas d'échapper à l'opération.

— Une fois que j'ai pris une décision, je m'y tiens.

— Pourquoi ne m'as-tu pas dit où tu avais passé la nuit ?

— A l'hôtel.

Il secoua légèrement la tête. Cela n'avait pas été facile. Seule la pensée que c'était l'unique solution l'avait retenu de retourner chez elle, et de la prendre dans ses bras.

— Eh bien, je vais te dire une bonne chose. Ne crois pas que tu puisses décider quoi que ce soit à ma place. C'est moi qui prends mes décisions.

Il sourit. Il avait toujours voulu la protéger, mais elle avait raison. Il l'avait sous-estimée. Autrefois, et maintenant. Elle était très forte.

— Tu peux rengainer ton sourire, je n'ai pas terminé. Quand tu sortiras d'ici, tu reviendras à la maison.

Elle leva la main.

— Ne proteste pas, elle t'appartient pour moitié. Nous ne sommes pas des étrangers, Nick. Je suis toujours ta femme, pour le meilleur… ou pour le pire. Ensuite, dès que tu seras sur pied, tu pourras partir.

Rêvait-il, ou y avait-il des larmes dans ses yeux ?

— Je ne cherche pas à te retenir, mais jusqu'à ton complet rétablissement, tu es sous ma responsabilité. D'accord ?

Elle l'embrassa sur la bouche.

— Il faut que tu t'en tires, Nick. Absolument.

Un peu plus tard, on emmena Nick au bloc. Selon le chirurgien, le Pr Wiseman, l'intervention durerait quelques heures. En attendant, Tiggy pouvait rester dans le salon des parents. C'était la pire partie du programme… Des heures à s'inquiéter sans aucun moyen de se rassurer.

Pourtant, étonnamment, elle avait confiance. Quelque chose lui disait que l'intervention serait un succès.

Ensuite, dès qu'on l'y autoriserait, elle le ramènerait à la maison. Et après…

Elle entendit un bruit de pas et leva les yeux : ses parents et ses deux frères apparurent dans l'encadrement.

— Que faites-vous ici ?

Ils lui sourirent en chœur, et ce fut sa mère qui prit la parole.

— Tu as vraiment cru que nous te laisserions affronter ça toute seule ?

Plusieurs heures plus tard, quand Luke vint l'avertir que l'intervention était terminée, sa famille forma un petit cercle autour d'elle, attendant le verdict.

— Ça s'est mieux passé que nous ne l'espérions. Nous avons retiré l'éclat de métal sans trop de difficulté. Il nous faudra attendre un peu pour savoir s'il n'a endommagé aucun nerf, et le lieutenant-colonel restera aux soins intensifs quelques heures. Mais... je pense que nous pouvons déjà affirmer qu'il se rétablira parfaitement.

Le soulagement qui la submergea lui donna le vertige. Il allait bien, c'était tout ce qui comptait.

— Puis-je le voir ?

— Bien sûr, mais seule, pour l'instant.

Après avoir promis à sa mère et à ses frères de leur téléphoner le plus tôt possible, elle se précipita aux soins intensifs.

Comme elle s'y attendait, Nick, affreusement pâle, était relié à des perfusions et à des moniteurs, mais il respirait sans aide.

Elle s'assit à côté du lit pour l'observer. Les rides s'étaient creusées sur son front et autour de ses yeux...

Son cœur se serra. Il détesterait qu'elle le voie dans cet état. C'était l'un des problèmes de leur mariage, il n'avait jamais eu besoin d'elle. Quoi qu'il se soit passé en Afghanistan, il n'avait jamais voulu le lui raconter. Mais elle comprit que sa mère avait raison : elle avait autant de torts que lui.

Serait-ce leur seconde chance ? Les blessures qu'ils s'étaient infligées l'un à l'autre étaient-elles trop profondes pour guérir ? Pourrait-il l'aimer de nouveau ? Elle l'ignorait, mais elle était sûre que, cette fois, elle n'abandonnerait pas sans combattre.

13

Quand elle revint à l'hôpital dans la soirée, elle fut enchantée de découvrir qu'il avait déjà été transféré dans le service de surveillance continue. Luke était au pied du lit, étudiant la charte.

— Comment va-t-il ?

— Bien mieux que nous le pensions. Il sera sûrement sur pied avant longtemps.

— Je n'en doute pas.

Nick ouvrit les yeux une seconde.

— Salut, Tiggy. Que tu es mignonne !

Il se rendormit aussitôt.

Luke se dirigea vers la sortie.

— Je vous laisse avec lui. Vous pouvez appeler si nécessaire.

Elle resta auprès de lui, incapable de le quitter même le temps d'aller prendre un café, jusqu'à ce que les infirmières la mettent à la porte.

Le lendemain matin, on lui apprit qu'il progressait si vite qu'on l'avait transféré dans la salle de chirurgie. Quand elle y entra, il était toujours sous perfusion saline, mais bien éveillé.

Elle prit une bassine dans le placard et l'emplit d'eau.

— Puisque tu ne peux pas te lever, je vais te donner un bain.

— Dans mon lit ? Tu plaisantes !

— Pas du tout. Tu ne bouges pas, et tu me laisses faire.

Un sourire éclaira son visage.

— J'ai l'impression que tu m'as déjà dit ça...

Elle se mordit la lèvre sans répliquer. Inutile de lui montrer que cette fameuse nuit était gravée dans sa mémoire.

— D'accord, allons-y.

Bizarre, elle ne s'attendait pas à ce qu'il capitule si vite...

Elle défit la veste de son pyjama. Le haut de son torse portait un épais bandage. Elle mouilla la serviette, lui frotta le visage et sentit les poils durs de sa barbe sur ses joues.

— Tu aurais besoin de te raser.

— Je ne sais pas si je peux te faire confiance pour le faire à ma place, dit-il en riant. J'ai un peu peur que tu me coupes la gorge...

— O.K., nous verrons demain.

Elle poursuivit sa tâche sous son regard amusé.

Bientôt, cela devint un jeu, comme s'il attendait de voir jusqu'où elle irait. Elle lui savonna les mollets en les soulevant doucement, et quand il fut question d'aller plus haut, elle ne put s'empêcher de lever la tête vers lui. Ses yeux étincelaient et un petit sourire flottait sur ses lèvres.

Quand elle entreprit de lui ôter son pantalon de pyjama, il lui saisit la main.

— Tu t'arrêtes là, ma chérie.

Elle sourit et remonta le drap sans insister.

— Tu as la trouille ? Je viens de prendre ma revanche pour ce que tu m'as fait au camp. Tu te souviens, les pompes ?

— O.K., nous sommes quittes.

En souriant, il la regarda sortir de la salle. Bon sang, elle lui avait manqué ! Cette énergie, cette façon de relever le menton quand elle était en colère... et le contact de sa peau sous ses doigts.

Et maintenant ?

D'abord, il la laisserait tranquille, elle méritait mieux que la vie avec lui. Mais elle n'avait rencontré personne d'autre et n’avait pas fait les enfants qu’elle désirait. Lui avait-il ôté sa confiance en elle à ce point ? Et il avait récidivé en lui faisant l’amour pour la quitter ensuite. Alors, pourquoi sacrifiait-elle ses journées à rester auprès de lui ? Par pitié ? Par culpabilité, au regard de l’échec de leur mariage ? Ridicule, mais quelle autre explication ? A moins que… l’aimait-elle toujours ?

Un sentiment bizarre l’envahit, fit battre ses tempes et réchauffa son cœur, qui se gonfla de joie. Il finit par reconnaître… le bonheur.

Auraient-ils une seconde chance ?

Il l’aimait toujours. Il n’avait jamais cessé de l’aimer.

Et l’opération semblait avoir pleinement réussi… Oui, c’était cela, la vérité : il ne voulait plus vivre sans elle.

14

Nick stoppa son fauteuil roulant à l'entrée et fronça les sourcils.

Il avait refusé que Tiggy le pousse, mais le seuil de la porte possédait un petit rebord impossible à franchir.

Il fit marche arrière pour prendre de l'élan, et, utilisant la force de ses bras, poussa les roues de toute sa force.

Sans succès.

— Bon sang, Nick ! Laisse-moi t'aider.

Il la regarda comme s'il allait la mordre.

— Je me débrouille !

Elle se glissa à l'intérieur.

— Comme tu préfères. Je prépare le thé. Quand tu en auras marre de te cogner dans ce truc, tu me préviendras.

Lorsque le thé fut prêt, elle entendit un rire satisfait derrière elle. Il était dans la cuisine, hilare.

— Je te l'avais dit !

— Ce serait plus facile si tu me permettais de t'aider.

— Ne me fais pas répéter quinze fois la même chose. Dans quelques jours je n'en aurai plus besoin, mais d'ici là, je ne veux pas qu'on me traite comme...

— Un enfant ? Pourtant, tu en as fait une assez bonne imitation depuis ta sortie de l'hôpital, tout à l'heure ! Vraiment, ta conduite est inexcusable.

Il lui jeta un regard noir puis, à sa grande surprise, se remit à sourire.

— Tu as sans doute raison. Mais vois-tu, si l'un de mes hommes était à ma place, je n'aurais pas de pitié, et il n'en attendrait pas non plus de moi.

— Je suis sûre qu'il accepterait de l'aide si on lui en offrait. Bon, fais comme tu veux.

— Au moins, moi, j'ai une chance de remarcher...

— Voyons, Nick ! Tu n'es pas responsable de la guerre, ni des hommes qui y ont perdu leurs jambes. Tu as tout fait pour les sauver.

— Moi, j'étais soutenu.

— Et Luke ? Que lui serait-il arrivé si tu n'avais pas été là ? Tu sais que c'est grâce à toi qu'il est devenu médecin ?

— A mon avis, il n'aurait jamais dû te raconter ça.

Après le thé, elle lui proposa de se reposer un peu.

— Je croyais que nous étions convenus que tu ne me traiterais pas en patient. Je m'allongerai si je veux !

— Ecoute, en ce qui me concerne, tu peux pourrir dans ce fauteuil ! Moi, je vais courir.

Quand elle revint, elle avait évacué son irritation. Lui, regardait un match de foot.

— Alors, c'était bien ?

— Oui. Tu m'accompagneras bientôt ?

— Donne-moi trois semaines.

— Quoi ? Tu es fou ?

— Tu verras bien !

Une sorte de routine s'installa alors entre eux : tous les matins, Nick entrait dans la cuisine pendant qu'elle préparait le petit déjeuner avant de partir pour prendre son service.

D'ailleurs, elle le soupçonnait de mettre un réveil à sonner pour avoir le temps de s'habiller...

Ils mangeaient ensemble, puis il l'envoyait travailler en insistant pour qu'elle lui laisse la vaisselle.

En rentrant, elle trouvait le dîner prêt, et il lui posait des questions sur sa journée. Quand elle lui proposait de faire une promenade, il se mettait en colère.

— Personne ne me fera sortir de cette maison tant que je ne marcherai pas !

— Alors tu aurais intérêt à t'entraîner.

Le premier week-end, elle s'éveilla tard et sentit avec plaisir l'arôme du café en se levant. Il était assis à la table, l'air satisfait.

— Tu n'as rien remarqué ? Ce n'est pas grave... Tiens, goûte-moi ça !

Elle fit la grimace en retrouvant le goût atroce du café du camp. Elle jeta sans plus de manières le contenu de sa tasse dans l'évier et se mit à refaire un vrai café. Il la regarda d'un air choqué.

— Hé ! Tu sais combien de temps il m'a fallu pour le préparer ?

Ce fut à ce moment-là qu'elle s'aperçut... qu'il n'était pas dans son fauteuil roulant !

— Tu as marché jusqu'ici ?

— Trébuché, plutôt. Mais dans pas longtemps j'irai courir avec toi.

— Ne vas pas au-delà de tes forces, Nick.

— J'ignore ce que ça veut dire.

— D'accord. Tu as réfléchi à ce que tu feras quand tu seras rétabli ?

— Dans trois semaines, je retourne à l'hôpital pour des examens, et ils prendront une décision au sujet de mon avenir dans l'armée.

A son ton, elle comprit que quelque chose le tracassait.

— Et s'ils refusent de te garder ?

— Ils ne refuseront pas, je te le garantis.

— Tu as d'autres perspectives, Nick. Avec tes qualifications, tu pourrais obtenir un poste de spécialiste dans n'importe quel hôpital. Ce serait si terrible d'être un médecin civil ?

— Les hommes ont besoin de moi là-bas...

— Tu ne crois pas que tu en as fait assez ?

— Comment savoir ? Ce n'est jamais assez. Toutes les semaines, des nouveautés arrivent, nous permettant de sauver plus de vies. Tu te souviens qu'on parlait de l' « heure dorée » ? Si l'on pouvait soigner un homme dans ce délai, on le sauvait. Eh bien, maintenant, nous en sommes aux « dix minutes de platine ».

— Grâce à des gens comme toi.

Elle le regarda. Les yeux dans le vague, il ne l'écoutait plus.

— Quand j'ai obtenu mon diplôme de spécialiste, le commandement a décidé qu'il ne pouvait plus risquer de me perdre. J'ai pris un sacré coup quand on m'a interdit de partir en patrouille. Ils m'ont demandé de prendre la tête de l'équipe d'urgence... et quand l'ennemi a commencé à utiliser les engins explosifs, les blessures sont devenues plus horribles que tout ce que j'aurais pu imaginer.

— Mais tu as sauvé les blessés.

— Mais non, pas tous, hélas. Nous avions un jeune médecin militaire, l'une des premières femmes à partir en patrouille. Elle avait dix-neuf ans. Quand on est arrivés, je n'avais plus rien d'autre à faire que la tenir dans mes bras et la regarder mourir. Et tout ce temps-là, je pensais à toi... A ici, où tu voulais que je rentre pour avoir une vie normale. Et je savais que c'était impossible. Tant qu'il y aurait des hommes et des femmes là-bas, il me fallait rester.

— Pourquoi ne me l'as-tu pas expliqué ?

— Je n'avais pas envie d'en parler quand je rentrais. Je voulais penser à toi, à nous. Mais j'avais sans cesse les images dans la tête, et je n'arrivais pas à me reposer, sachant que j'aurais dû être là-bas.

— Je supposais que tu regrettais de m'avoir épousée.

Il leva vers elle des yeux pleins d'angoisse.

— Et tu avais raison. Je t'aimais, mais j'étais incapable

d'être avec toi. Pourquoi n'as-tu pas signé les papiers que mon avocat t'a envoyés ?

— Parce que, pour moi, le mariage est indissoluble.

Elle baissa les yeux. Mais aussi sans doute parce qu'elle n'avait jamais perdu espoir qu'il revienne un jour… Le week-end où elle était partie chez sa mère, elle était sûre qu'il viendrait la chercher pour lui dire qu'il avait plus besoin d'elle que de l'armée. Et, à son retour, il avait disparu… Elle n'avait pas voulu le supplier. Surtout pas. S'il ne l'aimait plus, autant qu'il parte.

Et le signe qu'elle attendait n'était jamais venu…

— C'est toi qui es parti pour de bon.

— J'ai fait ce que je jugeais le mieux.

— Pour qui ?

— Tu désirais un enfant, Tiggy. Je ne pouvais pas… Et peut-être que je ne pourrai jamais.

— Je voulais quelqu'un qui soit une partie de toi et de moi en même temps, que nous soyons une famille normale. Toi, moi et notre, ou nos enfants. C'était mal ?

— Je ne pense pas que je n'en voulais pas, mais… c'était la folie en Afghanistan, à cette époque-là. J'ai vu mourir trop d'hommes jeunes, qui laissaient des enfants en bas âge. Des hommes dont les veuves devraient se débrouiller seules, tout comme ma mère a dû m'élever seule. Je ne pouvais pas te faire ça.

Elle se leva.

— Tu aurais pu me consulter à ce sujet. Tu n'avais pas confiance en nous, en moi. J'étais plus forte que tu ne l'imaginais. S'il t'était arrivé quelque chose, j'aurais été anéantie, mais j'aurais continué à vivre d'une façon ou d'une autre. Et un enfant aurait été au moins une partie de toi…

— Je l'ai compris à présent, Tiggy. Mais à ce moment-là, j'ai pensé que, dans ton intérêt, il valait mieux que je disparaisse de ta vie, que je te rende ta liberté.

— Si tu m'avais vraiment aimée, rien ne t'aurait tenu éloigné.
Elle se détourna.
— Bon, si tu veux bien m'excuser, reprit-elle d'un ton froid, j'ai des trucs à faire.

15

Lorsqu'elle rentra de l'hôpital, le lundi, elle fut ébahie de voir Nick faire des pirouettes sur son fauteuil roulant, les jumelles sur les genoux.

— Plus vite ! hurlait Chrissie.

— Encore un tour ! renchérissait Melody, la plus calme.

— Mais d'où sortez-vous, toutes les deux ? s'exclama Tiggy.

Au lieu de se précipiter dans ses bras, les fillettes ne bougèrent pas.

— Salut, Tiggy !

Charlie apparut à la porte du salon.

— Nous rentrons de faire des achats en ville, et nous avons eu envie de passer. Maman m'a dit que Nick était là.

Il prit une fillette sous chaque bras et les déposa par terre.

— Assez, vous deux. Laissez oncle Nick se reposer.

« Oncle Nick » ? Elle jeta à son frère un regard surpris.

— Je me suis dit que je l'emmènerais volontiers boire une bière au pub, si tu voulais bien garder un œil sur ces deux démons.

— Je ne crois pas qu'il ait envie d'y aller.

Elle secoua la tête avec énergie dans le dos de Nick.

— Qu'est-ce que tu fais, tante Tiggy ? Pourquoi tu secoues la tête comme ça ? demanda Chrissie.

— Tu nous a jamais dit qu'on avait un oncle Nick, renchérit Melody. Et qu'il avait un fauteuil roulant !

— Tiggy n'a pas confiance en moi, Charlie. J'ai un peu trop bu, une fois...

Elle les regarda tour à tour. Bien qu'ils aient rarement été en permission au même moment, ces deux-là s'entendaient comme larrons en foire. Ils partaient même parfois faire de l'escalade ensemble. Charlie avait été choqué quand elle lui avait annoncé leur séparation, et depuis, ils n'avaient plus jamais abordé le sujet.

Nick, s'aidant de ses béquilles, s'efforçait de se mettre debout.

— J'ai envie d'une bonne bière, mais on risque de mettre un moment à arriver au pub.

— Je vous emmène en voiture ?

— Merci, je préfère marcher.

— Si vous n'êtes pas là dans une heure ou deux, je viens vous chercher ! menaça-t-elle.

Dès qu'ils furent partis, elle distribua des crayons de couleur et du papier à ses nièces, et se mit en devoir de préparer le dîner.

Comme ils n'étaient toujours pas rentrés une heure plus tard, elle fit manger les jumelles, puis téléphona à sa belle-sœur pour lui expliquer la situation.

— Quoi ? Nick est revenu vivre avec toi ?

— C'est une longue histoire, Alice. Je t'en dirai plus la prochaine fois que nous nous verrons. Je dois te laisser.

Elle raccrocha en soupirant ; décidément, cette histoire excitait la curiosité de toute sa famille...

— On peut se déguiser ? demanda Melody, interrompant ses pensées.

— Bien sûr !

Quand ses nièces eurent ouvert la malle contenant les vieux vêtements qu'elle gardait pour elles, elle se versa un verre de vin et alla s'asseoir dans le salon. Ainsi, Charlie l'avait trahie... mais il était vrai qu'elle ne parlait jamais à personne de sa rupture.

Quand son mariage avait commencé à mal tourner, elle était trop gênée et effrayée pour leur dire qu'elle allait perdre Nick. D'autre part, son sentiment de loyauté envers lui l'incitait à régler leurs problèmes privés... en privé. Lors de son départ, elle avait évité les membres de sa famille pendant des semaines avant de se décider enfin à leur annoncer leur séparation...

La porte claqua et des rires retentirent dans l'air de la nuit.

— Où es-tu, Tiggy ?

— Je suppose que vous êtes prêts à dîner ?

— Regarde, tante Tiggy ! s'écria une petite voix.

Elle se retourna et eut le souffle coupé : Melody portait sa robe de mariée, qu'elle avait totalement oubliée au fond de la malle, et Chrissie tenait la traîne telle une demoiselle d'honneur. Les deux fillettes étaient radieuses.

Elle tourna la tête et vit que Nick la regardait.

Leur mariage, discret, avait eu lieu lors d'une permission de Nick. Quand il lui avait demandé sa main, trop heureuse, elle n'avait trouvé aucune raison de refuser. Pourtant, sa mère lui avait fait part de ses doutes, alors qu'elles mettaient au point les derniers détails de la cérémonie.

— Ce n'est pas un peu tôt, ma chérie ? Vous vous connaissez à peine.

— Je connais tout de lui, maman. Je l'aime, il m'aime, nous voulons passer le restant de notre vie ensemble. Quoi de plus simple ?

— Vois-tu, quand on rencontre quelqu'un dans des circonstances extraordinaires, les sentiments sont exacerbés. Mais le mariage n'est pas une mince affaire. Certains hommes ne s'installent pas facilement. Ton père était dans l'armée quand je l'ai connu, et il n'était même pas dans une zone de combats.

— Allons, maman. Charlie est très heureux avec Alice, et il travaille dans une zone de combats !

— Il la connaissait bien avant de l'épouser...

— Tu insinues que Nick ne m'aime pas ?

A vrai dire, quand elle était seule dans son lit, il lui arrivait de se poser la question. Pourquoi était-il tombé amoureux d'elle ? Elle était banale, même pas jolie, bien qu'il lui soutienne le contraire. Mais dès qu'elle le revoyait, les démons de la nuit s'envolaient, en même temps que tous ses doutes.

— Ma chérie, je suis certaine qu'il t'aime. Il suffit de vous regarder pour s'en convaincre.

— Eh bien, c'est tout ce qui compte !

Et le mariage avait été parfait. Ils avaient choisi un hôtel de charme à la campagne, ou plutôt, comme il était en Afghanistan jusqu'au dernier moment, elle avait choisi pour eux. La cérémonie, très simple, avait été suivie d'un dîner, puis ils étaient partis pour un cottage dans le Yorkshire, où ils s'étaient enfermés pour le reste de la semaine, ne quittant pas leur lit, sauf pour se promener ou manger quelque chose. Ce séjour avait sans doute été le moment le plus heureux de sa vie.

Melody regardait toujours Nick avec une expression étrange.

— Veux-tu m'épouser, oncle Nick ? Papa pourra être ton garçon d'honneur !

Il se tourna vers Tiggy en souriant.

— Navré, ma chérie. Je suis déjà marié.

Après le départ de Charlie et de ses filles, elle emporta son verre dans le salon. Nick regardait fixement le feu.

— Comment te sens-tu ?

— Je pensais à notre mariage... Je n'avais jamais vu une aussi belle femme que toi ce jour-là.

— Tu n'étais pas mal non plus.

Elle eut un petit sourire à ce souvenir. Il était sexy en diable dans son uniforme d'apparat...

— Que nous est-il arrivé, Tiggy ?

Elle posa son verre sur la table, et vint s'assoir près de lui.

— Je ne sais pas, Nick. Nous étions si heureux, et soudain... Tu étais devenu tellement distant la dernière année. Je savais que les choses tournaient mal, mais je ne voyais pas pourquoi, ni comment les arranger.

— C'était impossible. Ce n'est pas ta faute, Tiggy. Tu n'as rien fait de mal. C'est moi.

— Alors aide-moi à comprendre. J'ai toujours pensé que des gens qui s'aiment peuvent tout partager. Tu m'as caché des choses, Nick, et j'ai commencé à douter de ton amour et du mien, et senti que tu regrettais ce mariage.

Il s'appuya au dossier et contempla le plafond.

— Je suppose que j'ai cru que je me sauverais en t'épousant. Que tu m'apporterais la paix, et au début, c'était vrai.

— Au début ?

— Les seuls moments où je me sentais vraiment vivant, c'était quand j'étais en Afghanistan. Ici, avec toi, rien ne me semblait réel.

Elle détourna la tête. Une douleur aiguë la traversa.

— Tiggy, je n'ai jamais voulu te blesser, au contraire.

— Mais tu l'as fait.

— Je sais.

— Tu aurais pu essayer de m'en parler. Tu ne m'as jamais donné une chance de comprendre.

Il se leva.

— Je ne suis pas sûr de me comprendre moi-même. Quand la guerre s'est faite plus dure, j'ai eu l'impression de vivre dans une sorte de capsule. Nous étions une unité dont tous les membres comptaient uniquement sur les autres.

— Je sais. Es-tu tombé amoureux d'une autre, Nick ?

— Bien sûr que non ! Il n'y aura jamais personne d'autre que toi. Mais être ici, entouré de ta famille, ne me semblait pas aussi réel que d'être avec mes gars. Au bout de quelques jours, je tournais en rond en me demandant ce qui se passait au camp, et je me sentais coupable : j'étais avec ma femme, en sécurité, alors que des gens avaient besoin de moi.

— Moi aussi, j'avais besoin de toi.

— Pas dans le même sens. Pourtant, j'avais mal là-bas en songeant à toi. Au camp, ta pensée m'obsédait, je t'imaginais ici, un livre à la main, dans notre lit, passant des jours tranquilles.

Et quand j'arrivais, j'avais l'impression d'infecter ta vie avec l'horreur de la guerre. J'ai cessé de t'en parler pour te préserver.

— Il n'était pas nécessaire de me protéger. J'étais ta femme. Tu ne comprends pas que me tenir à l'écart était la pire chose que tu puisses faire ? Que ce qui se passait dans ma tête était bien plus affreux ?

— Tu étais heureuse dans ta vie, et je ne pouvais l'être. J'ai essayé, pourtant. Et tu voulais des enfants. Pour moi, c'était impossible, tant qu'il y avait un risque que je ne les voie pas grandir.

— Puis tu as signé un nouveau contrat sans m'en parler, alors que tu m'avais promis de t'arrêter. Tu penses que ça m'a fait plaisir ?

— Je n'aurais jamais cru que la guerre durerait si longtemps. Je m'imaginais qu'après je pourrais avoir une vie normale, et j'avais tort.

Elle se leva.

— Je suppose que je dois te remercier de ta franchise. Mais tu ne m'as pas tout dit, n'est-ce pas ? Je te voyais si impatient de repartir...

Elle lui tourna le dos. Pas question qu'il la voie pleurer.

— Je vais me coucher.

Il lui posa une main sur l'épaule.

— Je donnerais tout pour changer le passé, mais je suis comme ça, Tiggy.

— Tu sais, rien de ce que tu m'as dit ne m'a réconfortée. Tu ne m'aimais pas, pas vraiment. Finalement, je ne te suffisais pas, n'est-ce pas ?

Le lendemain matin, Melody ayant oublié sa poupée préférée, Tiggy s'arrêta chez Charlie en allant à l'hôpital. Mieux valait qu'elle la trouve quand elle la réclamerait.

Charlie était dans la cuisine, en uniforme de pilote de ligne. Il avait quitté l'armée quand Alice était enceinte pour entrer dans une compagnie d'aviation. Pour sa part, Alan travaillait dans une société d'engineering du Sussex, et il était enfin fiancé à une femme qu'il adorait.

Des trois, elle était la seule à ne pas avoir trouvé l'amour, ou du moins, à ne pas avoir su le garder...

— Salut, Tiggy ! J'ai eu maman au téléphone, qui me demandait des nouvelles de Nick, et Alice est décidée à passer vous voir. Toute la famille est excitée avec cette histoire. Pourquoi ne me l'as-tu pas dit ?

— Parce que nous ne sommes pas ensemble, et que je n'ai pas envie d'en parler.

— Tu sais que nous sommes unis. De toute façon, c'est une bonne nouvelle. J'ai toujours beaucoup aimé Nick, parce qu'il comprend parfaitement la situation en Afghanistan, et aussi parce qu'il t'aimait. Pourtant, s'il n'avait pas été sur des béquilles, hier soir, je lui aurais cassé la figure pour lui apprendre à te faire souffrir.

Elle l'embrassa sur la joue.

— C'est vrai ? Et tu lui aurais ordonné de me demander pardon à genoux ? C'est un peu tard.

— Qu'est-ce qui n'a pas marché entre vous ?

— Je n'en sais rien moi-même. De quoi avez-vous parlé ?

Il versa du café dans deux mugs et lui en tendit un.

— A ton avis ? Je sais que les femmes se confient leur vie intime, mais ce n'est pas le cas des hommes. Nous avons parlé de l'Afghanistan. Bien entendu, tu y es allée toi aussi, mais ce n'est pas pareil que d'y être pour longtemps et de savoir que la vie des gens dépend de toi.

— Toi non plus, tu ne m'en as jamais parlé !

— Et Alice le comprenait. J'ai gardé beaucoup de choses pour moi, pour la protéger. C'est normal.

— Je ne suis pas d'accord. Tu ne comprends pas que vous ne nous rendez pas service en agissant ainsi ?

— Je ne crois pas. Sais-tu que Nick est allé rendre visite à toutes les familles des hommes qui sont morts pendant qu'il les soignait ? Et à tous les blessés qui avaient été opérés, pour prendre de leurs nouvelles ?

— Non, je l'ignorais. Pourquoi ne me l'a-t-il pas dit ?

— Pour toutes les raisons que je viens de te donner. C'était horrible, là-bas. Quand nous étions en permission, nous voulions surtout oublier.

Il consulta sa montre.

— Où est maman ? Elle devrait arriver d'une minute à l'autre pour garder les filles. Il faut que tu comprennes qu'il n'y avait pas que du négatif là-bas : j'y ai paradoxalement vécu la meilleure période de ma vie. Je ne me suis jamais senti aussi proche d'un groupe, et d'une certaine façon j'en garde la nostalgie.

— Pardon ! dit leur mère qui venait d'arriver, en posant son sac sur la table. Les embouteillages... Un accident, je suppose. Alice et les filles ne sont pas là ? De toute façon, tu peux y aller, Charlie. Tiggy ? Tu es avec Nick ?

Charlie éclata de rire, ébouriffa les cheveux de Tiggy et embrassa sa mère.

— J'y vais. Je vous laisse.

Il posa son képi sur sa tête et redevint sérieux.

— Ne le laisse pas tomber, Tiggy. Il y en a peu, des comme lui.

16

Les jours qui suivirent, elle se demanda de nouveau si cela valait la peine de se battre pour garder Nick, tout au moins de lui avouer qu'elle l'aimait toujours. Puis elle renonça. Inutile, tant qu'il ne lui donnerait pas une preuve qu'elle comptait encore pour lui. Elle préférait le laisser partir que prendre le risque d'être rejetée.

Leur routine reprit son cours. Elle allait travailler, et il faisait ses exercices de façon intensive. Avant le dîner, ils partaient se promener dans les environs. Nick avait maintenant échangé ses béquilles contre une canne, dont il se servait à peine.

Ensuite, ils regardaient la télévision, jouaient au Scrabble ou résolvaient ensemble des problèmes de mots croisés. Un peu comme un couple marié, sauf qu'ils ne dormaient pas dans le même lit...

Un soir, il lui proposa de jouer au poker.

— Tu es bien sûr ? En général, c'est moi qui gagne !

Il sourit.

— Je me souviens, oui. Tu étais si... si différente des femmes que je connaissais.

Elle se blottit dans son fauteuil.

— Toi aussi, tu étais différent. Au début, je n'arrivais pas à croire que tu sois amoureux de moi.

Il s'approcha, et lui prit les mains.

— Surprenant, que tu n'aies pas conscience d'être

exceptionnelle. C'était impossible pour moi de ne pas t'aimer. J'aurais dû m'efforcer de rester loin de toi, mais je n'y arrivais pas.

— Pourtant, je ne te suffisais plus, à la fin.

Une ombre passa sur son visage.

— Ce n'est pas ta faute, tu étais tout ce que j'avais de bon et de calme dans ma vie.

La lueur du feu éclaira son visage, et elle lut dans ses yeux une telle douleur qu'elle en eut le souffle coupé.

— Parle-moi, Nick. Selon Charlie, tu as rendu visite aux familles des hommes que tu as perdus, et à ceux que tu as soignés. Pourquoi ne pas m'avoir dit où tu allais ? Je t'aurais accompagné.

— Je ne sais que répondre. La dernière année de notre mariage, j'avais la tête ailleurs. Je ne supportais plus d'être avec toi.

Elle eut l'impression d'avoir reçu un coup de poignard dans le cœur.

— Je m'en suis bien aperçue, articula-t-elle avec peine.

— Je sais, et je le regrette. Tu as raison, je te dois une explication. Au début, j'étais impatient de revenir, je rêvais de toi toutes les nuits. C'était horrible de te savoir si loin, mais au moins, tu étais en sécurité. Tu comprends ça ?

— Pas très bien, mais continue.

Elle soutint son regard, attentive. Charlie avait dit la même chose. Elle devait s'efforcer de comprendre ce qui avait éloigné Nick d'elle.

— Quand je travaillais, je ne pensais plus à toi. Et il le fallait absolument, sinon la peur m'aurait gagné. Je m'inquiétais sans cesse de ce qui t'arriverait si j'étais tué, alors que je devais rester concentré. A tout moment, une fusillade pouvait éclater, et on aurait alors besoin de moi…

Une braise tomba sur le plancher. Il la ramassa pour la remettre dans la cheminée. Dehors, la pluie tombait, percutant les vitres sans discontinuer.

— Quand ils n'ont plus voulu m'envoyer en patrouille, j'ai eu vraiment du mal à le supporter.

Elle eut envie de lui caresser le visage, de l'attirer à elle pour le consoler, mais elle resta immobile et muette, de crainte qu'il ne cesse de parler.

— Puis les talibans ont commencé à utiliser les IED. Les blessures qu'ils provoquaient étaient horribles, comme je te l'ai déjà raconté, et quelquefois il n'y avait plus rien à sauver.

Il la regarda.

— Tu es sûre de vouloir entendre la suite ?

Elle acquiesça.

— Il fallait que j'arrête de réfléchir pour faire mon travail, reprit-il. J'ai commencé à penser que cette guerre n'était pas juste, et tout ce que je voulais, c'était que ce carnage cesse. Mais en attendant, je me sentais obligé de rester. Je les ai vues, tu sais, les jeunes recrues qui arrivaient. Presque des enfants. Alors, quand j'étais en permission, je ne pouvais pas me détendre, obsédé par l'idée qu'on avait peut-être besoin de moi là-bas.

— Tu ne crois pas que les autres médecins étaient aussi expérimentés et dévoués que toi ? Il te fallait bien du repos.

— En théorie, oui, mais je crains d'avoir commencé à croire en mon propre mythe. Tu sais, le talisman… Bref, à tort ou à raison, je regrettais chaque minute où je n'étais pas là-bas. Etre à la maison avec toi, c'était comme un rêve, ou comme si je jouais un rôle dans une pièce de théâtre.

— C'était tout ce que signifiait notre mariage pour toi ?

— Tu n'y étais pour rien. Je savais bien que je te faisais de la peine, je le voyais dans tes yeux. Et quand tu t'es mise à parler d'enfants, et à suggérer que je quitte l'armée… Impossible. Les hommes comptaient sur moi, il fallait que je choisisse entre eux et toi.

— Si tu avais tenté de m'expliquer…

— Le problème, c'est qu'à ce moment-là rien n'était clair dans mon esprit. Ce n'est qu'après ma première blessure que j'ai commencé à comprendre.

Il la regarda dans les yeux.

— C'est là que je suis venu te voir lors d'une permission. Après quatre ans de séparation, j'avais besoin de te parler. Mais quand j'ai sonné, personne n'a ouvert, et je me suis demandé si tu habitais toujours ici. J'allais téléphoner à Charlie pour avoir ton adresse, puis je t'ai vue arriver, et tu es descendue de la voiture en riant. Tu étais si belle... Ensuite, tu as sorti une poussette du coffre et tiré deux bébés du siège arrière. Melody et Chrissie, je le sais maintenant, mais sur le moment j'ai cru que c'étaient les tiennes. Que tu avais trouvé un autre homme et que tu étais heureuse.

Il se passa une main sur les yeux.

— Et j'ai su que, quelque part, j'avais toujours espéré que tu m'attendrais.

— Au lieu de partir chez ma mère, ce soir-là, j'aurais dû insister pour te faire parler. Mais quand tu m'as annoncé que tu avais signé un nouveau contrat, j'ai cru que tu ne m'aimais plus.

— C'était faux, pourtant, en un sens, j'étais soulagé. Je pouvais repartir sans me sentir coupable.

Elle s'approcha de lui, s'assit sur ses genoux et, comme il faisait mine de la repousser, lui passa les bras autour du cou.

— Je ne veux plus parler du passé, ni de l'avenir, Nick. Je pense qu'il est temps que tu m'embrasses.

Si faire l'amour avec Nick avait toujours été bon, cette fois ce fut éblouissant. Comme si toute la peine et le manque qu'elle avait éprouvés au cours de ces années avaient exacerbé son désir jusqu'à son point ultime. Après avoir crié ensemble leur plaisir, ils restèrent dans les bras l'un de l'autre, en silence. Que dire de plus ? Mais pour la première fois depuis longtemps, elle se sentait entière.

Ils refirent l'amour, en prenant leur temps cette fois. Elle embrassa chaque cicatrice, mémorisant chaque pouce de son corps si familier autrefois, et devenu si différent. Tout ce qu'elle souhaitait à présent, c'était être exactement où elle était.

Le lendemain matin, allongée dans le lit, elle guettait les bruits qui provenaient de la cuisine. Nick sifflotait en remuant des ustensiles. Il semblait heureux.

Et elle aussi. Peu importait qu'il subsiste tant de zones d'ombre entre eux, elle était sûre qu'il l'aimait toujours. L'avenir était incertain, mais oui, ils s'aimaient, et c'était l'essentiel. Cette fois, ils parleraient, il n'y aurait plus de secrets entre eux. Elle s'en fit la promesse intime.

Il entra dans la chambre avec un plateau, vêtu d'une simple serviette de bain, et elle s'assit dans le lit, découvrant sa nudité. Il posa le plateau sur la table de chevet en lui jetant un regard espiègle.

— Le café peut attendre, non ?

Les jours suivants furent peut-être les plus heureux de la vie de Tiggy. Ils passèrent presque tout leur temps au lit, redécouvrant leurs corps, sans évoquer l'avenir.

Ils allèrent aussi courir, et cette fois ce fut elle qui courait à reculons en le taquinant sur son inaptitude à la suivre. Pourtant, il progressait chaque jour. Sa claudication avait disparu, et il s'était remusclé. Le soir, ils préparaient le dîner à tour de rôle et elle lui apprenait à faire des omelettes et autres plats simples.

Bien entendu, ce bonheur tranquille ne pouvait durer… Ce matin, pour la troisième fois de la semaine, elle se pencha au-dessus du lavabo, prise de nausée. Impossible de mettre ça sur le compte d'une nourriture avariée, pour autant cela ne signifiait pas forcément non plus qu'elle était enceinte ! Enfin…

A part la première nuit, ils avaient toujours pris leurs précautions. Pourtant, elle avait déjà entendu dire qu'il suffisait d'une fois... Peut-être était-il temps de se rendre à l'évidence : elle était probablement enceinte. De Nick.

Comment allait-il prendre la nouvelle ? Ils n'avaient rien décidé, et, dès qu'il serait rétabli, rien ne l'empêchait de passer la porte pour ne plus jamais revenir. Pas davantage, elle ne l'obligerait à rester pour de mauvaises raisons.

Elle se passa de l'eau sur le visage et faillit ne pas reconnaître son reflet dans le miroir, tant elle était radieuse. Elle sourit. Sa vie avait pris un autre tour, beaucoup plus excitant. Elle garderait ce bébé.

De toute façon, sa mère serait là pour l'aider, et elle gagnait bien sa vie. Mais d'abord, il lui fallait avoir une certitude. Ensuite, elle déciderait si elle devait ou non en parler à Nick.

17

Enfin, Nick retourna à l'hôpital pour un check-up. Si tout allait bien, il passerait un examen dans quelques semaines pour savoir s'il pouvait rester dans l'armée, ou bien reprendre à l'extérieur son métier d'urgentiste.

Même si elle ne doutait pas qu'il soit accepté, elle refusait d'envisager la suite. Après une semaine de repos, elle recommençait son travail le matin, et Nick avait assuré qu'elle n'avait pas besoin de l'accompagner.

Elle venait de rentrer quand la sonnette retentit. Elle alla ouvrir, et se trouva face à une jeune femme séduisante.

— Puis-je vous être utile ?

La visiteuse se mordit la lèvre.

— Je m'appelle Kate. Est-ce que Nick Casey habite ici ?

Son sang se glaça. Qui était cette femme à l'accent américain ? Elle était si jeune… Un frisson la parcourut, et elle sentit monter une colère qu'elle ne se serait pas crue capable d'éprouver.

— Pas vraiment.

La pluie tombait en formant un rideau, et la jeune femme n'avait même pas de parapluie.

— Entrez vous sécher.

— Je ne veux pas vous déranger.

Elle sourit en disant cela, et son visage s'éclaira. Elle était réellement très belle. Lorsqu'elle fut assise, Tiggy décida d'aller droit au fait.

— Comment connaissez-vous Nick ?

— En fait, je ne le connais pas. C'est mon père.

Tiggy n'en crut pas ses oreilles. Quoi, il avait une fille ! Une fille adulte ! Pourquoi le lui avoir caché ?

— Du moins, je le crois, poursuivit la jeune femme.

Elle tira une photographie de son sac et la lui tendit.

Tiggy fronça les sourcils devant le portrait. C'était bien lui. En beaucoup plus jeune, mais lui, sans aucun doute possible. A côté d'une jeune femme brune aux yeux brillants qui le regardait avec amour.

— C'est ma mère.

Tiggy se leva. Il lui fallait un peu de temps pour rassembler ses pensées.

— Je vais faire du thé.

Nick avait eu une liaison sérieuse, et un enfant était né de cette union. Comment était-ce possible qu'il n'en ait jamais parlé ? Que lui avait-il caché d'autre ? Etait-ce la raison pour laquelle il l'avait quittée six ans plus tôt ? Elle en était malade. Cependant, quand elle revint de la cuisine, elle avait repris le contrôle d'elle-même.

— Et si vous commenciez par le commencement ?

Elle vit les larmes briller dans les yeux de Kate, qui poussa un soupir.

— Je n'ai jamais su qui était mon père. Ma mère est morte il y a un mois.

Tiggy lui prit la main.

— Je suis navrée.

— En regardant dans ses affaires, j'ai trouvé cette photo. J'ai demandé autour de moi, mais personne n'a rien pu me dire. Tout ce que j'ai appris, c'est que maman avait rencontré un Britannique pendant les vacances, et qu'après son départ elle s'est aperçue qu'elle était enceinte. Et maintenant que j'ai réussi à obtenir son adresse et qu'il n'est pas là, il va falloir que je reprenne tout du début…

— Il est à l'hôpital, mais pour des examens seulement, il va bien. Peut-être que je ferais mieux de tout vous raconter.

Quand elle eut terminé, il faisait presque nuit.

— J'aimerais le voir, dit Kate.

— Je le ramène ici demain. Voulez-vous attendre ?

Mais la jeune femme attrapa son sac, l'air décidé.

— J'ai déjà attendu trop longtemps, j'aimerais le voir tout de suite.

— D'accord, je vous emmène.

Quand elle eut déposé Kate à l'hôpital, elle resta dans la voiture à regarder la pluie tomber sur le pare-brise.

Ainsi, Nick avait une fille, et allait avoir un bébé. Elle n'osait pas imaginer sa réaction, lui qui ne voulait pas d'enfants... Elle n'avait, à vrai dire, aucune idée de la façon dont il allait se comporter en apprenant la, ou plutôt, les nouvelles...

Elle avait décidé de lui parler le soir même, mais elle devrait attendre. Elle ne lui dirait rien, du moins pas tout de suite. Pas avant d'y être obligée.

18

En allant ouvrir, elle trouva Nick sur le seuil, l'air aussi perturbé que s'il venait de subir un tremblement de terre.

La pluie tombait toujours, ses cheveux étaient plaqués sur son crâne et il avait un regard de fou.

— Pourquoi n'as-tu pas répondu au téléphone, Tiggy ? Je m'inquiétais pour toi.

— Entre. Inutile de te faire du souci. Et je suis sûre que tu peux trouver une liste de bons hôtels sur internet.

— Je croyais que je restais ici ?

— J'ai décidé que ce n'était pas une bonne idée.

Il la prit par les épaules.

— Que se passe-t-il ?

— Tu n'as jamais pensé que tu aurais dû me dire que tu avais une fille ?

— C'est donc pour ça que tu n'as pas répondu ! Je comprends que ça t'ait fait un choc, mais je pensais qu'elle t'avait expliqué…

— Quoi ?

— Asseyons-nous, je t'en prie, dit-il en la guidant doucement mais fermement vers le salon.

— Je t'écoute, répliqua-t-elle d'un ton sec, mais à mon avis tu vas avoir du mal à t'expliquer. Tu avais un enfant, et tu as jugé inutile de me mettre au courant ?

— Je ne le savais pas moi-même. Tu t'es imaginé que je te l'avais caché, que je l'avais délibérément exclue de ma vie ?

— Pourquoi pas ? Tu ne m'as jamais tout dit.

Il prit son visage dans ses mains.

— Je te jure que je ne connaissais pas son existence. Sa mère ne m'a jamais prévenu. C'était un amour de vacances, j'avais dix-huit ans.

Elle cilla. Pouvait-elle le croire ? Elle en avait tellement envie... Mais il lui avait caché tant de choses !

— Que vas-tu faire ?

— Je n'en sais rien. Elle est sympathique, non ? Je pense que je serais heureux de la connaître mieux, si j'arrive à la convaincre de rester un peu.

Il la prit dans ses bras.

— Tu m'as manqué.

Elle le repoussa.

— Désolée, Nick. Il s'est passé beaucoup de choses ces derniers temps... On ne peut pas revenir en arrière et oublier le passé.

— Bien sûr que si ! Et même, on peut parler de l'avenir. On m'a déclaré bon pour le service. Maintenant que tout est arrangé, nous pourrions envisager de vivre ensemble ?

— Je crains de ne plus pouvoir te faire confiance. Je passerai mon temps à me demander ce que tu me caches.

— Prenons les choses comme elles viennent. Je ne te laisserai pas m'abandonner, Tiggy, nous avons été séparés trop longtemps.

Elle se leva, les jambes tremblantes.

— Tu es rétabli, à présent. Il est temps que tu t'en ailles. Retourne à l'hôtel, reste avec ta fille... Fais ce que tu veux, mais sors de ma vie.

Nick faisait les cents pas dans sa chambre d'hôtel. Il avait encore tout gâché. Mais s'attendait-il à ce que ce soit facile ? Il fallait d'abord la convaincre qu'il avait changé.

Comment ? A présent, il avait deux femmes à prendre en

considération. Il ne pouvait rien faire pour Kate, à part être présent pour elle jusqu'à ce qu'elle soit sûre de pouvoir compter sur lui. Mais Tiggy ? Comment lui redonner confiance ?

Leur mariage avait échoué parce qu'il avait été incapable de partager sa vie avec elle, et qu'il l'avait traitée comme un être qui devait être ménagé, protégé.

Elle n'était plus la femme un peu fragile qu'il avait épousée : elle était forte, indépendante, fougueuse, et il l'aimait. Quoi qu'elle dise. Mais l'aimerait-elle encore quand elle saurait tout de lui ?

Il n'avait qu'un moyen d'obtenir une réponse claire. Il prit son portable. Il était temps de solliciter quelques faveurs.

Tiggy se demanda une fois de plus si elle n'était pas folle. Nick était revenu frapper à sa porte, pour la prier de préparer son sac pour deux jours. Elle avait tenté de protester, mais il l'avait menacée de le faire à sa place et de la jeter dans le coffre avec sa valise.

— J'ai vérifié à ton hôpital, tu as deux jours de repos. J'ai promis de te ramener à temps. Prends ton passeport.

Ahurie, elle avait obéi.

— Où allons-nous ? demanda-t-elle alors qu'ils se dirigeaient vers le nord.

— Je veux te montrer l'endroit où j'ai grandi.

Elle le regarda, interloquée. Incroyable ! Elle lui avait demandé si souvent, du temps de leur mariage, de lui faire visiter son Irlande natale… Il avait toujours refusé, en disant qu'il n'y tenait pas.

Ils prirent un avion pour Dublin, où une voiture de location les attendait, et, de là, se dirigèrent vers le sud.

— Tu aurais dû proposer à Kate de nous accompagner. Je suis certaine que ça l'aurait intéressée.

— Je pourrai le faire une autre fois avec elle. De toute façon, elle avait des projets pour ces deux jours.

Elle vit à son expression que quelque chose le contrariait.

— Vous vous êtes disputés ?

— Pas vraiment, c'est juste... Luke, mon soi-disant médecin. J'ai vu comment il la regarde. Et vu sa façon de se comporter avec lui, j'ai l'impression qu'elle aussi...

Tiggy sourit. Très amusant : Nick dans le rôle du père jaloux des fréquentations de sa fille...

— Quel est le problème ?

— Luke n'est pas sérieux. Je connais son passé, c'est un don Juan. Si tu voyais les infirmières lui tourner autour, tu comprendrais.

Elle éclata de rire.

— Tu étais un saint, toi ? Tu sais qu'on m'a prévenue de la même chose à ton sujet ? Nick, Kate a l'air de savoir prendre soin d'elle-même. Comme moi.

— Et tu penses que Sue avait raison de te prévenir, n'est-ce pas ?

— N'en parlons plus. Je ne regrette absolument rien.

Il ne répondit pas, mais ses mains se crispèrent sur le volant.

Un peu plus tard, il arrêta la voiture en haut d'un champ, à la sortie d'un petit village. Le soleil se couchait, mais à cette époque de l'année il restait bien encore deux heures de jour.

— Tu habitais dans un champ ?

Sans attendre sa réponse, elle ouvrit la portière et descendit. L'air était si pur après celui de Londres qu'elle aspira à pleins poumons, ravie. Au loin, de la fumée sortait d'une cheminée, et dans les champs en dessous paissaient des moutons.

Nick désigna la ferme.

— Voilà où j'ai grandi.

— C'est magnifique ! Pourquoi disais-tu que ça ne te plaisait pas ?

— Tu vois ce que tu as envie de voir : une ferme idyllique

que tu imagines pleine de rires et d'amour. Ce n'était pas tout à fait le cas. Viens.

Il lui prit la main et la guida sur un étroit sentier.

— La ferme était à nous. Quand mon père est mort, nous avons essayé de continuer, maman et moi. J'avais huit ans. Nous avions des employés, et nous aurions pu y arriver, mais ma mère n'a pas tenu le coup.

Il s'assit près d'un surplomb rocheux.

— Que s'est-il passé ?

— Elle s'est mise à boire, elle était déprimée. Au bout de quelques mois, elle était méconnaissable. Quand je rentrais de l'école, elle n'avait rien prévu pour le repas, et il était évident qu'elle était restée toute la journée au lit.

Tiggy ferma les yeux, imaginant l'incompréhension et la peine du petit garçon qu'il était alors.

— Je me suis efforcé de surveiller les travaux de la ferme, mais nos employés ont fini par nous quitter. Je suppose qu'elle ne les payait plus. Je faisais le ménage et la cuisine comme je pouvais. Je trayais les vaches, je nettoyais les étables, sauf que c'était peine perdue, il y avait trop de travail. Je savais que nous allions manquer de fourrage pour l'hiver, et d'argent pour en acheter. J'ai essayé de la raisonner, je lui ai même dit que mon père aurait honte de voir notre ferme dans cet état, mais rien n'y a fait.

— Et à ton école, ils n'ont rien fait pour t'aider ?

— Bien entendu, je tombais de sommeil en cours et je ne faisais plus mes devoirs, mais je ne voulais pas me confier... J'espérais que maman retrouverait son bon sens, son énergie...

Il regarda dans le vague, et elle lui prit la main.

— A la fin, nous avons dû tout vendre pour un prix dérisoire. J'ai convaincu maman de garder la grange que tu vois là-bas. Une fois la banque remboursée, il est resté juste assez d'argent pour l'aménager.

Tiggy fut surprise : le bâtiment paraissait si petit...

— J'ai fait ce que j'ai pu dedans, et nous y avons vécu jusqu'à ce que j'aie seize ans. Puis maman est morte.

— Oh ! Nick, pourquoi ne m'as-tu jamais raconté tout ça ?

— J'avais honte. Je n'ai pu sauver ni la ferme ni ma mère. Je me sentais impuissant.

— Mais tu n'étais qu'un enfant !

— Je me sentais adulte. J'avais l'impression d'avoir abandonné et mon père, et ma mère. Je savais que mon père aurait voulu que je veille sur elle.

— Qu'as-tu fait, après ?

— A seize ans, je pouvais être indépendant. J'avais décidé de devenir médecin. J'ai rattrapé mon retard en deux ans ; j'allais à la bibliothèque en sortant de l'école.

Il sourit.

— Au moins, il y faisait chaud. A dix-sept ans, j'ai dit que j'en avais dix-huit et j'ai réussi à trouver un petit boulot de portier de nuit à l'hôpital. Les nuits où je n'étais pas de garde, je lisais tous les manuels qui me tombaient sous la main. J'ai passé mes examens, et je suis rentré à la fac de médecine. Edinburgh m'a accepté. Comme je ne m'en sortais pas financièrement, je me suis engagé dans l'armée.

Il poussa un soupir.

— C'était la meilleure décision que je pouvais prendre. J'ai adoré ça. L'ordre, la régularité des repas, une place pour chaque chose. C'était comme si j'étais rentré à la maison.

Tiggy hocha lentement la tête. Cela expliquait bien des choses... Elle n'aurait jamais renoncé à lui si elle avait su tout ça.

— Tu veux voir la grange ? Les propriétaires sont absents pour quelques jours, mais ils m'ont prié de faire comme chez moi. Ils en ont fait un gîte.

Main dans la main, ils se dirigèrent vers le petit bâtiment, et Nick souleva une pierre pour prendre la clé.

— Toujours à l'endroit où je la laissais ! dit-il avec un sourire ému.

Ils pénétrèrent dans une petite pièce sombre, éclairée seulement par deux étroites fenêtres. Quand ses yeux se furent accoutumés à la pénombre, elle distingua une grande cheminée, un lit contre le mur d'en face et une petite cuisine sur le côté. Agréable pour un week-end, mais pour y vivre à deux...

— Tu aurais envie d'y rester cette nuit ?

— Tu pourras le supporter, Nick ?

— Tu sais, je suis content d'être venu. J'ai rêvé toute ma vie de cette maison, et mes rêves n'étaient pas roses, mais elle n'est pas du tout comme dans mon souvenir.

Elle lui passa les deux bras autour du cou.

— D'accord, mon amour. Chassons ces fantômes une bonne fois pour toute.

Plus tard, quand ils se furent donné du plaisir, ils restèrent dans les bras l'un de l'autre. Tiggy le regarda : désormais, elle savait que sa place était dans ses bras.

Le soleil et l'odeur du bacon en train de brûler la réveillèrent. Nick, torse nu, était debout devant la cuisinière. Elle bondit du lit, et sortit la poêle contenant le bacon et les toasts du feu.

— Etonnant que tu aies réussi à te nourrir quand tu étais enfant !

Après le petit déjeuner, ils mirent de l'ordre et laissèrent la clé sous la porte. En retournant vers l'aéroport, il s'arrêta près d'une petite église flanquée d'un cimetière.

— C'est là que j'ai été baptisé, et que mes parents sont enterrés.

Il la guida jusqu'à une dalle où étaient inscrits leurs deux noms : John et Eleanor Casey.

Ils se recueillirent en silence, puis Nick leva la tête vers elle.

— Entrons dans l'église.

A l'intérieur, ils prirent place sur un banc.

— J'ai pensé qu'un jour nous pourrions y renouveler nos vœux. Serais-tu prête à tout recommencer ?

— Avec un bébé ?

Il lui prit la main.

— Je ne suis pas certain de pouvoir être un bon père, je n'ai pas encore vraiment réalisé que j'avais une fille. Mais si tu le désires vraiment…

Elle détourna la tête. Cette réponse n'était pas suffisante pour elle. Mieux valait attendre.

— Nous verrons.

19

Quelques jours plus tard, lorsque Nick revint de son examen militaire, il arborait un large sourire. Le cœur de Tiggy chavira. Bien qu'elle soit heureuse pour lui, cela signifiait qu'il allait bientôt repartir...

— Tu es bon pour le service ?

— Oui !

— Tu retournes en Afghanistan ?

— En fait, non. J'ai sollicité un poste à l'hôpital militaire de Birmingham. Ou, si tu n'as pas envie de déménager, je quitterai l'armée et je chercherai un emploi à Londres.

Elle en resta bouche bée.

— Pourquoi ?

Elle avait besoin de l'entendre.

— Parce que je ne veux plus te laisser. Je veux avoir la vie que je croyais ne pas vouloir. Je me suis trompé. J'ai perdu la femme que j'aimais, et je n'ai pas l'intention de recommencer.

Il lui prit les mains.

— Tiggy, ma vie ne signifie rien sans toi. Je sais qu'il te faudra du temps pour me faire confiance, mais j'attendrai. Toute la vie, s'il le faut.

Elle ferma les yeux. Pouvait-elle le croire ?

— J'apprends, Tiggy. Avoir une famille, c'est avoir des responsabilités. Kate et moi avons perdu beaucoup de temps, mais nous progressons. Je veux que les deux femmes les plus importantes de ma vie se connaissent et s'apprécient.

— On dirait que tu as commencé à entrer dans ton rôle de père !

— Un peu étrange, mais ça peut être amusant. Quand il y a beaucoup d'amour, comme dans ta famille, ça peut même être très intéressant. Les responsabilités ne sont pas toujours synonymes de corvées.

Le cœur de Tiggy se gonfla de bonheur. Tout à fait ce qu'elle voulait entendre.

— Tes parents seraient fiers de toi. Tu en es conscient, n'est-ce pas ?

— J'ai fait ce que j'ai pu. Et tu as raison, les soldats qui sont en première ligne ont les meilleurs médecins du pays pour les soigner. Je ne regarderai plus en arrière, la vie est trop courte.

Il la fixa intensément.

— Je sais que je n'ai pas le droit de te le demander, que je t'ai fait souffrir. Je comprendrais que tu ne veuilles pas me pardonner, mais si je ne reste pas avec toi, il n'y aura personne d'autre dans ma vie.

Elle le considéra, émue. Elle le croyait lorsqu'il disait qu'il l'aimait.

— Tais-toi et embrasse-moi.

Bien entendu, ils passèrent du salon au lit…

Nick glissait les mains le long de ses hanches, et ses caresses étaient comme des plumes qui envoyaient des frissons et des ondes de chaleur dans son ventre. Soudain, il s'arrêta, remonta vers ses seins, et lui jeta un regard ébahi.

— Tiggy… Tu es enceinte ?

Elle regarda l'homme qu'elle aimait pour le meilleur et pour le pire, même s'il l'avait fait souffrir, et même si l'avenir avec lui était incertain.

— Ça t'ennuie ?

Il éclata de rire et, roulant sur le dos, l'attira sur lui.

— Tu plaisantes ?

Il lui caressa les seins.

— C'est parfait. Tu es parfaite. Notre vie va être parfaite.

Elle lui sourit.

— Peut-être pas vraiment parfaite, mais on pourra tenter de s'en approcher, si tu y tiens…